观天下·新世纪散文精品文存

鹤梦不离云

李 舫 / 主编

人民日报出版社

图书在版编目（CIP）数据

鹤梦不离云 / 李舫主编. —北京：人民日报出版社, 2019.1
(观天下. 新世纪散文精品文存）
ISBN 978-7-5115-5642-4

Ⅰ.①鹤… Ⅱ.①李… Ⅲ.①散文集－中国－当代
Ⅳ.①I267

中国版本图书馆CIP数据核字（2018）第200619号

书　　名：鹤梦不离云
主　　编：李　舫
出 版 人：董　伟
责任编辑：宋　娜
作家画像：郭红松
装帧设计：秦志超

出版发行：人民日报出版社
社　　址：北京金台西路2号
邮政编码：100733
发行热线：(010) 65369527　65369846　65369509　65369510
邮购热线：(010) 65369530　65363527
编辑热线：(010) 65369521
网　　址：www.peopledailypress.com
经　　销：新华书店
印　　刷：北京盛通印刷股份有限公司

开　　本：880mm×1230mm　1/32
字　　数：225千字
印　　张：10.25
版　　次：2019年1月第1版　2019年1月第1次印刷

书　　号：ISBN 978-7-5115-5642-4
定　　价：45.00元

以文为鉴,可观天下

(代序)

李 舫

盖文章者,经国之大业,不朽之盛事。

中国是文章大国,有文字记载并从完整作品开始计算的文学史,已达3000年之久。作为与诗词并列为文学正宗的重要文体,中国散文更是源远流长,浩浩汤汤,在殷商时代已初具特质,发展到今天已经成为中国文学的重要门类。自由,开放,包容,博大,这是中国散文的独特气质,更是从正值盛年的中国土壤里生长出来的文化情怀和文化自信,元气蓬勃,淋漓酣畅。

特别是新世纪以来,中国散文呈现着喷薄的生产态势、磅礴的创作力量、多元的文化禀赋、厚重的文学积淀,是中国文学中不可忽视的中流砥柱。新世纪,不仅是一段时间的度量,更是中国当代文学的一座丰碑。由此我们想到,编纂一套新世纪以来的优秀散文选集,以"观"与"天下"之间的动静、起承、转合,命其名为《观天下·新世纪散文精品文存》,旨在借助这一方平台,延揽天下有识之士,佳构美文,赓续传统,接续文脉,传承星火。

观天下,其实亦是一种天下观。

江山盛文藻,风流亦吾师。这些,在历史上屡见不鲜。昔者,老子观道,孔子观水,张衡观天地,陆羽观茶茗,鬼谷子观兵势进退,司马迁观史海沉浮,徐霞客观山川纵横,曹雪芹观人情厚薄……但有如兰之心,如炬之眼,世间万物,莫不可观,每观一物,莫不有所得。因于此,中华文化时有天光迸射,奇绝突进——在漫长历史的某个节点,在广袤大地的某个角落,忽然就会有某个人,源于一生默默积累,也源于一时灵感驾临,观天下事,察世间理,洞幽烛微,豁然开悟,由此写下了流传后世的灿烂篇章。

于世道有补益,于人心有润泽,于时代有启悟——这是"观天下"的宗旨,也是"天下观"的初心。

《观天下·新世纪散文精品文存》共收录文章85篇,分为4卷,分别为《何不就叫杨绛姐姐》《鹤梦不离云》《辛亥年的枪声》《在土地上睡着和醒来》,每一卷文章均按照作者姓氏拼音排序。这些文章,每一篇都可圈可点,无论是观人文、观世事、观历史、观山水,或者观其他,均厚积薄发,皆有所创见。

在这套文存中亮相的作家,有已过杖国之年的文坛宿将,如王蒙、贺捷生、蒋子龙、梁衡、王充闾、郑欣淼、陈建功、王巨才、冯骥才、高洪波、丹增、毛时安、叶廷芳、杜书瀛;有正值人生盛年的中流砥柱,如铁凝、陈晋、莫言、贾平凹、吉狄马加、单霁翔、张抗抗、李敬泽、阎晶明、阿莹、阿来、麦家、陈世旭、叶兆言、宗仁发、南帆、龙一、韩毓海、梁平、彭程、徐坤、刘亮程、陆春祥、鲍尔吉·原野、古耜、孙甘露、邱华栋、黄宾堂、陈启文、何向阳、武歆、朱伟;有清典可味的青年才俊,如贾梦玮、蒋蓝、宁肯、熊育群、周晓枫、李修文、祝勇、饶翔、李菁、郭文斌、成都凹凸、齐欣、穆涛、徐可、叶舟、萧歌,等等。他们风格迥异,各有妙趣,却纵横浩荡地连接起中国新世纪以来色彩缤纷的散文长廊。

贺捷生是开国元勋贺龙元帅的女儿,是中国文学界深受敬重的老大姐。每每读到贺捷生的文章,我们都更加怀念在民族危难之际高举义旗、为新中国诞生而浴血奋战的先辈们。往昔岁月沧桑,犹忆血火峥嵘。在贺捷生的文章中,那些柔韧而刚强的叙事,那些凝聚生死、牵连命运的革命历史细节,令人震颤,更令人振奋。长歌可以当哭,远望可以当归。贺捷生的文章如夜半啼血、呼唤东风的子规,有着挥之不去的悲壮。与此同时,她也在用淋漓热血般的文字警示后人——我们走向未来,绝不能忘记昨天,不能忘记我们的初心。

从对现代文明充满憧憬的少女香雪,到具有象征意味的红衬衫;从撕开了生活丑陋和血污的玫瑰门,到尹小跳饱受尝艰辛的情感历程;从被汪曾祺称赞"俊得少有"的孕妇和牛,到浓缩了旧中国数十年历史的冀中平原小村庄……铁凝的每一次亮相,都带来当代中国文坛的一次惊喜。作为中国文学的女掌门,铁凝细腻地关注生活中普通的人与事,关注生命本质和苦难的思考。清爽而机敏,明朗而干练,熨帖而泼辣,沉着而睿智,这是铁凝的风格,她的每一个字、每一篇文章、每一本著作,都期冀用文学的薪火温暖世界,致敬理想,遥望未来。

古人说,君子坦荡荡。我以为说的就是蒋子龙。他澄净、真挚、率性,冷酷的外表下埋藏的是一颗火热的心,犀利的笔锋中挺立的是一个大丈夫的伟岸。他的每一次出现,似乎都意味着正义和真理的一次隆重宣誓,恰如当年,他的每一部新作的诞生,都会以雷霆之势引发一场轩然大波——不管我们曾经遭遇哪些坎坷、波折、苦难，正义和真理从未曾缺席。

40年前，他携改革文学横空出世，真实、立体、多元地记录了中国改革开放的历史方位和社会路向，他笔墨沉着，舍我其谁，赞美中蕴含忧患意识，讴歌里不失批判精神。40年后，我们发现，他不仅是改革的记录者、见证者，更是改革的参与者、实践者、推动者。

陈晋是文献研究专家、党史研究专家，他的研究重点在毛泽东文献和思想。近年来他青灯黄卷，稽古钩沉，相继出版了一系列关于毛泽东研究的著作，每一部都引发了学界的极大反响。在《文章千古事》中，陈晋以扎实的研究功力，通过毛泽东在新中国成立后对自己著述的评价，科学地、客观地陈述了毛泽东思想从萌芽到成熟的脉络，写出了毛泽东的理论能力、认识水平、政治智慧、担当意识、创造精神、个人魅力，表达了他对于历史问题和和历史人物的理性的态度

1925年10月10日，紫禁城第一次向公众敞开大门，北京城万人空巷。把皇权定格为记忆，迎普通百姓进门，故宫博物院的诞生是历史的慷慨馈赠。此后的93年，是故宫的公共生涯，每一任故宫博物院院长，都会被浓墨重彩地书写在中国历史上。在这套书中亮相的郑欣淼、单霁翔是历任故宫掌门中不可被忽视的两位。

郑欣淼国学根底深厚，深谙旧体诗词格律。他对故宫保护功莫大焉——首开"故宫学"，主持故宫大修，纪念故宫南迁80周年，提出故宫是重要的世界文化遗产，有着丰富的历史文化内涵，必须将故宫作为一个历史文化整体进行完整保护，唯有如此才有利于其在现代社会中凸显见证历史和展示历史的价值，

以文为鉴,可观天下(代序)

这也是我们的前辈——民主革命时期先行者的遗愿。郑欣淼与故宫是心心相印的。在《短笛小诗忆旧游》中所记叙的北京故宫同台北故宫隔绝半个世纪之后的文化交往,以及他与台北故宫博物院院长秦孝仪的诗书唱和,拳拳之情溢于言表。

文章须得江山助,这句话放在单霁翔身上是不错的。早年在日本学习时,单霁翔便开始从事关于历史性城市与历史文化街区保护规划研究,此后主持故宫筒子河、圆明园遗址、明北京城墙遗址的保护整治,北京旧城、北京皇城、北京奥林匹克公园的保护和规划。辽阔而悠远的中华文明在支撑着单霁翔,他的文章有着非凡的底气和视野,纵横捭阖,浑然天成。近年来,单霁翔执掌国家文物局,入主故宫博物院,着手乡土建筑、文化景观、文化线路、工业遗产的研究和实践,这是中华文明的诞生之地,是中国历史的幽静渊薮,是中华民族以迈往之气、行正大之言的豪气底气所在,这让他的文章充满了非同寻常的凝重、深邃。

丹增的文字具有自然般的神力,复苏了一个古老大陆的命运和梦想。丹增,翻译成汉语的意思,就是继承佛法、弘扬佛法、扶持佛法。丹增出生在怒江上游的森林中,明净的怒江及其同样美好的森林一直珍藏在他心里。从青藏高原到彩云之南,丹增不断地以明察而热切的力量,加持自我,照亮周遭,为日渐消弭的世界筑起了一道永恒的记忆堤坝。不论是藏文还是汉语,黑黢黢、密麻麻的文字背后,我们仿佛看到那些不甘心的光芒挤压出来,它们飘浮着,陌生,别致,灵动,晦涩难懂,曲折复杂,像雾像雨又像不羁的风,像预言像隐喻又像莫名的谶语。他笔端的生死,不是两极,而是一体;他胸中的万物,各有其灵,尽善尽美。在湿润温暖的土地里，生死万物都平等地沐浴阳光，开枝散叶，春种秋藏，它们是神祇的宣示、真理的昭告，大音希声，却震慑寰宇。丹增的散文，具有的是史诗般的气势，它们如同漫漫长夜中的启明星，用即将到来的晨曦征兆光明。他用天真隽永、朴素热烈的书写，深情抒发他对自我的呼唤、对生命的勘悟、对永恒的追寻，深情讴歌他对人类命运黄金时代的怀恋和追忆。

从苍茫寂寥的大凉山走到历史纵横的古都北京，又从历史纵横的古都北京走到灵魂直接天际的青藏高原，吉狄马加始终坚持自己是一个彝族文化的守望者。他的眼睛里盈溢着圣洁的太阳，他的血管里回荡着马蹄的声音，他的灵魂在字词诗行间舞蹈，他的心在高山和原野间歌唱。数十年来，吉狄马加痴痴地用他的寂寞的吟唱、他的粗犷的文字，编织着一个属于自己，更属于同样痛苦、倔强、高贵的伟大民族的颂歌与梦想。他的散文与他的诗歌一样，视域宏阔，洞察敏锐，警譬精妙，蕴含着超凡脱俗的慈爱与悲悯，从而具有了超越种族局限的人类情感，具有了穿越时空暌隔的深邃伦理，具有了史诗的气质和力量。真正优秀的作家，他的创作是寂寞而伟大的，吉狄马加尤其如此。

李敬泽首先是优秀的评论家，他以笔为犁，掘采爬梳，为中国当代文学培养了庞大的队伍、奠定了雄厚的基础。贾平凹曾经列举坊间流传去北京不可或缺的三大盛事——登长城、吃烤鸭、见李敬泽，并不是笑言。李敬泽还是一个出色的作家，他的散文、随笔、杂记、小品文无不妙趣横生。从理论到体系，从解构到建构，从纪实到虚构，从理解到意义……这些在批评家的文章中反复出现变得硬邦邦的概念,在李敬泽的文章中却显得异常深沉、宽厚、柔软。值得一提的是,他用他的散文,构筑了一个神奇的世界。在这个世界里,春秋时代宽阔敞亮,荷马歌吟血气方刚,万历皇帝清敏讷言,时光之晷凝重忧伤,他的历史叙事让人拍案惊奇,让人魂飞魄散。

中国有个成语"绵里藏针",李敬泽的文章则从来都是"绵里藏刀"。古代的兵书里有三十六计,李敬泽的文章之道却常常在三十六计之外,连环相扣、环环相生数不清的三十六计,在他倒转的笔锋里。时间如流水,更如刻刀,他的满腹的才华变成了行云流水的任性,满腔的热忱变成了睿智老辣的和颜悦色,满纸的锋芒变成了四两拨千斤的恬淡从容。这是多年阅读与思考练出的慧眼,是生命与智慧成就的通达。

从《尘埃落定》开始,"阿来"这两个字便注定有了特殊的含义。带着敦厚的憨笑,拖着沉重的脚步,阿来从他身后敦厚沉重的高原走来,如同晨曦浮动在大地之上。他的声音,有些沙哑,但是坚定;他的神情,有些落寞,但是沉着;他的笔锋,有些滞涩,但是凝重。阿来出生于马尔康大渡河上游的嘉绒藏族,而他生命的道道履痕都始终围绕嘉绒。

在这里,他见证了世世代代半牧半农耕的藏民族的寥廓幽静,见证了土司部落从富裕、繁华、精致到贫穷、衰落、土崩瓦解的整个过程,见证了具有魔幻色彩的高原缓缓降临的浩大宿命;也是在这里,他见证了那些暗香浮动、自然流淌的生机勃勃,见证了随着寒风而枯萎的花朵、随着年轮而老去的巨柏、随着时间而荒凉的古老文明。阿来的目光,掠过高原,掠过天空,掠过河流,掠过冰封的大地,掠过凋谢的荣耀,然后——抵达不朽。这就是阿来,他用温暖包裹起彻骨的寒凉,用锋芒挑落被华丽尘封的沧桑,他是这个时代寂寞而执着的书记官。当然,我们不曾忘记马尔克斯的那句谶语,生命中所有的灿烂,终究都要用寂寞来偿还。

从小便顶着祖父叶圣陶、父亲叶至诚光环的"听话的老实孩子"叶兆言,从来没想到过要做一名作家。祖父和父亲作为知识分子的戏剧化命运,让他对文字爱恨交加。然而,缪斯却因此更加偏爱他。他出生时,父亲听从拆字先生的点拨,将自己姓名中的"诚"字拆出"言",将母亲姓氏中的"姚"拆出"兆",组合为他的名字,这便有了"叶兆言"。

20世纪80年代末期,凭着一鸣惊人的中篇小说《枣树的故事》和"夜泊秦淮"系列,叶兆言以一个"世故而矜持"的叙事者形象登上中国文坛,以后一发而不可收。不管是饱蘸笔墨,追忆秦淮遗事,还是淋漓抒怀,编织市井传奇,叶兆言的内心里都有着一股"摄身凌青霄,松风拂我足"的傲岸。然而,喜欢叶兆言的人却懂得,无论写什么说什么做什么——谈历史,谈生命,谈神佛,谈祖先,谈未来,谈灵魂——他傲岸的内心却有着一种不同寻常的匍匐,对普通人平凡生活的尊严总有着忍不住的关怀。

黑格尔曾经说过一句妙趣横生的话:"只有在天黑以后,密涅瓦的猫头鹰才会起飞。"其实,不妨用这句话来讲述宗仁发的故事。20世纪80年代,在中国改革开放的大潮下,宗仁发主持被誉为"中国的《纽约客》"的《作家》杂志。35年来,虽然偏居东北一隅,但是,这个杂志却成为中国当代文学的一块热土,中国当代文学创作的"第一现场",刊发了一大批不胜枚举的有影响的作品。作为主编的宗仁发,还有着很多身份:诗人、作家、评论家。他用诚恳真挚的作品,将内心世界的瑰丽想象与现实生活的朴素存在融会贯通,在高速行进的现代化、全球化的喧嚣中,用文学给整个世界保留足够的温暖和静谧。

何向阳出身于书香世家,自幼浸润于诗书礼法文章之道。正如韩愈所言,"目濡耳染,不学以能。"何向阳永远是恬淡冲净的,如同寒冬里的暖阳,优雅柔和,方雅清劲,起居行坐,虽水一般柔弱,却无时无刻不见其士君子之风。若以酒来比喻何向阳,她该是日本的清酒,没有肆虐的香醇,却令人头晕目眩;若以饮茶来品味何向阳,她该是安吉的白茶,没有泼墨般的颜色,却有着回甘不已的芳甜;若以季节来形容何向阳,她该是早春的那一抹惊诧和喜悦,抑或是晚秋的那一抹流连忘返,短暂,如梦,如烟,如闪电。何向阳是曹雪芹笔下不染一丝尘埃的雪原,白茫茫的大地真干净。何向阳不是一无所有的干净,那是一种"挫其锐,解其纷,和其光,同其沉"的清澈和从容,是一种"知其雄,守其雌""知其白,守其黑""知其荣,守其辱"的丰盈与饱满。

作为玩家、小说家、历史学家的龙一,其实是散文高手。他的每一部小说和每一部小说中的人物都呈现着特别的精致——精致的设计、精致的描摹、精致的工艺、精致的结构。他像一个耐心的银匠,专心致志地"潜伏"在自己的写作中,在方寸之地里挥舞笔墨,搅动山河。与他惊心动魄的小说不同,他的散文精致、闲散、舒缓、优雅,是他的人生观、世界观。他安静于自己安静的生活,我思故我在,我在故我思。所以,他的每一篇小说都像一颗炸弹,在依然不再有惊奇的世界炸出频频的惊奇；他的每一篇散文都像一株他精心侍弄的花草，安详，茁壮，清香拂面，唇齿留芳。

周晓枫的文字精灵古怪，无所不及，无所不能，无所不嬉笑怒骂，然而皆成就她的文章。如同一个老得连自己年龄都记不住的巫师，她数十、数百，不！数千年、数万年如一日，不厌其烦地熬着她的私密魔法神汤。她将一个又一个简简单单的方块字投进去，将一篇又一篇诡谲莫测的文章捞出来，让周遭的朋友一次又一次瞠目结舌。时光倥偬，她像大树一样隐藏着自己的年轮，魔法在年轮之间沉淀、积蓄、储藏，爆发为磅礴的力量。巫师的心里，有着比她的年龄更庞杂和繁密的丰富。巫师的汤里，是纤毫毕现、色泽斑斓的细腻，还是秉烛探幽、独辟蹊径的勤勉？是心机缜密、水泼不进的沉潜，还是生龙活虎、底气充盈的洞察？那些神奇的配料，只有周晓枫自己知道。

如果说文章是有感觉的，那么李修文的文章对应的感觉一定是"疼痛"。不论在小说还是散文中，他都以鲜活的灵感、难得的赤子之心追逐并享受着这种疼痛——爱的疼痛，恨的疼痛；执的疼痛，舍的疼痛；喜悦的疼痛，哀伤的疼痛；欢聚的疼痛，离散的疼痛；生的疼痛，死的疼痛；山风呼啸的疼痛，水波不兴的疼痛；枝繁叶茂的疼痛，粉身碎骨的疼痛。

李修文的语言是疼痛中的精灵，既跳荡又幽静、既沉郁又生动、既疏朗又密致，深邃从容，超然物外。语言的力量，看似平静，却如冰山下的潜流，它推动着那种埋藏在大地深处的疼痛，顺着树干、顺着枝叶向天空伸出手臂，大声呼号，这是李修文扎根在生命深处的超感，超拔远览，渊然深识，无远弗届。

想到古人诗书里"玉树临风"几个古里古气的字，便想到饶翔。这四个字,不仅是一种仪容和风貌,更是一种生的姿态、活的姿态——吟咏四时,吐纳天地,神与物游,澡雪精神,形在江海之上,心存魏阙之下。饶翔喜爱侍弄花草,喜爱烹饪美食,喜爱聚友浅酌,喜爱淡泊功名,喜欢于现代化的社会里全然业已消逝的一切,他将"异化"这个颇令现代人尴尬的词断然隔绝在生命之外,像武林侠客仗剑江湖,每每手起剑落,干净,利索,不留后患,不滞牵绊。饶翔是一个好作家,更是一个好编辑,他像侍弄他心爱的花草一样侍弄文章,像烹饪美食一样烹饪美文,我敢说,中国当代文学行将存世的大半文章,将出自他的园地。"玉树临风",说到底,这里面是透露了一个人生活的秘密。活在俗世,难避红尘万丈,他到底能走多远,到底能飞多高?我以为,在饶翔这里,我们能够找到样本,可以没有终点,可以没有止境。

  作为名杂志主笔的李菁,文章看似不动声色,却有着一股充满野心的狠辣。这个世界似乎没有她的脚步抵达不了的地方,也没有她的心灵解读不了的苦难。她的作品,几乎都是一个人的行走,却都是与整个人类的命运息息相关的大题材。这篇《切尔诺贝利,苦难之后》记录的是切尔诺贝利核爆炸30周年之后她的一次回访。1986年4月,一声巨响,切尔诺贝利核电站在火光中爆炸并发生核泄漏,其辐射量相当于400颗美国投在日本的原子弹,这片无人区至今仍令人闻声色变,访问者寥寥。然而,李菁狠狠地将自己扔在这里,她用她泼辣野蛮的行走,写出了这片土地经历的磨难,写出了文明世界的道德和尊严。这是她对人类苦难的哀悼,是对人类面对苦难的勇气的敬礼。

  必须说明的是,书稿付梓之时,我发现,因阅读有限,目力所及，这套文存所选文章难免挂一漏万，有所局限。我会在下一部书中吸取经验，尽力完善。更加遗憾的是，在我着手整理这套文存的时候，高莽、陈忠实、雷达、张胜友四位先生还在为这套书出谋划策，遗憾的是，待到这套文集问世，他们先后驾鹤西去，这真令人唏嘘不已，不禁有今夕何夕之问。让他们的心血永存，精神不朽，我以为，恰是对他们最好的纪念。

"观天下"是一套书，是一种人生观、世界观，更是一种实践论、方法论。这些作者、这些文章，代表着中国新世纪散文的一组群像，更折射着中国新世纪政治经济、社会生活、文化历史的方方面面。在每一篇文章之中，我们不难体悟作者的苦心与雄心；在每一篇文章之外，我们更需要思考宇宙的奥妙和人生的真谛。

时光如流水，一去不复返。在未来的某一天，当风吹皱了我们的容颜，吹皱了我们的心事，也许能让我们在喧嚣中专注倾听的，是这些永远无法被时光抹去的奥妙和真谛吧？观天下方能平天下，平天下方能安天下；所谓观天下之道，实乃安天下之道。

以文为鉴，可观天下；以文为剑，可安天下。

阿 来

士与绅的最后遭逢
/ 006

陈 晋

文章千古事
/ 030

陈家兴

中华文化的格局与气度
/ 044

陈耀辉

端午,包裹大地深情
/ 054

冯骥才

意大利读画记
/ 064

古 耜

信仰缘何而美丽
/ 084

贾平凹

鹤梦不离云
/ 098

吉狄马加

通往生命之乡的那条小路
/ 106

蒋勤国

钱锺书杨绛夫妇与李健吾的文学渊源
/ 130

李敬泽

天翻地覆时
/ 146

彭 程

在母语的屋檐下
/ 160

邱华栋

人的城

/ 172

饶　翔

一个人在岛上，胸怀着全中国

/ 184

孙甘露

像奈保尔那样谈论奈保尔

/ 192

王　蒙

维吾尔人

/ 210

武　歆

瓦尔帕莱索的阳光

/ 232

徐小斌

被遮蔽的影子美丽绝伦

/ 244

萧　歌

向死而生的飨宴

/ 258

叶廷芳

再谈废墟之美

/ 270

叶　舟

追梦的征程

/ 284

郑欣淼

短简小诗忆旧游

/ 296

张　晴

苏州的多重时间

/ 308

■ 阿　来

作者简介

　　1959年出生。20世纪80年代开始文学创作。早期写作诗歌，后转向小说创作。家乡河流的名字是第一本书的名字：《梭磨河》。后陆续出版有中短篇小说集《旧年血迹》《月光里的银匠》《格拉长大》《遥远的温泉》，长篇小说《尘埃落定》《空山》《格萨尔王》，随笔集《就这样日益丰盈》《看见》《草木的理想国》，以及非虚构作品《大地的阶梯》《瞻对：一个两百年的康巴传奇》等。

　　曾获茅盾文学奖、华语文学传媒大奖等。《尘埃落定》《格萨尔王》和《遥远的温泉》等多部作品译为英、法、意、德、俄、日和西班牙等十数种语言在海外出版。

作 家 印 象

从《尘埃落定》开始,"阿来"这两个字便注定有了特殊的含义。带着敦厚的憨笑,拖着沉重的脚步,阿来从他身后敦厚沉重的高原走来,如同晨曦浮动在大地之上。他的声音,有些沙哑,但是坚定;他的神情,有些落寞,但是沉着;他的笔锋,有些滞涩,但是凝重。阿来出生于马尔康大渡河上游的嘉绒藏族,而他生命的道道履痕都始终围绕嘉绒。

在这里,他见证了世世代代半牧半农耕的藏民族的寥廓幽静,见证了土司部落从富裕、繁华、精致到贫穷、衰落、土崩瓦解的整个过程,见证了具有魔幻色彩的高原缓缓降临的浩大宿命;也是在这里,他见证了那些暗香浮动、自然流淌的生机勃勃,见证了随着寒风而枯萎的花朵、随着年轮而老去的巨柏、随着时间而荒凉的古老文明。阿来的目光,掠过高原,掠过天空,掠过河流,掠过冰封的大地,掠过凋谢的荣耀,然后——抵达不朽。这就是阿来,他用温暖包裹起彻骨的寒凉,用锋芒挑落被华丽尘封的沧桑,他是这个时代寂寞而执着的书记官。当然,我们不曾忘记马尔克斯的那句谶语:生命中所有的灿烂,终究都要用寂寞来偿还。

——李 舫

士与绅的最后遭逢

■ 阿　来

今天我来谈谈李庄，谈谈对李庄的感受。因为我知道宜宾市里和区里正在做李庄旅游的开发，其中最基础性的工作，就是研究李庄文化。那么也许我的这些感受，就可以作为一个案例，可以作为一个游客样本，作为有文化兴趣的游人的样本，看他来到李庄，希望看到什么，或者说，他来到了李庄，有关中国文化所产生的一些联想，所有这些也许都可以作为当地政府对李庄旅游开发跟文化开掘的参考。我不是旅游规划专家，所以，我作为一个有文化的游客，只是希望在这一点上对你们有所启发，这就是我愿意来此谈谈李庄的原因。

其实我这次也只是第二次来李庄。两个月前吧，还来过一次，那是第一次。听说这个地方好多年了，读这个地方有关的资料、书籍，尤其是读我们四川作家岱峻的非虚构作品《发现李庄》，也有好多年，但不到现场，这种感受还是不够强烈。因为过去我们老是想，来到李庄的那些知识分子，如傅斯年、董作宾、李济、梁思成等这样一些人，他们是跟中国新文化运动相始终的这样的一代知识分子,如果只是讲他们如何进入到一个谁都没有预想到过的地方,在这个地方艰难存息,而且继续兢兢业业地从事使中国文化薪火相传的平凡而又伟大的工作——尤其是在抗战时期,中国文化面临巨大存续危机的时代——这样的工作更是具有非凡的意义。第一次我来李庄时,便忍不住说了四个字——"弦歌不绝"。这是一个有关孔子的典故。《庄子》上说:"孔子游于匡,宋人围之数匝,而弦歌不绝。"这种精神当然是很伟大的。这一部分事迹,在今天李庄文化的开掘中,已汇集了相当丰富的材料,也有了较为充足的言说。

但我觉得,这并不能构成李庄文化的全部面貌,因为抗战时期,不同的学术机构、不同的大学,辗转到不同的地方——到桂林,到贵阳,到长沙,到昆明,到成都,到重庆……但在那些地方并没有产生像今天李庄这样有魅力的故事,那就说明这样的一种局面的形成情况并不是一个单向度的问题。就像今天讲在昆明的西南联大,怎么讲呢,大多还是像今天我们讲李庄那些外来的大知识分子的故事一样,讲他们如何在困难的条件下专注学问,如何在风雨飘摇的时势中不移爱国情怀,却很少讲出昆明跟西南联大——这个地方跟联合大学互相之间产生交互作用的过程。这也情有可原,因为那些机构大多在大的地方,在相对中心的城市,中央政府政令相对畅通的地方,所以与地方交互的故事,并不是那么多,尤其是他们跟当地民间各个阶层相互交往关系的故事并不是特别多。

这其中好些地方我都去过。比如西南联大所在的昆明翠湖边,也曾在湖边曲折的街巷中怀想那些消逝了的一代知识分子的背影。

但为什么独独是李庄，一下子就在这么小的一个地方，来了这么多学术机构，而且，至少同济大学的到来，是由李庄的大户人家，也就是过去所说的有名望的乡绅们联名主动邀请来的。我觉得这里头一定是包含了某种有意味的东西，这个过程体现了某种特殊的价值，有特殊的意义存在。那这样的意义到底是什么？

第一次来过李庄后，回去我就老在想这个问题。

当时我就有个直觉，可能我们今天谈李庄的时候，谈外来的学术机构尤其是那些学术机构当中在中国乃至在全世界的不同学术领域都有显赫地位的知识分子，讲他们的故事讲得特别多。他们的故事应不应该讲？当然应该！但是在讲这些故事的同时，我们可能遮蔽了一些事实，那些被遮蔽的事实就是：当地人如何接纳这些机构，使得这些知识分子得以在这里度过整个抗日战争的艰难时期，在这个过程中，李庄人做了什么？更为重要的是，完成了这一义举的为什么是李庄？不是赵庄不是张庄？那么，这在当地它有一个什么样的道德传统，什么样的文化氛围，可以使得当年在李庄这个半城半乡的地方，由这些当地的士绅邀请这些下江人来到李庄，而且来到李庄以后，又给他们提供那么多的帮助，提供那么多的方便？那这其中一定还有很多湮灭在政治运动和漫长时光中的故事，等待我们的打捞与讲述。只有把这双方的故事都讲述充分了，才是一个真实的李庄故事，完整的李庄故事，更有意义的李庄故事。所以我觉得将来的李庄故事，一定是一个双向的挖掘。

寄住者的故事和接纳者的故事的双向挖掘。

那么，这个故事的双向挖掘的意义又在哪里？

我以为，通过李庄故事，可能还原一个中国传统社会的图景，传统社会最美好的那一面的完整图景——过去的几十年中，我们看待中国传统社会形态时，较多注意它不公平不美好的那一面，而对其美好的那一面关注是太少太少了。

在我看来，李庄故事里的两个方面的主角，恰巧是中国的上千年传统社会结构当中，两个最重要的阶层最后一次在中国历史中同时露面，在中国文明史上最后一次交会。我们知道中国有一个词叫"士绅"，在过去旧社会里，中国长期的封建社会当中，有时士绅是二而一的，但更多的时候，士是士，绅是绅：士是读书人，是读书以求仕进，以求明心见性的读书人；绅，是乡绅，是地主，是有产者，也是宗法社会中的家族长老。很多时候，士就是从绅这个阶层中培育生长出来的。在过去的社会，即便到了民国年间，到了同济、史语所、营造学社等中国最高级的学术与教育机构来到李庄的时代，士与绅两个阶层在社会中的作用也是非常非常最重要的——他们几乎就是社会的中坚。士，用我们今天的说法就是知识分子；绅呢，就是大部分在中国的乡村，聚集财富、维护道统、守正文化的有恒产兼有文化的，并且成为家族核心的那些人。大家知道，中国古代政府不像今天政府这么大、这么强势，所以政府真正有效的控制大概就到县一级，下边今天划为区乡镇村组这些地方，按现在的话就可以叫作村民自治。但是这个"民"如果像今天的农村，大家实力都差不多，一人平均一两亩地、几分地，大家都是这样的一两幢房子，文化也都处于那么一种荒芜半荒芜的状态，没有宗族的、道德的、精神性的核心人物，所谓"自治"其实几乎是不可能的。但过去在乡村中，首先有宗族制度维系，同姓而居，同姓而聚,构成一个内部治理结构。从经济上说,因为允许土地自由买卖,就会形成土地相应向一些人手里集中,就会出现地主。大多数时候,地主不只是聚敛,他也施予、扶贫、办教育,等等。不管是宗族的族长,还是地主,还是小城镇上某种商业行会的领袖,这些人都叫乡绅。绅,他们在大部分时候构成中国乡村县以下的自治的核心阶层。而且不只是乡村,还包括乡村周围的小城镇,如李庄,也不是典型的乡村,它既是乡村,也是一个不小的城镇,因水运、因货物集散而起的城镇。总而言之,在封建社会当中,就是士与绅这样两种人成为中国社会的两个支柱,除了皇帝从中央开始任命到县一级的官员以外,他不再向下任命官员,王权的直辖到此结束。到民国时期政权开始向下延伸,乡绅中的某一个人,比如说李庄当时的乡绅罗南陔可能当过乡长、区长,但这个恐怕更多也是名义上的,官与民互相借力,真实的情形可能是照顾到他的这种乡绅的地位与其在乡村秩序中所起的特定作用——在乡村自治或半自治中所起的作用。

这个时候,刚好遇到全面抗战爆发,于是,故事就发生了。没有全面的战争,这些知识分子,这些士,不可能来到这个地方。我觉得李庄故事的核心就是:在这里,中国士与绅来了一次最后的遭遇、最后的结合,然后留下了一段李庄故事。今天中国社会已经改天换地,我们大概可以说士这个阶层,也就是知识分子阶层还在,虽然在国家体制中的存在方式与民国时期有了很大的变化,但还是继续存在。但是,绅、乡绅这个阶层却是永远消失了。今天国家政权不但到县,还到了乡、镇,还进了村,此前还经过了土地改革,土地所有者也变成了国家。土地私有制被消灭后，绅所赖以存在的基础就彻底消失了，从此以后绅这个阶层在中国社会当中是不会再有了。所以，我以为李庄的故事其实是中国乡村跟城市——不，不能说是城市——应该说是中国基层的乡绅们跟中国的士这个阶层最后发生的故事，而这个故事是这样美好，这样意味深长。

过去我们说到绅，得到的多是负面的印象。从共产党进行第一次国内革命战争，就是红军时期以来，中国人习惯了一个词，叫土豪劣绅，习惯了给"绅"加上一个不好的定语："劣"。过去乡村里有没有劣绅呢，肯定有的，但是不是所有绅都是劣的呢？那也未必。如果是这样，中国乡村在上千年历史的封建社会中，没有办法维持它的基本的正常的运转，如果绅都是恶霸，都是黄世仁，都在强占民女，都要用非法的方式剥夺土地和其他生产资料，农民都没有办法活，那这个乡村早就凋零破败，不存在了。但中国乡村在上千年的历史中一直延续到20世纪50年代初期，自有其一套存在的方式与合理的逻辑。当然，乡村这种秩序的瓦解也并不全是革命的原因。这种乡村制度的瓦解首先还是经济上陷入困境。其中重要一点，就是近代以来，现代工业的兴起，廉价的工业品从城市向乡村的倾销，造成了首先是手工业的凋敝。但因为城乡贸易的增加，自然会带来物流运输的增加，那么，那样一个特殊时期，是不是反而造成了李庄这个水码头的繁荣呢？

话有些远了，还是回到绅这个话题吧。

我来说说"绅"这个字是什么意思。这个字最早出现在汉字里头，是说古代的人都穿长衣服，所以腰上会有一条带子，"绅"的本意就是束腰的带子。《说文解字》里说："绅，束腰正衣，使貌正之。"就是人穿衣服要有规矩，显出一个庄重的样子。后来就从这个本意引申出来"绅"这个字一个新的意义，就是说凡可以叫绅的人，在道德上对自己是有要求的，他们在生活当中，在生产活动当中，在经商过程当中，对自己是有某种道德要求的。更不要说那些大的家族，绅作为家族的族长，一个家族祠堂的总的掌门人，他要平衡各个方面的关系，协调相互之间的情感，很显然如果只是使用暴力，只是用阴谋诡计，恐怕很难达到为尊族中与乡里的目的。他还是依靠合于传统道德的乡规民约，依靠一种道德言行规范，来约束自己的言行。前些天我去扬州，参观一个地方，看到一个以前老乡绅的老院子，从这老宅子中抄到两副对联，其实这就是自古以来，中国乡绅阶层对于自己的约束和要求。用什么样的带子来维系他们的道德、维系他们的传统呢？这两副对联就是这家人的传家箴言，第一副的上联是"几百年人家无非积善"。说一个家族要在一个地方立足不是一代不是两代，要在这里几百年传家，要在这里长久立脚，而且还要家世昌盛，就要多做惠及邻里的好人好事。下联是"第一等好事只是读书"。我们知道，过去乡绅门前大多会有个匾额，匾额上大多书四个字"耕读传家"，正是这个意思。第二副对联上联是"传家无别法非耕即读"。说我们这些人家做什么事最好最长久呢？只有两件事，不是耕作就是读书。下联是"裕后有良图唯勤与俭"。说使后代保持富裕不是传多少钱给他，最好的方法是学会勤劳与节俭。这其实不只是这一个家族的传家格言，而是中国古代以来乡绅们所秉持的一个久远的传统。

进一步说，过去的士，很多人都是从这些耕读世家出身的，如我们四川的"三苏",一门三父子都通过科举考试成了士,而在没有成为士之前就是当地有名的绅。到了明代,新都的杨升庵一家,父亲是朝中高官,自己又考上状元。都父子没有出仕之前,就是当地的绅。他们的家庭,就是当地耕读传家的绅。如果我们愿意多下一点儿功夫,查一查抗战中来到李庄的那些士,傅斯年、李济、董作宾、梁思成、林徽因、陶孟和、童第周等等,考察一下他们的家世,一代、两代、三代……大多都是来自乡村,来自乡村的绅这个阶层。

土地改革以后,绅中的一些人被划了一个成分,叫地主。这本来是一个是中性的词,土地的主人。划定成分时,就有了贬义。之前,却应该是一个好的词吧。孟子说过"无恒产则无恒心"嘛,有了地就是恒产,有恒产就有恒心,所以这样的一种士绅耕读的传统,就决定了这些乡绅不是今天我们再用这个词时所说的,那些个不尊重文化的暴发户,那些第一桶金或许都带有原罪色彩的所谓土豪。那个时候的乡绅中土豪其实是有的,但也是少的,大多是耕读传家的大家族大乡绅,他们的发展是一步步走来的,除了财富的积累,同时也有道德与文化的长久积淀。所以当抗日战争爆发,国家和这个国家的文化都面临深重的危机时,这些李庄的乡绅们才能够懂得文化的价值,这些士的价值,才会主动邀请这些文化人,这些当时的士与未来的士来到李庄,托庇于李庄。今天大家都在挖掘李庄那封电报的故事,那不就是当地的乡绅们结合在一些,他们身份很复杂,有商人、有国民党的区长乡长、有乡间的哥老会首领,但这些都是乡绅在新的时代中出现的逐渐分化,也许,在寻常情形下,他们之间还有种种明里暗里的争斗,有各种利益的冲突,但这个时候,他们可以集合在一起,说邀请这些文化人、这些文化机构来李庄吧,让我们为保护中国文化、保护中国的读书种子做点儿事情。

在这样的时期,当"中央"研究院史语所及其他所、"国立"同济大学、中国营造学社等学术机构遇到困难时,很难想象从那么一个从来没有听说过的地方,有一群人联名发出电报邀请他们来到李庄。所以我觉得我们以后一定要把李庄的故事讲好,一定要讲出它背后的道理,而这个背后的道理恰好正是中国悠久的文化传统当中最最重要的那一个传统。绅这个阶层,不但一直在哺育中国士的阶层,他们还内在地坚守着一种精神,一种尊重中国文化人、读书人的精神。

前次我去板栗坳,看见史语所的人离开时留下的一块碑。碑文写得很好,我想再给大家念一念。其实也就是记述了当时写乡绅收留他们的事情,还写出了张姓乡绅的家世。

这通碑叫"留别李庄栗峰碑铭":

李庄栗峰张氏者,南溪望族,其八世祖焕玉先生以前清乾隆间,自乡之宋嘴移居于此。起家耕读,致赀称巨富。哲嗣能继堂构辉光。本所因国难播越,由首都而长江而桂林而昆明,辗转入川,适兹乐土。尔来五年矣。海宇沉沦,生灵荼毒,同人等幸而有托,不废研求。虽曰国家厚恩,然使客至如归,从容乐居,从事于游心广意。斯仁里主人既诸军政当道,地方明达,其为藉助有不可忘者,今值国土重光,东迈在迩,言念别离,永远缱绻,用是询谋,佥同酾金伐石,盖弇山有记,岘首留题,懿迹嘉言。昔闻好事,兹虽流寓胜缘,亦学府一时故实。不为

> 镌传，以宣昭雅谊，则后贤其何述？

碑文开头就写了在栗峰传家八代的张家。张家不是穷人，穷人怎么接纳他们呢？"……移居于此，起家耕读……"注意刚才我讲过，这些士如傅斯年、李济他们是深深懂得中华乡村传统的，所以他们说李庄乡绅如张氏这样的望族是起家于耕读的……而且一家人继续读书，不因为有点钱就荒废了，所以这个家族传了八代还是勤谨兴旺、耕读传家之人……碑文里几句话，说得非常简单，然后他们要走了，又说了几句话……说我们在这儿做研究，在战乱时候在李庄做研究，完全靠的是主人的仁厚。就这么一个短短的碑文，我在那儿看，念了三遍，很感动。士这个阶层，他们自己就有很大的发言权，用今天的话叫作有话语权。而他们刻下这通碑的时候，就把绅对于士在特殊时期的庇护说了出来，大声说了出来：是为了"宣昭雅谊"，这是士与绅在中国最后一次遭遇所留下的雅谊。

古时候说，居高声自远，士都在高处的，知识分子的声音都是传得很远的。可乡绅呢？在接下来的几年，这个阶层就已经消失了，大概中国以后再也不会出现这个阶层了，而他们的声音就消失了。所以我们今天要讲好这些士的故事，这些知识分子的故事，要把这个故事讲得更加完整全面，就不能不说出这些乡绅所代表的李庄人的故事。这个故事我们也要讲好。所以我有个建议，以后要着力做一些关于这些乡绅家世事迹的调查整理工作，在考虑李庄文化陈列的时候，也应该有一两个地方来说一说李庄本身的文化、李庄本身的历史。不然就不能说清楚为什么是李庄，不是王庄，不是赵庄，托庇了这些伟大的传承了中国文脉、中国学术机构与人士的道理何在。这个道理就是中国几千年传统文化中，耕读传家的乡绅文化当中，一种天然的对文化的追求和对文化的向往与尊重。

　　当然时代已经处于剧烈变化之中，中国的乡村社会、中国的乡绅们也正在接受现代文化的冲击，虽然相较而言，他们还是更熟稔中国的传统文化、孔孟之道。有一个外国汉学家跟梁思成夫妇很好的，他谈到中国文化时说过，中国的乡绅们大部分其实就是儒家，他们自己就是儒家文化的传统的代表，对于现代的民主与科学思想还不是很了解。所以这里也有这样的故事，说李庄人对于同济大学医学院做尸体解剖是如何惊诧与不解。我相信这样的故事一定是有的。但这种故事该怎么讲，该以什么样的方式来讲，也是大有考究的。我觉得以后再讲这样的故事，应该要基于一种对传统文化，以及对当地人的充分尊重，要基于历史学家常说的一句话叫"同情之理解"。我们要很正面地、更详尽地讲这个故事，一定不要在讲这种故事的时候，变成简单的文明跟落后、文明跟愚昧那样的冲突，而把李庄当地人在这个故事当中漫画化了。这个不是对于接纳了那么多、那么重的士的李庄人的尊重。即便他们在观念上暂时不能接受，但他们后来不是就接受了吗？所以这里头有一个历史学的原则，我愿意再重复一次，就叫"同情之理解"。你必须站到他那个位置上，想他为什么会这样看待这个问题、这个新出现的事物。那是传统文化驱使，而不是他对文化本身的看法。如果我们漫画化了他们，就可能出问题，给来李庄游客一个印象——原来这是一个非常愚昧的地方。

　　如果这里真是一个非常愚昧的地方，我们一来到李庄，就不会看见镇口就耸立着一座奎星阁。

民间认为,奎(魁)星就是文曲星,是专门照应一个地方文运的。如果这是一个愚昧之地,那么为什么在李庄这个地方人们没有塑一个别的东西,比如不是商人奉为保护神的关公——关云长,而修了一个奎星阁。奎星阁为什么修得那么高?因为可以接应到天上昭示文运的奎星的光芒,使这个地方文运昌盛。这说明这个地方一直是尊重文化的。我第一次来,一看这个地方有一座奎星阁,我想这一定是一个有文化向往、尊重文化的地方。

在李庄故事的重新讲述的过程中,当地已经做了很多有意义的工作,比如那些知识分子、那些士在那么艰难的条件下,使得中国文化得以薪火相传的种种事迹。但原谅我觉得这还不够,我们还应该在另一个方向做更大的努力,做一些恢复跟重建当年当地乡绅文化的努力。只有这样,有了士与绅之间这么一种相互的印照,互相的激发,我们才会真正知道中国文化活力所在的最大秘密。我们也才知道为什么那么多文化机构在半个中国四处漂泊后,能最终安顿在此地、扎根在这里,出了这么多成果和成就,而且是在那么艰难的条件之下,这是什么道理?在物质生活非常艰难的情形下,两个不同的阶层之间,当地人和外来人互相之间这种人情的滋润,对于当时来到这里的困窘无比的文化人来讲,我想,就是一份巨大的温暖和支持!

从很早以前,中国就实行乡村自治。从春秋时代开始,就出现了中国乡村的基本建构单位,出现了我们今天表达乡村建构的那些词。顾颉刚先生在他的《春秋》一书中说,春秋时代的乡村治理,或者说乡村的构建,最小的单位叫"家","家"

上的单位叫"邻",今天我们讲的"邻"那时其实是一个行政单位,"邻"上是"里",再往上是"乡","乡"上是"党"。今天我们谈乡亲、谈乡村的时候,经常还用这些词:邻里、乡党。北方人,尤其是陕西人特别喜欢说,我们是乡党啊,这代表是一个地方的。其实从邻里到乡党,都是乡村结构。而且国家政府机关并不向你派出官员,大部分就是乡村自治。前些天我看到一个材料,说清代时,人口开始大增长,用了不到一百年时间,人口就翻了两番到了三亿多近四亿。为什么呢?因为这个时候从外国传来了产量高的作物,来了玉米、番薯,来了马铃薯,过去粮食产量低,自然形成对于人口增长的抑制,粮食产量高了后,人口自然大爆发。同时,在这样的情况下,清代的官吏跟明代相比,并没有增加。这就说明在这样一种情况下,乡村通过乡绅们的自治,仍然是行之有效的。这些用束腰的带子"绅"作为命名的人们,在乡村是宗法权力的维系者,是经济生活的维系者,同时也是道德与文化传统的维系者。而正是他们对自己有约束、有要求,这种传统才能够存之千年,而不被废弃。如果情形不是这样,如果这些人都是土豪恶霸,这种乡村治理早就被推翻,早就崩溃、废之不存了。

当然,封建社会从形式上是永远结束了,经过改天换地的土地改革,绅这个阶层是没有了。现在看来,当年的那些乡绅们,在新中国成立后还受到不公平、过激的对待。但是今天的情况正在发生变化,我们可以坐在这里,比较客观地来反观这段历史了。而且我们谈的不是给谁平反的问题,而是谈一个文化传统问题,给一个历史现象一个合情合理也是合乎当时历史事实的文化解释。当年李庄那些乡绅,他们是有代表性的人,代表了中国传统文化的一些人。只有讲清楚他们的故事也才能把士和绅的故事梳理清楚。只有这样，只有有了他们充分的庇护与帮助，就如栗峰碑文中所讲的，"幸而有托，不废研求"，才有那封电报中那简洁而又恳切的话，"同济来川，李庄欢迎，一切需求，当地供应"。所以，当这些文化机构、这些士、这些知识分子来到这里，才能在抗战烽火中觅得一块平安之地，继续专注于自己的学问、研究与教育工作而弦歌不绝，这也使得这些人在困顿之中更加表现出谔谔之士最美丽的一面。

是的，就像传统文化决定了乡绅有乡绅对自己的道德与文化要求一样，知识分子对自己也是有道德与人格要求的，士对自己从来就是有要求。不像今天我们讲知识分子，条件已经过于宽泛，有一定学历就叫知识分子或者有个技术职称就叫知识分子，不是这样的。当然知识分子对自己的第一个要求就是有学养、有学识、有学问，但是只有这个是不够的，知识分子还要有风骨、有气节、有人格。我们在讲李庄故事时，讲士与绅时，有很多知识分子都可以作为楷模来讲。比如傅斯年这个人，可能就是中国的更符合士的要求的知识分子。很多的老先生、知识分子比如董作宾这样的人，他们更多可能是专注于自己的学问。但是傅斯年这样的人不一样，他要过问国家的政治，他要干预国家的政治，但是你真正要让他去做官，他又不做官，蒋介石亲自请他吃饭，让他当议员，不当。但他一定要当好史语所的所长。那个时候情况不一样，傅斯年们不会觉得在大学里在研究机构里当领导就是做官，那时必须到政府任职才算做官。今天上述所有地方的领导都是官了，这是今天时代带来的变化，这个变化也带来知识分子的某些变化。当年抗战刚结束，李庄的摊子还没收拾,傅斯年就急急忙忙就跑到了北京,他要恢复北大。这个时候国民政府已经任命了胡适当北大校长,西南联大要分开,清华归清华、北大归北大,但胡适还没有从美国回来。傅斯年在李庄的一摊子事还没有收拾的情况下,就跑到北京去了,有点儿争强好胜急于恢复北大,说不能让北大落在清华后面。北大当年撤离后,还有一部分教职工留在北京,在伪北大做事。傅斯年说胡适这个人学问比他好,但办事比他坏。别人让胡适快点回来接任北大校长,他却给胡适写信说:你不着急,你慢慢回来,我先去给你代理校长;因为怕你心软,对伪北大的人下不了手。他回去就一件事,只要是在伪北大干过一天的,当年北大撤离后还留在北京、在日本人手下工作的这些人,一个不留。当时,这些人也到政府去静坐上访,也有政府官员找傅斯年说算了吧,除了少数人真给日本人做事,别的也就是混口饭吃。傅不干,说为人没有这样的,我们是北大人,只要这些伪北大的人中有任何一个人留下来,那么对于那些历经千辛万苦,撤离到昆明、到李庄的这些人来说,就是不公平的。后来,他自己说我就是北大的功狗,我就是北大的一条狗,等我把那些人都咬完了,再把校长位子还给胡适。胡适学问大,却是好好先生,他干不了我这种拉下脸皮不讲情面的事情。所以我来当北大的狗,功狗。傅是文化人,他骂自己也是有学问的,这背后是有典故的。功狗这个典故是从刘邦来的。汉高祖刘邦平定了天下,对手下很多人论功行赏的时候,韩信、张良等不服,问他,萧何不是跟我们一样帮你打天下吗?为什么萧何做丞相,我们就没有那么大的权力?刘邦说,萧何是功人,有功的人,你们是功狗,有功的狗。不是刘邦看不起那些人,他打了个比方,说好比上山打猎，你们呢像狗一样，是人家指出了猎物在哪里，你们就去追，你们就把猎物追回来。萧何呢，他是能发现猎物并指出猎物在哪里的人，然后计划好门道告诉你们怎么去得到猎物，所以他是猎人，你们是猎狗，但都有功，所以萧何做丞相，他的本事比你们大，他是功人，你们是功狗。这就是功狗的典故。所以说北大教授不会轻易骂自己为狗的，即便骂自己为狗也是要有典故的。这些知识分子是在这样一种环境里出来的，知识分子也是要报效国家的。

没来李庄前的史语所还发生过一个故事。这个人从中山大学毕业，曾在史语所工作一段时间。傅斯年把他派到我家乡一带的地方——今天甘孜、松潘、茂县那一带地方，去调查羌族语言，做羌族语言研究，然后，又去做藏族语言的研究。傅斯年对人要求很高，有时候又有点儿着急，几次调查报告拿回来都不满意，不满意这个人。这个人也很硬气，就不理傅了。这个人是爱国青年，还上过军校，突然他到了阿坝就不想回来了。傅斯年写信批评他，他就不回来了。他不回来干什么呢？阿坝有个县叫金川县，那个时候已经很汉化了，当地有个绅真是个劣绅，当袍哥首领种植走私鸦片，没有人敢管，县长也不敢管。这个人就找到省政府说，我去那里当县长。当时任用干部的好处是不用像现在要经过副乡长、乡长跟区长再当县长的这样的过程。上面说你真想去，真敢去，就去吧。那个时候史语所已经搬离李庄了，1946年了，他就真去当了金川县县长。上任没几天，就准备对付那个劣绅，他说前任怎么就把他拿不下？我来把他拿下。他的做法很简单，他对手下人说，你们连《史记》都没读过吗？《史记》里有鸿门宴，我就给他摆一道鸿门宴吧。

他真就这么干的，发请帖，请杜总舵把子——那个劣绅姓杜，到县政府赴宴。宴席中真的就跟古书里写的一样，酒过几巡，摔杯为号。那位姓杜的袍哥舵把子也有胆气，就敢到县政府喝酒，接到请帖就去了，去会会新到任的县长。真的当这人喝到半醉，就被县长的卫兵给打死了。这位书生县长真的觉得是为地方除了一大害。但他没想到，第二天，这个人的手下几百人就把县政府包围了，最后把他给杀了，这个史语所出来的人就当了几天县长。也许他不熟谙官场的一套东西，但正因为不愿意尸位素餐，不肯得过且过，自己丢了性命。但他确实用他的死，让国民党政府有了借口，马上派兵镇压，这个县一股尾大不掉的势力，从此被铲除。这是一个书生用他的死换来的。也许在今天现场这些富于行政经验的听众看来，他把这个事想得很简单，但我们确实可以看到，那个时代的知识分子身上，确实有忧民报国的真切情怀，而且这种情怀在史语所这样一个特殊的知识分子群体所形成的氛围中得到巩固和强化。后来我遇到一个台湾史语所的人，我问他你们那儿是不是有他的档案，他说真有这个人，说他当年搞民族语言调查的油印材料还在史语所的学术档案里，还有傅斯年批评他的文字留在上面。他愤而出走，愤而去当县长，然后献身。这个人的名字叫黎光明。

我们可以看到围绕史语所的这种故事，我们可以看到那个时代知识分子身上蕴藏的精神与人格力量。我觉得这些故事都还有待于进一步发掘。现在是双向的故事发掘都不够，李庄的故事要更立体、更完备、更符合当时的历史语境。讲故事是一回事，怎么讲这些故事，用什么样的方式，用什么样的态度讲这些故事又是一回事，这其中都大有文章。有些故事如果处理得不好,就可能像医学院的尸体解剖故事那样,可能会简单化、漫画化。讲到说故事的方式与态度,还有个危险就是,比如说怎么讲梁思成、林徽因及其他人的爱情故事,也是一个问题。因为今天我们所处的消费时代,这个故事如果讲得不好,就有可能像当下很多地方一样,只热衷于把林塑造成一个被很多男人疯狂追求的人,这既轻薄了林,也轻薄了那些美好的爱情故事。我们更应该把她作为一个知识分子的建树,尤其是作为一个知识女性在那样的年代里,一个大家闺秀沦落到一个乡间妇女的日常生活的焦虑中把她对家庭的倾心维系、对学术研究的坚持表达出来。她的弟弟二战中死在战场上,她是怎么对待的,而没有被这巨大的悲痛所摧垮,这是什么样的精神!即便说到爱情,她病得那么重,金岳霖专门从西南联大过来为她养鸡,这故事怎么讲。今天我们的故事讲得太草率了,不庄重,逸闻化。长此以往,李庄这样一个本身可以庄重的、意味隽永的故事慢慢就会消失它的魅力。当然关于这些知识分子、这些士的故事确实是太多了,还是要深入地挖掘。这些学人的后人大多还在,其中很多还是有言说能力的知识分子,也许他们出于对前辈的维护,提供材料的同时,也会规定或影响这个故事的讲述方式。这个当然要尊重,但规定性过强,也会出现问题,这也是需要加以注意的。

  到了李庄,我又有新发现,我原来都没想到,在"中央"博物院突然找到了一个人叫李霖灿,这个人在我做有关丽江泸沽湖的历史文化调查时遇到过,遇到过他写那些地方的文字,后来,这个人就从我的视野中消失,不知所踪了。我在丽江做调查的时候,我就查到在20世纪30年代到40年代有三个人写过丽江。其中两个人是外国人，一个叫约瑟夫·洛克，一个是俄国人叫顾彼德。洛克写的书叫《中国西南的古纳西王国》，顾彼德写的书叫《被遗忘的王国》。此外，我还找到过一本小册子，就是李霖灿写的。这是一本游记，当时散乱发表在报刊上，后来有人收集起来，出了一个小册子。那时候李是杭州美专的老师还是学生我记不起来了。学校派他到西南少数民族地区去搜集一些美术资料，他就去了丽江和泸沽湖一带。在那个年代，中国人大部分还没留下那些地方的真实记录的时候，搞美术的李霖灿却写了一本跟泸沽湖跟丽江跟玉龙雪山这一带有关的几万字的书。至少对我有很重要的参考作用。但后来我就再也找不到这个人去哪儿了，从此再无消息，一个搞美术的，而在美术活动中再也不见他的名字，又没见到他继续从事文学书写，从此就断了线了。那次在张家祠，一下子见到他的名字，原来他加入"中央"博物院了，进了当时那么高的学术机构，就是缘于他在丽江的那段经历。在那里，他从搜集美术资料入手，进而接触纳西族的文字，并对此发生浓厚兴趣，半路出家，转而对当地的东巴语言和文字进行研究，编撰出了汉语东巴文词典，成了中国知识分子用现代语言学方法研究中国少数民族文字的中国第一代学者，也许今天我们很多学者还在沿用他创建出来的一些方式跟方法。所以要感叹，这个世界很大，但这个世界也很小，一个在我自己研究视野当中失踪了多少年的人，突然在李庄出现，而且，这个人已经从一个搞美术的人变成一个语言学家。因此可以见得，在当时那么艰难的条件下，他们还在教学相长，还在努力尽一个士、一个知识分子的责任，以学术的方式研究这个国家，建设这个国家。这样的精神，对今天的知识分子来讲，有多么可嘉可贵，自不待言。

前几天我刚好去眉山的彭祖山，我有一个朋友在那儿搞养老地产开发。我去彭祖山一看，在当地档案馆一查，对彭祖山最早的文化考察，对当地汉墓的考古挖掘，也是当时李济所属的在李庄的考古所的人去做的，留下了很有价值的考察报告。这时，你就不得不感慨，在那么艰难的条件下，他们还在认认真真地从事学术事业，有人甚至还到了敦煌，去临摹敦煌壁画，而且一待就是一年两年，天天跟傅斯年写信要钱。傅斯年就又从李庄出发，坐船到重庆，到教育部去求人，去骂人，把钱又要一点儿回来寄给大家花，就是用这样的方式在延续文脉，不使中断。所以我觉得我们要把李庄故事讲好，这些知识分子留下来的生动的故事也要进一步挖掘、整理，而且这些整理要有更好的方式、更直观更生动的方式来呈现。今天我们可以用很多方式做出种种呈现，因为我们的博物馆学已经很发达，博物馆的方式已经有很多很多，我相信能够找到更好的呈现方法。

但是我觉得更重要的是，李庄的故事最精彩之处，就是刚才我讲的，中国的士跟中国的绅的最后一次遭逢，而这次遭逢从人文精神上绽放出这么美丽的光华。而且这在中国历史上一定是最后一次了。如果说知识分子这个阶层，士的精神还会继续在读书人中间继续存在的话，中国乡间的耕读传家的绅是永远不会再现了。

中国传统社会当中最重要的两个阶层在既是抗战时期，也是中国发生翻天覆地巨大的社会革命的前夜，绽放出来这样一种光华，呈现出来这样的历史文化现象，我相信无论我们怎么书写呈现，都绝不为过，也是具有非常特别的意义的，对我们构建民族文化的记忆,尤其是一个地方历史文化的记忆,这一章是非常重要的。从这个意义上讲,李庄是非常重要的,李庄是非常珍贵的,李庄是值得我们永远珍视的,因为在这样一个历史节点上,士和绅这样两个阶层在这样的时刻,都向中国人展示了他们品格中最美好、最灿烂耀眼的那一面!所以我认为但凡对于中国文化怀有敬意,对于中国文化那些优质基因的消失感到有丝丝惋惜的人,都应该来到李庄,在这个地方被感动、被熏染。

我记得老子《道德经》中有这样一句话——在我感觉中,老子是个悲观主义者,总感叹这个社会在精神道德上处在退化之中——他说:"失道而后德,失德而后仁,失仁而后义,失义而后礼。"他说这个世界本是按大道自在运行的,但人的弱点,人性的弱点,让人失去自然天道的依凭,而不得不讲求德,这已经不是自然状态了,只好用德这个东西来自我约束和彼此约束,只好退而求其次,"失道而后德"。但最后我们连德也守不住,就"失德而后仁",当我们失去自我约束,所谓仁,就是我们只能要求我对别人好一点,别人也对我好一点,特别是统治者对我们好一点,我周围比我强大的人对我好一点,这也就是孔子说的仁者爱人。但仁也守不住,"失仁而后义",说仁也不成了,就只好讲点义气。到义气就很不好了,义气就是我们这帮人扎在一起搞成一个小团体,小团体内部彼此很好,但对团体外面的人很差。我们想想中国的传统小说,《三国演义》里刘关张之间当然有义,但他们对别人就可能仁也没有、德也没有了。《水浒传》里,宋江和李逵有义,宋江被抓了,李逵为救他不顾生死去劫法场,讲不讲义气?中国人觉得这个特别好,但我们看李逵从法场上救出宋江，往江边码头狂奔，一路抡起斧子就砍，砍到江边砍了多少人？对宋江有义对其他被砍的人有义吗？用今天的眼光来看，李逵简直就是古代版的恐怖分子嘛，所以道义已经就非常不堪了。但是在李庄故事里我们回过头来看到，不管是这些知识分子，还是接纳他们的这些乡绅，我想先不说道，但至少还在德跟仁的层面上，我们看到中国传统文化当中的这些因素，在不同方向上对不同层面的人都形成了某种有效的制约，从而达成了某种人格，达到了某种今天人难以企及的境界。这种关系用今天话来讲，还是一种充满了正能量的关系。所以李庄在传统文化维度上的教育意义肯定比中国武侠小说要强。中国文化、中国的人际关系到了要靠义来维护的时候，其实已经很不堪了。但是，李庄故事不是这样的，李庄故事还会给所有人以温暖的感染。

在今天这个已经高度组织化的社会，在社会深刻转型变革的时期，在时代剧烈的动荡当中，其实讲求义都很困难。背信弃义这个词，在中国语言中存在也已经很久了。想想这个局面，真是令人不寒而栗。而在那样一个动荡的时代当中，李庄这样一个地方，还保存了读书种子，还保存了文明之光，更重要的是通过士与绅这两个阶层的结合，保存了中国传统社会当中的那种基本的道德感、基本的人性的人情的温暖，这就是李庄让人流连忘返的所在，让人觉得李庄故事了不起的地方。

■ 陈 晋

作者简介

1958年出生，四川简阳人。作家、理论家。代表作品有《毛泽东的文化性格》《毛泽东读书笔记解析》《独领风骚：毛泽东心路解读》《毛泽东、邓小平、江泽民与中国先进文化》《世纪小平——解读一个领袖的性格魅力》《读毛泽东札记》《大时代的脉络和记忆——从五四运动到改革开放》《毛泽东阅读史》《陈晋自选集》等十余部。担纲《毛泽东》《邓小平》《周恩来》《新中国》《独领风骚——诗人毛泽东》《大国崛起》《筑梦路上》等多部大型电视文献片的总撰稿。

作家印象

陈晋是著名的文献研究专家、党史研究专家，他的研究重点在毛泽东文献和思想。近年来他青灯黄卷，稽古钩沉，相继出版了一系列关于毛泽东研究的著作，每一部都引发了学界的极大反响。

在这篇文章中，陈晋以扎实的研究功力，通过毛泽东在新中国成立后对自己著述的评价，科学地、客观地陈述了毛泽东思想从萌芽到成熟的脉络，写出了毛泽东的理论能力、认识水平、政治智慧、担当意识、创造精神、个人魅力，表达了他对于历史问题和和历史人物的理性的态度。

翻检自己的作品所生发的自我评论，是评论中最有意味的一种。写作时的心路历程、重读时的现实境遇、放到历史长河中的审视与反思，都构成了自我评论的丰富内涵。陈晋的这篇文章就讲述了新中国成立后毛泽东在编辑个人选集的过程中以及其他诸多场合对自己著述的评价与论述，生动地呈现了文章大家和理论大家毛泽东的"得失寸心知"。其中，无论是对文章写作、修改的规律总结，对社会主义革命和建设实践进行理论阐释的心得体会，还是与时俱进、坚持理论创新的自我要求，对我们今天坚定理论自信，开辟21世纪马克思主义发展新境界，都有深刻的启发意义。

——李 舫

文章千古事

——毛泽东在新中国成立后对自己著述的评价

■ 陈　晋

新中国成立后,毛泽东主持编辑四卷《毛泽东选集》(以下简称《毛选》),还不时回顾过去的著述,谈论新近的文章,且多有评点。这既是梳理自己过去的思想心路,也难免拨响波澜壮阔的历史心曲,还涌动着回应现实需求的政治心潮。其间有多少回声,多少感慨,多少沉思,多少遗憾?其中滋味,正可谓"文章千古事,得失寸心知"。

"是血的著作"

1964年,有人向毛泽东说到读《毛选》的事,毛泽东的回应别出一格:"《毛选》,什么是我的?这是血的著作。《毛选》里的这些东西,是群众教给我们的,是付出了流血牺牲的代价的。"

所谓"血的著作",指《毛选》是斗争的产物,由问题"倒逼"出来,写文章是为记叙中国革命浴血奋斗的曲折过程,总结党和人民群众创造的经验，《毛选》的理论观点是付出巨大牺牲换来的。

这个基本定位，不是偶然之思，为毛泽东反复谈及。"我们有了经验，才能写出一些文章。比如我的那些文章，不经过北伐战争、土地革命战争和抗日战争，是不可能写出来的，因为没有经验。"中国革命"经历过好几次失败，几起几落。我写的文章就是反映这几十年斗争的过程，是人民革命斗争的产物，不是凭自己的脑子空想出来的"，"栽了跟头，遭到失败，受过压迫，这才懂得并能够写出些东西来"。

这些坦率的评判，表明毛泽东不愿把自己的著述等同于一般学者在书斋里写出的文字。理论源于实践，文章合为时而著，本就是写作规律。对这个规律，毛泽东不是泛泛而谈，还具体地列举了一些篇章内容。比如，他说，"解决土地问题，调查农村阶级情况和国家情况，提出完整的土地纲领，对我来说，前后经过十年时间，最后是在战争中、在农民中学会的。""有了大革命失败的经验，十年内战根据地缩小的经验，才有可能写《新民主主义论》，不然不可能；才有可能写出几本军事著作（按：指《中国革命战争的战略问题》《抗日游击战争的战略问题》《论持久战》《战争与战略问题》）。"

因为是"血的著作"，总结了中国革命的实际经验，毛泽东对他的一些重要观点也就格外珍惜。1954年3月，英国共产党总书记波立特给中共中央来信，提出要在英译本《毛选》中删去《战争和战略问题》一文的头两段内容，理由是其中"革命的中心任务和最高形式是武装夺取政权，是战争解决问题"的论断，"并不适用于英国"，而且"会给我们在美国的同志招致很多困难"。毛泽东没有同意，让人在回复中表示，"该文件中所说到的原则，是马列主义的普遍真理，并不因为国际形势的变化，而须要作什么修正"，如果不合适英美读者，该文"可不包括在选集内"。也就是说，论述武装夺取政权的文章，宁肯不收入在西方发行的《毛选》，他也不愿删改。为什么？这个论断是从大革命失败后血的教训中得出来的，如果为了逢迎域外读者而让步删节，反倒显得对中国革命经验的总结不那么自信了。

对"血的著作"，毛泽东一向自信。1949年12月访问苏联时，他请斯大林派一位苏联理论家帮自己看看过去发表的文章，能否编辑成集。斯大林当即决定派哲学家尤金来中国做此事。后来毛泽东当面对尤金说："为什么当时我请斯大林派一个学者来看我的文章？是不是我那样没有信心？连文章都要请你们来看？""不是的，是请你们来中国看看，看看中国是真的马克思主义，还是半真半假的马克思主义。"

"是些历史事实的记录"

据逄先知回忆，毛泽东1960年春在广州通读《毛选》第四卷稿子时，特别兴奋。"读到《抗日战争胜利后的时局和我们的方针》《关于重庆谈判》等文章时，他不时地发出爽朗的笑声。"阅读旧著，回想当年金戈铁马、气吞万里如虎的魄力，运筹帷幄、决策千里之外的智慧，怎能不平添豪气，快意迭现。"这个第四卷我有兴趣。那个时候的方针是'针锋相对，寸土必争'，不如此，不足以对付蒋介石。"此后，他还进一步说道，"《毛选》第四卷就是记录三年解放战争的事"，从中"可以看到蒋介石是怎样向我们发动进攻的，开始我们是怎样丢失很多地方的,然后怎样发动反攻打败他们的。可以看出我们党的一些倾向,一些错误思想,我们是怎样纠正的,才使革命得到了胜利"。当年的决策玄机,战争的推进波澜,历史的本来模样,仿佛定格在了自己留下的文献之中。

不光是《毛选》第四卷,写于革命年代的所有著述,都被毛泽东视为历史的记录。他多次同外宾讲,"《语录》和《选集》是写的一些中国的历史知识。我们的经验有限,只能供各国参考。""我没有什么著作,只是些历史事实的记录。"虽是谦虚之辞,视旧著为"历史资料""历史事实的记录",倒也揭示了其著述与中国革命历史进程的紧密关联。

旧著虽是"历史事实的记录",但其中一些重要观点对现实的指导意义毋庸置疑。毛泽东1951年着手编辑《毛选》时,专门到石家庄住了两个月突击,他说要抓紧时间编选,"现在中国需要"。60年代以后,他的看法似有变化,屡屡用"历史资料"来淡化其著述的现实作用,还说今天阅读只能"参考参考"。为什么会出现这个变化?主要是觉得,现实任务已发生重大变化,探索社会主义建设道路也已进行了十来年时间,需要总结新的经验,写出新的理论著述。1964年,有人提出要出版《毛选》第二版,毛泽东说:"现在学这些东西,我很惭愧,那些都是古董了,应当把现在新的东西写进去。""老古董"的分量既已摆在那里,要紧的是写出"新东西",这是典型的政治理论家与时俱进的心态。

"此文过去没有发表,现在也不宜发表"

编辑《毛选》,毛泽东的原则是精益求精。为避免不必要的现实困扰，他舍弃了一些个性鲜明、很富情感色彩的文章。写于1941年9月前后，长达5万多字的《关于一九三一年九月至一九三五年一月期间中央路线的批判》，便属此类。

这篇长文着力批判中共六届四中全会后中央发出的《关于争取革命在一省与数省首先胜利的决议》《在争取中国革命在一省与数省的首先胜利中中国共产党内机会主义的动摇》等9个文件。这9个文件比较集中地体现了土地革命时期的"左"倾路线及其政策。毛泽东此文的写法，很像是读这9个文件的笔记，直截了当地层层批驳，不仅点了当时好几位中央政治局委员的名字，而且用词辛辣、尖刻，挖苦嘲笑之语随处可见，写作时确实怀抱激愤之情。虽几次打磨，咄咄逼人的语气和文风，终究难以消除。当时没有发表，只给刘少奇、任弼时两人私下看过。在延安整风时如果发表，肯定不利于团结犯错误的同志。思考者可以个性化，文章家可以情绪化，政治家虽说不乏个性和情绪，行事却需控制，更不能"化"。毛泽东此后二十多年再也没有提到过这篇文章，看起来真的是当作记录一段心曲的"历史资料"，永远地搁置起来了。

不知为什么，1964年春天他忽然把这篇文章批给刘少奇、周恩来、邓小平、彭真、康生、陈云、吴冷西、陈毅等人阅看，还说："请提意见，准备修改。"1965年1月，又批给谢富治、李井泉、陶铸阅看，还讲："此文过去没有发表，现在也不宜发表，将来（几十年后）是否发表，由将来的同志们去做决定。"

既然没有确定公开发表，为什么还要翻拣出来示人，准备花工夫重新修改呢？想来，在毛泽东心目中，此文未必纯属"历史资料"，其中或许藏伏着立足现实需要让他格外珍惜的东西。

的确，这篇长文反映了党的一段历史，一段犯"左"倾错误因而遭受重大失败的历史。毛泽东倾注那样大的心血，摆出那么多鲜活生动的事例，放纵那样锋芒毕露的犀利文风，来总结这段历史的经验教训，怎么能让它永远尘封？他相信对后人是有启发作用的。再则，时过境迁，那些曾经在20世纪30年代犯过错误的同志看了此文，也不至于出现"怒发冲冠"的情绪反弹了。

1965年5月，毛泽东在长沙动手修改这篇文章，把标题改为《驳第三次"左"倾路线（关于一九三一年九月至一九三五年一月期间中央路线的批判）》。修改完后，一番犹豫，他依然没有公开发表，也没有内部印发。如何处理此文，毛泽东心里确实颇为纠结。将近十年之后，毛泽东又找出此文，打算印发给中央委员。又是一番犹豫，结果只是给当时的部分政治局委员看过。据说，1976年8月，毛泽东还请人把这篇文章读给他听。一个月后，他逝世了，带走了对这篇文章的深深情感和复杂心绪。

"《实践论》那篇文章好"

1956年3月14日，毛泽东会见并宴请越南劳动党总书记长征、印尼共产党总书记艾地。长征谈起毛泽东的著作，毛泽东表示，他对《实践论》"是比较满意的，《矛盾论》就并不很满意"。这个评价，他后来始终坚持。1965年1月9日毛泽东会见美国记者斯诺，斯诺说到他在日内瓦参加了一次"北京问题专家"的学术会议，其中辩论的一个问题是，《矛盾论》是不是对马列主义做出了新的贡献。毛泽东接过话头回答："其实，《矛盾论》不如《实践论》那篇文章好。《实践论》是讲认识过程，说明人的认识是从什么地方来的,又向什么地方去。"

在毛泽东心目中,哲学在一切学问中居于最高地位,其他领域的著述不过是中国革命过程中一些具体经验的总结和具体政策的表达,是根据哲学观点结合实际的运用。他明确讲过,"没有哲学家头脑的作家,要写出好的经济学来是不可能的。马克思能够写出《资本论》,列宁能够写出《帝国主义论》,因为他们同时是哲学家,有哲学家的头脑,有辩证法这个武器。"这样一来,似乎只有写出有创见的哲学论著,才能显出理论上的贡献和卓越,才能实现精神世界的飞跃和满足。

毛泽东对哲学有很深刻的研究和深切的运用。长征到陕北后,他开始总结土地革命时期"左"倾路线错误,但总体上,他不纠缠于一些事件的是是非非,而是告诫人们,犯错误的主要原因不是缺少经验,而是思想方法不对头。为纾解当时许多人在这个问题上的思想疙瘩,他在1937年写了《实践论》和《矛盾论》,一下子牵住了提高认识水平、促进思想转变的"牛鼻子",起到一通百通的作用。新中国成立后,在自己所有的著述中,毛泽东比较看重哲学"两论",并认为《实践论》最好,原因或许在于,作为哲学家,他特别看重自己的论著在世界观和方法论方面的独创性贡献。

毛泽东评判其哲学论著,内心有一个参照。马列"老祖宗"都是哲学大家,在他们面前,他从不造次。1961年12月5日会见委内瑞拉外宾,对方谈到自己家里挂了马克思、列宁、斯大林和毛泽东的画像,毛泽东说:"我的画像不值得挂。马克思写过《资本论》,恩格斯写过《反杜林论》,列宁写过《谈谈辩证法问题》,他们的画像是应该挂的。"当然,他也并非觉得自己在哲学上对马克思主义完全没有贡献。1965年1月14日，他在中央工作会议上讲："马克思讲了自由是必然的认识和世界的改造，说从来的哲学家是各式各样地说明世界，但是重要的乃在于改造世界。我抓住了这句话，讲了两个认识过程，改造过程（按：指《实践论》）。单讲自由是必然的认识就自由了？没有实践证明嘛，必须在实践中证明。"把《实践论》放到马克思主义认识论发展史上来衡量，毛泽东认为是有独创性的。至于讲辩证法的《矛盾论》，他觉得超过前人的地方不明显。

"经过反复修改，才把意思表达得比较准确"

毛泽东说过，对自己发表过的东西，"完全满意的很少"。这透露的似乎是文章之外的心绪。实际上，他满意的旧作并不在少数。诸如《星星之火，可以燎原》《论持久战》《新民主主义论》等，新中国成立后他屡屡谈及撰写这些论著的背景及其发挥的作用。就是对一些没有收入《毛选》的文章，他也时常眷顾。1961年初，新发现写于1930年的一篇题为《调查工作》的文章，毛泽东如获至宝，"这篇文章我是喜欢的"，"过去到处找，找不到，像丢了小孩子一样"。1964年，他把《调查工作》编入《毛泽东著作选读》，题目改为《反对本本主义》。1965年，毛泽东还重读同样未收入《毛选》的《长冈乡调查》，并在上面批注："错误往往是正确的先导，盲目的必然性往往是自由的祖宗。"对这些旧著，他不仅满意，而且继续从中汲取对现实有用的思想资源。

重要文稿公开发表前，毛泽东都要反复修改，哪怕是过去已经公开过的，他也绝不草率印行。在主持编辑《毛选》的过程中,毛泽东不仅亲自选稿和确定篇目,对大部分文章进行精心修改,还具体地做词句数字、标点符号的校订工作,动手为部分文章撰写题解和注释。有的文章他重新拟定标题,比如,第一卷中的《中国的红色政权为什么能够存在?》,原题为《政治问题和边界党的任务》,改后的标题,一下子把文章主题拎出来了。他发表旧作时,既希望有"立此存照"的文献价值,又追求适应现实需求的思想价值。为此,毛泽东甚至说,"有些东西应该修改,比如第二次出版,应该有所修改,第三次出版,又应有所修改。"

好文章都是改出来的。毛泽东坦承,他的某些代表作的核心观点实际上是在修改过程中才逐渐成形的。1956 年 3 月 14 日,他对长征和艾地说:"《新民主主义论》初稿写到一半时,中国近百年历史前八十年是一个阶段、后二十年是一个阶段的看法,才逐渐明确起来,因此重新写起,经过反复修改才定了稿。"艾地听了感到惊讶:"印尼有许多同志认为毛主席思想成熟,写文章一定是一气呵成,不必修改。"毛泽东说,"那样的说法是不符合实际的","我们头脑、思想对客观实际的反映,是一个由不完全到更完全、不很明确到更明确、不深入到更深入的发展变化过程,同时还要随着客观实际的发展变化而发展变化。写《新民主主义论》时,许多东西在起初是不明确的,在写的过程中才逐渐明确起来,而且经过反复修改,才把意思表达得比较准确"。这些话揭示了文章写作和修改的真实规律,是文章大家如鱼饮水、冷暖自知的深切体会。说完,毛泽东还补充一句,"过去写的文章,很多现在并不满意",大概也是指还没有修改到位的意思。

"不适应新的需要,写出新的著作,形成新的理论,也是不行的"

大体从1959年起,毛泽东便生出一个心结,想对新中国成立后的社会主义革命和建设实践进行理论总结。1959年辞去国家主席职务,他讲的一条理由,就是腾出更多时间去研究理论问题。

事实上,毛泽东在新中国成立后一直在做理论创新的事情,但他总感到不够理想,并且越来越有一种不那么自信的紧迫感和危机感。他感慨自己,"人老了,不知道是否还能写出些什么东西来";也埋怨自己,"像《资本论》《反杜林论》这样的作品我没有写出来,理论研究很差。"有外宾问他有没有新的理论著作打算发表,毛泽东说,"可以肯定回答现在没有,将来要看有没有可能,我现在还在观察问题。"他还说,我们搞了11年社会主义,现在要总结经验。苏联的经验是苏联的经验,他们碰了钉子是他们碰了钉子,我们自己还要碰。

在理论创新方面,毛泽东很推崇列宁,认为列宁总是根据实践需要,不断进行理论创新。"单靠老祖宗是不行的。只有马克思和恩格斯,没有列宁,不写出《两个策略》等著作,就不能解决1905年和以后出现的新问题。单有1908年的《唯物主义和经验批判主义》,还不足以对付十月革命前后发生的新问题。适应这个时期革命的需要,列宁就写了《帝国主义论》《国家与革命》等著作。"反顾自己,毛泽东觉得新中国成立后还没有写出满意的理论新作:"在第二次国内战争末期和抗战初期写了《实践论》《矛盾论》,这些都是适应于当时的需要而不能不写的。

现在，我们已经进入社会主义时代，出现了一系列的新问题，如果单有《实践论》《矛盾论》，不适应新的需要，写出新的著作，形成新的理论，也是不行的。"

写出新的著作，实现理论创新，并不容易，因为社会主义建设才有一二十年的实践经验。但能不能通过对马列经典重新写序的方式，把中国社会主义建设的新经验融进去呢？毛泽东想到了这个主意。理由是马克思和恩格斯先后为《共产党宣言》写了七个序言。在这些序言中，马、恩反复强调，对《宣言》阐述的基本原理的实际运用，"随时随地都要以当时的历史条件为转移"。毛泽东很重视这个做法。1958年1月4日在杭州的一个会议上，他提出："以后翻译的书，没有序言不准出版。初版要有序言，二版修改也要有序言。《共产党宣言》有多少序言？许多十七八世纪的东西，现在如何去看它。这也是理论与中国实际的结合，这是很大的事。"

1965年5月，毛泽东准备尝试去做这件"很大的事"。他把陈伯达、胡绳、田家英、艾思奇、关锋等"秀才"召集到长沙，研究为马列经典著作"写序，作注"之事。他建议先为《共产党宣言》《国家与革命》等六本书写序言，六人一人一篇。毛泽东还表示，《共产党宣言》的序由他亲自来写。可惜，后来因为注意力的转移，这件事情没有继续下去。

毛泽东是有终极情怀的人。他把自己的著述放到历史的长河中审视，得出的评判另有一番滋味。1965年会见斯诺时，斯诺说他相信毛泽东著作的影响，将远远超过我们这一代和下一代。毛泽东的回答出人意料："我不能驳你，也不可能赞成。这要看后人，几十年后怎么看。""现在我的这些东西，还有马克思、恩格斯、列宁的东西，在一千年以后看来可能是可笑的了。"

怎样看这段"文章千古"的评论？它反映的是虚无情绪吗？不是。毛泽东对马克思主义不是一般的信念坚定，他对未来的思考总是弥漫着深刻的哲学气氛。一千年或几千年以后，社会主义发展到新的天地，若真的像他在诗里说的，实现"环球同此凉热"，阶级、国家都消亡了，那么有关阶级、国家的著述，岂不失去了用武之地？文章能否"千古"，并不重要，只要寸心之间蕴含的理想主义能够"千古"，就是件让人欣慰的事情了。

■ 陈家兴

作 者 简 介

1972年出生于安徽太湖。文学硕士。媒体资深评论员,高级编辑,发表政论、时文、网评400万字。近期将出版《历史大棋局——古代雄主用人评略》《共产党人的心学——政治文化小札》等著作。

作家印象

人民日报评论员出身的陈家兴，不论写什么，文字里永远端庄肃静、正大光明。

他饱读诗书，对中国传统文化情有独钟。不论是作为中华文明的思想、文字、语言，还是作为传统技能的礼、乐、射、御、书、数，不论恒存于日常生活的书法、音乐、武术、曲艺，还是从先民流传下来的节日、民俗、节气、神话，都是他的研究对象。

从中华传统文化的流变中，他看到了中华文化的格局与气度，中华文明一次次绝处逢生的奇妙机缘。

——李 舫

中华文化的格局与气度

■陈家兴

一

"黄河落天走东海,万里写入胸怀间。"那些影响和改变历史的事件,大多内蕴这样的脉络:有什么样的文化格局与气度,就会导致什么样的历史走向。

2000多年前,汉武帝偶然得知西域有个月氏国亦想反击匈奴,"因欲通使",郎官张骞即应募。然而,张骞历尽艰辛十余载未能如愿,却带回些奇特的见闻,汉武帝也已不再抱守夹击匈奴的初见,而是对西域诸国生出"以义属之""威德遍于四海"的雄心。他先是让张骞派出四路使者以图打开联络身毒国(古印度)的西南通道,后又"拜骞为中郎将"再次出使西域。

在今天一些人看来,汉武帝的开放心胸乃是为了怀柔远人,属于"天下中心观"支配下国力强盛时的典型反应,然其时又并未以"夷狄"而是以"外国"来称谓和对待陌生的国度,显然包含的是中华文化平等交往的态度。

由此，东方通往西方的道路开通，丝绸之路开辟，东西方文化交流开始在世界文明史上蔚成大观。在这一过程中，中华文化的"走出去"与"引进来"相辅相成，德化天下与兼容并包相映生辉，彰显其开放包容的格局气度。

梁漱溟《中国文化要义》有过这样的概括，中华文化放射于四周之影响，既远且大。北至西伯利亚，南迄南洋群岛，东及朝鲜、日本，西达葱岭以西，皆在其文化影响圈内；更远如欧洲，溯其近代文明之由来，亦受中国之甚大影响……十七八世纪之所谓启蒙时代理性时代者，亦实得力于中国思想（比如儒家）之启发，以为其精神来源。

中华文化"海纳百川，有容乃大"，非有对本民族文化的充足自信，则不可能有如此的包容力。柏杨《中国人史纲》写道："在唐朝，中国当时被各国崇拜的程度，远超过其他两大超级强国，因为东罗马帝国和阿拉伯帝国对宗教是排斥性的，只有中国对各种宗教兼容并包。"

然而，面对外来文化，中华文化却不是囫囵吞枣地接受，而是有一个吸收、消化、融合、创造的过程。中华文化融合力的一个重要方面，就体现在外来文化的中国化。这种中国化，离不开外来文化本身的开放度，但更重要的是中华文化本身具有开放包容的大格局，更有融合创造的大智慧。

二

近代学者马君武在分析东西方文明异同时认为："欧洲者，因袭文明之国也，故其国民能受文明，且重积之。亚洲则创造文明之国也,已有文明,常不愿复受自他来之文明。"

的确,与欧洲文明一开始就在交融"因袭"中发展不同,我们的先人在相对独立、相对隔绝的"天下"域内,独自形成了以中原为中心的世界秩序的构想,而中国更成为一个文化共同体。

在先秦时期漫长的岁月里,诸子百家相互交流争鸣,文化殊为繁荣,成为中华文化养成海纳百川、兼收并蓄禀赋的活水源头。可以说,中华文化已成一个独立体系,具备自我发展、自我完善、自我革新、自我提高的能力,其海纳百川的开放包容胸襟,兼收并蓄的融合创造智慧,实为中华文化纵贯古今的血脉基因。

然而,这种"天下中心观"也容易生出一种"自大封闭"心态,不思进取,唯我独尊。"尽管中国古代对人类科技发展做出了很多重要贡献,但为什么科学和工业革命没有在近代的中国发生?"对这一著名的"李约瑟难题",从文化的包容性上看,自大封闭无疑是其中的一个重要原因。

自秦一统天下之后,中华文化发展便开始在"开放包容"与"自大封闭"间循环往复:开放包容,百家争鸣,最终带来新王朝的崛起与兴盛;而王朝在兴盛中便容易堕入唯我独尊的泥淖,在自大自负中封闭,最终走向暗弱;而在自大封闭中,开放包容的因子又再次孕育、萌芽、突破,终引时代变革之先声。

1975年,毛泽东同志有过一段很深刻的谈话:汉武帝罢黜百家,独尊儒术,结果汉代只有僵化的经学,思想界死气沉沉。武帝以后,汉代有几个大军事家、大政治家、大思想家?到东汉末年,儒家独尊的统治局面被打破了,建安、三国,出了多少军事家、政治家啊!连苏轼自己在他的《念奴娇·赤壁怀古》中也说:"江山如画,一时多少豪杰!"

三

历史一再警示：开放包容则兴，自大封闭则衰。一旦自我封闭，中华文化就容易内失于思想禁锢，外失于交流互鉴，最终落伍于世界大势，难以挺立时代潮头。

从 16 世纪开始，东西方文明开始呈现不同走向。在西方，欧洲文艺复兴进入高峰，工业革命则在 18 世纪后即席卷欧洲。

而一直领先于世界的中华文明，因其自大封闭，既不能指引中华民族的前进方向，又不能因应西方文化的剧烈冲击，中华民族最终陷入悲惨沉沦之地。从 1840 年到 1949 年，中国与外国侵略者签订的不平等条约、协定、章程、合同足有 1000 多个。这样的"世界纪录"背后，是一个古老民族深重的生存危机。

于中华文化而言，压力越大，反作用力越大，其内蕴深厚的创造力与融合力也由此激发出来。事实上，当鸦片战争打破"天朝上国"的自大迷梦，一代代志士仁人就开始文化觉醒。

在一定意义上说，思想解放正是中华文明绝处逢生的重大机缘，是打开在自大中封闭、在自卑中彷徨这一心锁的关键钥匙。尽管这是一个极为艰难痛苦的过程，但是在欧风美雨的激荡中，辛亥革命在中华大地上掀起了一场空前的思想启蒙运动，极大地促进了思想观念的现代化。思想的闸门一旦打开，各种观念如洪水般奔流。

在各种主义和思潮的比较中，中国人民最终选择了马克思主义。

日本学者石川祯浩这样写道："五四时期，各种西方近代思想洪水般地被介绍进中国，其中，马克思主义将其综合体系的特点发挥到了极致。在这个意义上，马克思主义对于能理解它的人来说意味着得到了'全能的智慧',而对于信奉它的人来讲,则等于找到了'根本性的指针'。"

如果说马克思主义等思想在中国的传播,展示的是中华文化开放包容的胸襟。那么,马克思主义中国化,则展示出中华文化的融合创造力。

在艰苦卓绝的斗争中,教条主义把共产国际和苏联经验神圣化,使中国革命遭受严重挫折,几乎陷入绝境。1935年遵义会议,确立了毛泽东同志在全党的实际领导地位,也标志着中国共产党在政治上走向成熟,"山沟沟里的马克思主义"登上中华文明的历史舞台。

1938年,毛泽东同志在中共六届六中全会所做的《论新阶段》政治报告中,首次提出"马克思主义中国化"的命题,强调:"离开中国的特点来谈马克思主义,只是抽象的空洞的马克思主义。"他在《新民主主义论》中还做了形象的比喻:"中国应该大量吸收外国的进步文化,作为自己文化食粮的原料……但是一切外国的东西,如同我们对于食物一样,必须经过自己的口腔咀嚼和胃肠运动,送进唾液胃液肠液,把它分解为精华和糟粕两部分,然后排泄其糟粕,吸收其精华,才能对我们的身体有益,决不能生吞活剥地毫无批判地吸收。"

当马克思主义基本原理与中国具体实际相结合、与优秀的中华文化相交融,就迸发出了真理的深邃光芒,绽放出了文明的时代花朵。于是有了《实践论》《矛盾论》对中国革命实践认识的廓清,有了《论持久战》对中国抗日战争前景的前瞻,有了《新民主主义论》对"中国向何处去"的回答,更走出了农村包围城市的中国革命道路。中国共产党人深刻回答了什么是社会主义、怎样建设社会主义,建设什么样的党、怎样建设党,什么是发展、怎样发展等一系列重大时代课题，成功开辟出一条迥异于西方国家的现代化路径，迎来民族复兴的光明前景。

伴随着这一历史进程，中国共产党坚持开辟新道、不废古流，传承了优秀的中华文化，创造了民族的科学的大众的新文化，涵养化育了一代代中国人。

四

如果说1840年的鸦片战争，使中华文明开始破除封闭性，是一种被动的应急反应；那么，1949年新中国的缔造、1978年改革开放大幕的开启，则是中华文明重启开放性的一种主动作为。这种被动向主动的转化，关键在于中国共产党作为一种政治和文化力量登上历史舞台。中国共产党的诞生，成为"开天辟地的大事变"，一路拨云见日，指引着中华民族的前进方向。

在七届二中全会上，毛泽东同志郑重宣示："我们不但善于破坏一个旧世界，我们还将善于建设一个新世界。"这一破一立，不仅是一个新生政权面对中国秩序与世界方位的豪情壮志，亦显示浴火重生的中华文明面向世界、面向未来的胸襟气度。

正是以这样的文化格局与气度，中国共产党用28年时间彻底改变了1840年以来的中华民族命运，完成了救亡图存的百年命题，开启了社会主义革命和建设，进行了中华民族有史以来最广泛而深刻的社会变革。

正是以这样的文化格局与气度，中国共产党在历史新时期，以"不改革开放，中国总有一天会被开除球籍"的深沉忧患意识，主动开启新的伟大变革。改革开放这一当代中国的基本国策,使中华文化开始制度性地以开放包容的姿态,主动拥抱世界,主动迎接外来文化挑战,主动对接外来文明秩序。正如邓小平同志所言:"我们要赶上时代,这是改革要达到的目的。"

改革开放的实践表明,这一决定当代中国命运的关键抉择,把一个经济一度濒于崩溃边缘的国度送上了世界第二大经济体的位置,把中国特色社会主义明确为一面旗帜、开辟为一条道路、形成为一个理论体系、确立为一项制度,用几十年时间走完西方发达国家上百年的路,使我们比历史上任何时期都更接近中华民族伟大复兴的目标。

当历史的洪流把共产党推上中国的舞台,中国共产党就勇敢地担当起了自己的文化使命,更为中华文化注入了先进的思想内涵——马克思主义,使之内化为中华文化的新基因,创造了中国理论、中国道路、中国制度等新的文化形态,推动中国创造了发展进步的奇迹。正如习近平总书记所指出的:"让中华文明在现代化进程中焕发出新的蓬勃生机""使中华民族焕发出新的蓬勃生机"。

历史深刻揭示,扭转中国历史乾坤的根本政治力量正是中国共产党,根本文化力量正是中国化的马克思主义。

五

"世界旋转的轴心正在转移,移回到那个让它旋转千年的初始之地——丝绸之路。"英国历史学家彼得·弗兰科潘这样写道。

2017年孟夏,来自100多个国家的各界嘉宾齐聚北京,共商"一带一路"建设合作大计,这一刻,让人怀想古丝绸之路"使者相望于道,商旅不绝于途"的盛况与"舶交海中,不知其数"的繁华,令人生今夕何夕之慨。

"一带一路"这一独创性的"中国方案",正成为世界多国共商共建共享共赢的世纪工程。这一中国智慧的结晶,正是以开放包容型文化为基础,彰显的正是中华文化的开放包容精神。在世界经济增长乏力、金融危机阴云不散、发展鸿沟日益突出等境况下,中国为全球治理提出的"中国方案"又何止"一带一路"?

今日之世界,彰显中华文化开放包容精神的中国方案、中国理念、中国智慧,赢得更多认同。今日之中国,中华文化的开放包容性,亦贯注在国家发展、民族进步之中。比如"一国两制",即是着眼于国家和平统一而开启的伟大创造,体现的是中华文化的开放包容胸襟。而社会主义与市场经济相结合、政府与市场相配合,即是中华文化对西方文化在消化吸收基础之上的创造,折射的是中华文化的融合创造力。

"茫茫九派流中国,沉沉一线穿南北。"纵观中华文明发展史,正是内蕴深厚的开放性与包容性,正是智慧卓越的创造力与融合力,使中华文明一次次经受冲击挑战,更一次次化危为机、化险为夷、化异为同,焕发出蓬勃生机,化合出今日中国的泱泱局面来。

2016年,在庆祝中国共产党成立95周年大会上,习近平总书记豪迈宣示:"当今世界,要说哪个政党、哪个国家、哪个民族能够自信的话,那中国共产党、中华人民共和国、中华民族是最有理由自信的。"

这个自信,归根到底源于文化自信,源于中华文化所内蕴的开放性与包容性,所饱含的创造力与融合力。

今天,我们坚定文化自信,就是吸吮深厚的中华文化养分,秉持开放包容的胸襟气度,发扬卓越的创造与融合智慧,永不僵化、永不停滞,在实现梦想的道路上不忘初心、继续前进。

■ 陈耀辉

作 者 简 介

1970年10月出生于吉林省农安县。毕业于东北师范大学中文系，文学博士。中国美学学会理事、吉林省作家协会会员、吉林省杂文学会名誉会长、吉林省新诗学会副会长。作品发表于《人民日报》《光明日报》《学习时报》《中国青年报》《作家》《散文》《诗刊》等报刊。其中《乌镇的黄昏》被收入《2016中国最美散文》，通讯《60年，和国家主席的两次握手》获第27届中国新闻奖。著有个人作品集《长路如歌》《感受日本》《感受澳洲》《最美的时光》《在路上》等多部。

作家印象

　　端午，对于每一个中国人来说，都是具有特殊意义的节日，它与家、与国、与团圆、与和平息息相关。

　　这里，陈耀辉舒展开粽叶，将他个人的故事、他对于节日的理解和期盼都包了进去。在他的节日歌吟中，一草一木、一枝一叶，都是满满的祝愿。在他的深情里包裹着对国家、对先贤、对山水、对风俗的热爱，丰盈实在，有筋有脉。如痴如醉的行者，走在汨罗江畔，如歌的行板，穿透岁月，响彻古今——而今，何尝不是蜿蜒在每个人的心底？

　　一幕幕开场的锣鼓，一曲曲落幕的悲歌，如今都已随风而去。吟咏岁月也好，吐纳天地也罢，每一个似曾相识的五月初五之后，唯有那轻轻的一声叹息，永远盘桓在我们的心里。

——李　舫

端午，包裹大地深情

■陈耀辉

端午就像一片有筋有脉的碧叶，包裹着华夏儿女既浪漫又现实的情怀，展示着一个民族灵魂深处永恒的诗意，贯穿着古老与现代生活的灿烂悠远的色香。

这是中华大地上最深情的节日。

一

农历五月，繁盛的景象在广袤的土地上次第铺开，小满刚过，大地从芳春渐渐地进入清夏。南国的木棉石榴，北方的红杏海棠，趁着良辰，用烂漫的花色，为满怀期待的人们，演绎着一场盛大的赏心乐事。

绿荫之下，清流之侧，丛丛簇簇的三叶草随处蔓延着，仿佛甜梦中苏醒的婴孩，鲜嫩而又舒展，感受着悠长的夏日微风。一阵雨一阵晴，白云悠悠，河水盈盈，岸边的香蒲与稗草随风轻颤，晴日的光影在叶片上明灭流动。

杨柳等高大乔木的新叶，仿佛涂上了翠绿的膏脂，油光可鉴，经过阳光的烘烤，淡香微苦的气息，在雨后纯净的空气中，静悄悄地融入人的呼吸。

杨花和柳絮也开始飘舞了，似乎在演奏舒缓而且没有尽头的音乐，时空万象，也因此缓慢起来。一切都那么从容，从容又盛大。在盎然生机的节点，在光影斑驳安宁静好的岁月中，荡漾着令人欣悦的光色。生命的表里，润泽而蓬勃。

仰看飞云，俯视流水，我总觉得，这是自然造化为端午节呈上的丰盛礼物。

公历5月下旬到6月之初，城市的街头摊点上，已经开始叫卖端午节的应时杂货，小巧的铃铛、五色手环、彩纸葫芦、香草荷包，款式变化不大，但都很精美，各有特色。还有小贩举着的竹木架子，两三层的横梁上挂满有声有色的小物件，琳琅满目，极艳丽的色彩，极古朴的气息。民俗节日，宜俗不宜雅，宜浓不宜淡，这样才接地气，才贴近原生态，才能从眉眼落到我们心里来。

大小城镇的早市上，在端午节前几日，就开始出售竹叶和菖蒲叶了，家家准备包粽子吃粽子。对于北方的居民而言，竹子和菖蒲这些异乡的物产，只有在包粽子之前，浸泡在清水里，才可以恢复南国草木本然的青翠，以及在山在水时候的灵韵与清芬。糯米的香味儿，穿透层层包裹，翠竹嘉禾，丽日熏风，诸般意象融在一起，在我们的味觉与嗅觉中，于心灵深处，合成悠远的感动与感慨。

如今的城市里，门上插艾草的风俗，已经渐行渐远了，但是也有深爱风俗之美的人，以其智慧与深情，给人一份惊喜。早些年的端午节,许多订报的家庭,都曾在门口的报箱上发现一束新鲜的艾蒿。艾香悠长,端午安康。多么令人缅怀的风情啊!

按照北方人的习惯,端午节又称"五月节"。我的幼年时代,端午是一年中最青黄不接的节日。热闹的旧年已经远去,瓜果蔬菜都还没有成熟,已经好长时间不知肉味了。不过,对于孩子们而言,节日是不嫌多的,何况每个节日又各有各的好处。

东北乡下过五月节,还有很多有趣的"说道"。五月初五的早晨,一睁开眼睛就会惊讶地发现,手腕上已经奇迹般地系上了五彩线,房门和棚顶上挂着大红大绿的彩纸葫芦,洗脸盆里浸着几枝翠绿的艾蒿。童年的我基本上见不到粽子,故乡的农作物以玉米高粱为主,不种水田,至于糯米和竹叶菖蒲什么的,对我而言就只能是传说了。当年南北方农副产品流通渠道有限,那种正宗的粽子,实在是很奢侈的东西。

俗话说,有钱没有钱,各过各的年。即便是缺少条件,也要追随大众,跟住风尚,这就是文化风俗的力量。每到五月节,我可以分得几个熟鸡蛋,用浸湿的红纸染色,足以让人眼前一亮,勾起馋虫。母亲总是把五月初一这天捡回的鸡蛋另放着,到初五的早晨全家每人分一个,说是吃了这天的鸡蛋,一年之内,可以预防肚子疼。后来接触南方习俗,才知道端午的鸡蛋是要用艾叶等草药来煮的。

二

"端者,初也。"端午又称"端五""端阳"。这个"端"指的是夏季的起始。古人用地支的顺序,代表一年的十二个月份,农历的正月是寅月,第五个月份就是"午月",而初五又属于"午日",所以又称"端五",也称"重五"或"重午"。又因为午时为"阳辰",所以又称之为"端阳"。

远古时代,人类生存条件十分恶劣。在与自然环境相互斗争、相互适应的过程中,我们的先民,逐渐形成了未雨绸缪、预防为主的生存理念。端午"避暑"活动也是由此而来,利用礼仪和风俗两个渠道,在全天下广泛传播。

据《礼记》记载,先秦时代,每年的五月初五,国家都有相应的仪式,作为配合节令的礼仪活动。此时气候相对湿热,毒虫频繁出没,人最容易感染疾病。所以在《礼记·月令》中,记载了相对科学的生活经验:用兰草煮水沐浴,把艾蒿扎成人形悬挂在门上,饮菖蒲酒消除湿气,用雄黄驱除毒虫。选择宽阔敞亮的宫殿、山顶、亭台楼阁,远眺风景、通风避暑。古人的物质条件是有限的,然而他们十分用心地对待可能发生的疾疫,为此做出了相对周全的防范。

先秦以前的端午,只是春末夏初两季更替的节令,礼仪上的规定虽然很多,但是尚未形成具体的节日。

端午节的发源地,在先秦的楚国,其后风俗远播,整个中国以及亚洲许多国家,都受到了深远的影响。南北朝时期的宗懔编写的《荆楚岁时记》,翔实地记载了古代端午节风光鼎盛的场景。

每年的端午之日,民间盛行"竞渡",也就是今天的赛龙舟活动,这是一场万众瞩目的水上运动会。排满江岸的轻舟清一色刻画着龙头图案,遮天蔽日的旌旗迎风招展,在震天的鼓声里,江水波涛翻涌。观礼席上坐着地方最高长官,以及随行的官员、绅士、学子，还有富人家眷和不计其数的平民。古代端午竞渡的观礼规格很高，相当于官方大型活动，官吏士大夫都要身穿朝服，平民百姓则是无拘无束，争奇斗艳，仿佛一场时装盛会。

宫廷与民间没有条件参与竞渡活动的人们，在装扮上也是各显其能，花样百出。杜甫有一首五律，题为《端午日赐衣》，描述了肃宗皇帝赐给他的时尚夏装："细葛含风软，香罗叠雪轻。"感恩之情，溢于言表。

端午节所包含的国泰民安的愿望，祥和美好的寄托，则淋漓尽致地体现在女人与小孩子身上。一支青翠芬芳的艾草在发髻上随步摇曳，图案新奇做工精致的香囊佩在腰间，五色的丝线缠绕着雪白的手腕，步履生香，顾盼生姿，每个人都仿佛是天外仙子降落人间。即便家道贫寒，也要认真修饰，头面光鲜，干净整洁的粗布衣裙，配着鲜翠的艾草发簪，仿佛隐士的眷属，别有一种美妙的风韵。

从节日气氛的热烈，推想古人对待生活的心意，或许不难理解。不论富贵还是贫贱，不论如意还是艰难，都该无愧天地，效法自然。生命可贵，快乐年年！

三

"节分端午自谁言，万古传闻为屈原。"这是唐代江南诗僧文秀的名句。两千多年以来，端午节祭祀屈原，已经成为不变的习俗，成为中华民族端午文化的主线。

《荆楚岁时记》的作者、北周时期的宗懔认为，荆楚一带五月五日的竞渡，是因为屈原在端午这一天，投汨罗江而死。楚国人为屈原之死而悲痛，在他投水的江畔，每年都要举行龙舟竞渡活动，投掷五色丝绳捆扎的香粽，一遍遍排演着悲壮的独幕戏剧——拯救屈原。最强最壮的汉子，最轻最快的船，最响亮最热切的呼喊，只为改变那一时刻令人心碎的历史。

屈原是我心目中最伟大的诗人，其《离骚》和《天问》，想象之神奇，文思之澎湃，都是中国文学史上垂范千古的绝唱。《离骚》的情感，犹如无垠夜空中的一束闪电，以其耀眼的光芒，照彻了人类的精神世界。《天问》以超越时代的思维，开启了人们对宇宙万物的沉思。他情思杳渺，能与神灵交谈。在他的笔端，诸神的国度美丽如画，山鬼化为明媚的少女，虚幻的湘夫人有了人类的体温。楚地的乐曲，因为他的填词传遍四方。

自有文字记载以来，中华民族经历数次文学巅峰时代，但屈原的成就无人能够超越，正如马克思评价希腊史诗——至今都是"高不可及的范本"。

"路漫漫其修远兮，吾将上下而求索。"从中华文化发展的源流上说，屈原是忠君爱国思想的开启者。

屈原所秉持的，是始终如一、积极入世的价值追求。他的忠爱之心、忧患意识和进取精神，他的愤怒和抗争、九死不悔的坚定意志，可以让我们从多个层面、多个角度，理解这位有担当的政治家、文学家。以至于他的死，想来都是他璀璨生命的奋力一搏，是闪电，是雷鸣，是剑指黑暗的最后一击。

在中国的诸多历史人物中，与民俗节日"绑定"的，只有屈原一人而已。端午节的精神内核，已经深深地根植于中华民族潜意识层面。无论怎样的外力，也难以将它动摇，这就是优秀文化的伟大力量，也是我们增强文化自信的血脉根基。

"悲剧是将人生有价值的东西毁灭给人看。"鲁迅的这句话，也可以反过来理解：把悲剧看清晰看仔细，进而珍惜人世间的一切美好。

我相信在屈原的故乡，由于楚国强悍的民风，当时对他的哀悼，一定是情绪在理性之前，激昂在悲伤之后。与其为屈原的死而憾恨，不如秉承他的遗志，学习他的高风亮节，把他的愿望，让人民快乐地生活的心愿，落实在眼前的生活之中，传递给四方之国与后世之人。那么屈原的爱国爱民精神，就可以深入人心、流芳百世了。

无论是为了防范天灾瘟疫，还是虔诚地纪念伟人先驱，两者核心的观念，应该是殊途同归的——都是对安康的祈望，是中华民族关于天下太平的梦想。

良风美俗，足以触发人心的感动，滋养人们对生活、对祖国的爱。中国梦，因为爱，而存在。

我喜爱端午这个节日，喜爱五月这样的季节，喜欢用身体发肤解读仲夏，感受波光云影，体察一切美好。

我愿意用生命去爱护这一切，就像屈原热爱祖国。持守这份欣然，与古今的贤者达成相互的理解。这是源于灵魂深处的情感，百折不挠，九死无悔，温柔而坚决。

■ 冯骥才

作者简介

　　祖籍浙江宁波，1942年出生于天津。青年时代师从北京画院画师惠孝同研习宋元绘画，并问道于吴玉如先生，学习古典文学。曾在天津书画社专事摹古。新时期文学重要作家，文化学者。后重拾丹青，开创中西兼容、清新精雅、意境隽永的画风，海内外有"现代文人画"之称。

　　20世纪末以来投身文化遗产抢救，影响深远。现为中国文联副主席，中国民间文艺家协会主席，民进中央副主席，全国政协常委，国务院参事，以及开明画院院长，天津大学冯骥才文学艺术研究院院长、博士生导师。

作家印象

冯骥才成名于20世纪七八十年代，他携《雕花烟斗》《逆光的风景》《摸书》《高女人和她的矮丈夫》《炮打双灯》《神鞭》等脍炙人口的名篇横扫文坛，给荒漠里的中国文学送来甘霖。此后多年，虽未完全淡出文坛，但是他将更多的精力投入中国民间艺术抢救工程，潜心研究民间艺术、地方风俗，致力于城市保护和民间文化遗产抢救，为留住中华民族的根脉做出了卓越的贡献。

这里，作为画家、作家的冯骥才走遍意大利，以游记的笔法记录下了他在那些不朽名作前的所思所想。他的游记保持着他一贯的风格，生动、有趣，兴之所至，有感而发，他看到的是西方艺术，秉持的却是中国传统的美学情趣和文化理想。他用他行走的勤勉，表达了对于艺术的尊重、对于文化的敬畏；他用他行走的真诚，展示了对于历史的解读、对于人性的理解。

——李　舫

意大利读画记

■ 冯骥才

在乌菲齐里看到什么？

一个伟大的美术博物馆，至少要看两次。因为第一次你对它一无所知，它给你看什么你就看什么，你毫无准备，你是被动的，当然这是一种很美好的被动。第二次就不同了，因为你已经知道它有哪些东西了，你想进一步感知它认识它，你这次一定是有选择的，你是有备而来。

我已经是第二次走进闻名世界的佛罗伦萨乌菲齐美术馆了。第一次我用了整整半天时间浏览了它全部展品。我知道这里是汇集历时三个世纪的文艺复兴绘画巨型的宝库，而且我还知道它是依照文艺复兴的历史时序来陈列的。那么，这一次我就要看看它在历史进程中究竟怎样一步步"成长"和演变的。我想从中自己发现出一些属于个人的"见识"来。

乌菲齐的展品是从文艺复兴的起步（13世纪）开始的，自然绕不过乔托。乔托是起点。乌菲齐收藏的乔托作品《万圣圣母像》是一幅宏大的木版油画。从圣母和圣子身上闪着光亮的丝质衣服的表现上，看得出文艺复兴早期现实主义精神魅力十足的崛起。尤其使我注意的是对圣母哥特式宝座的描绘上，明显采用了透视法。从宝座的券顶、两侧的挡板、坐垫，到下边的基座，都非常准确和自觉地采用了透视方法，从而使人物坐在一个立体的空间里。这幅画是1310年的作品，而马萨乔的《圣三位一体》画于一百多年后的1425年。虽然马萨乔更清晰地运用了透视法的"灭点"，但是美术史一直陈陈相因地称马萨乔是"最早使用透视法的鼻祖"的说法，显然并不可靠，乌菲齐这幅《万圣圣母像》可以证实，至少在14世纪初的乔托时代就已经开始使用透视法了。

我对弗朗切斯卡的《乌尔比诺公爵双联像》和乌切洛的《圣罗马诺之战》这两幅作品都带着一点亲切感。对于前者是因为我刚去过乌尔比诺，去过公爵宫，看过这位酷爱艺术的公爵的收藏，还知道这位公爵对拉斐尔一家人的关爱，因此我对这位公爵的肖像——他长什么模样，很有兴趣。对于后者则因为2005年我将贝利尼家族收藏的一些意大利名画请到我的学院美术馆来展览，展品中有一幅古老而美丽的小画，描绘着骑马作战的恺撒，就是乌切洛的原作。这幅画还是我亲手挂在展壁上的呢。

这两幅作品不仅在写实能力上都非常了得，关键是在题材上已经从黑暗时代单一的宗教绘画中完全挣脱出来。《圣罗马诺之战》是战争历史画，描绘的则是当时佛罗伦萨人和锡耶那人的一场残酷的战斗，它不再是宗教故事，而是人马交杂宏大又逼真的交战场面。《乌尔比诺公爵双联像》是人物肖像，不再是圣像。虽然最初的人物肖像都是贵族，而且只能画侧面像，不能画正面像。但绘画的对象一旦转入现实与人世，就会带来勃勃生机和无垠前景。这叫我想起刚刚从单一的领袖像解放出来的 1978 年的中国画坛。

这次在乌菲齐，早期文艺复兴的蛋彩画给我的印象深刻，我对蛋彩画有了进一步的理解。这一次我着意观察这种颜料所必须采用的技术——比如细小的笔触，均匀的涂色，使得画面精细、清雅、轻薄、柔和与透明。这种画风在蛋彩被尼德兰人发明的油画颜料取代后，渐渐消失了。

在使用蛋彩的画家中，最令我痴醉的是利皮和波提切利。菲利波·利皮的《圣母子与天使》是我最喜欢的一幅圣母像。最典型地体现这位画家宁静、高洁与清澈的气质。正如波提切利《维纳斯之诞生》和《春》在极致的唯美中融入一点忧伤。这期间的绘画，虽然多半是贵族或教堂定制的宗教人物，但他们已经无所顾忌地将自己个人的崇尚与气息糅合进去，甚至把圣母画成自己心爱的女人。波提切利和拉斐尔画的圣母大多是自己终生的恋人。人的意义渐渐成为精神的核心。画家们有意无意地从人文主义那里汲取艺术的力量时，反过来又给人文主义以强有力的艺术的支撑。

特别应该关注的是《维纳斯之诞生》中的浪漫气质。这种绘画史上前所未有的气质是人性解放的一种象征。

我还注意到蛋彩画在造型上常常借助轮廓线。原先我们总以为只有中国绘画是"线造型"。我这次发现利皮和波提切利也使用线，是一种棕色的线。虽然他们很注重物体本身的明暗与凹凸,但同时他们也运用线来造型。这样他们的画就有点像中国的工笔画那样精整和清晰,不尚厚重,有一种精雅之美。是否可以说,西方的蛋彩画时期,线也是主要造型手段之一?

达·芬奇的一件横幅的画《天使报喜》,也是蛋彩画,一些地方也使用了轮廓线。这幅画细腻至极,我站在距离很近的地方,也难以看出画家的笔触怎么能够如此精美,色调能够如此复杂、细微又协调。这是与《蒙娜丽莎》完全不同的画法。也许由于蛋彩画法必须运用细小的笔触,才能显现画家这样超凡绝伦的技艺。同时,整幅画又富于一种非常静穆、高贵、从容又神圣的气息,它令我震撼!很少有一幅画叫我在前面站了这么长时间。我暗暗说,在我心里达·芬奇最伟大的作品不是《蒙娜丽莎》,而是这幅《天使报喜》。

与上边这些画不同,拉斐尔的画很少使用轮廓线。这个历史上罕见的神童与天才,天性清灵优雅,正是这种天生的气质,使他的画最具瓦萨里所表述的文艺复兴的艺术特征——优雅。他喜欢女人,笔下圣母全是他心中之所爱,所以个个形象甜美圣洁,姿态优雅动人,肌肤丰盈光滑、圆润、有弹性。应该注意到,以《金雀翅圣母》为代表的绝大部分画作,他基本使用的都是刚刚流行起来的油彩颜料,这种颜料较蛋彩更适于对事物的质感和人的肌肤乃至性感的表达,这便促成了他气质充分地发挥和画风的形成。别小看材料的改变。就像宣纸的出现与运用,改变了水墨的意味,使得追求笔情墨意的元代的文人画应运而生。油画颜料的兴起是不是推动了人的"自我表现"?

看一看16世纪威尼斯画派的画——贝利尼、乔尔乔内和提香,就会一目了然。

尤其是提香的《乌尔比诺的维纳斯》。维纳斯这个女神已经完全是一种名义和借口，女神完全变成女人。在明亮光线的照射下，鲜亮的皮肤可以感受到体温，满含着弹性和丰腴的身体充满了诱惑。画家在这迷人的诱惑里高唱着对女性美的颂歌。这颂歌再没有半遮半掩，坦然而开怀。可以说，自13世纪走了300年，到了16世纪，人文主义的精神终于胜利了。

从拜占庭、中世纪到文艺复兴，西方人完成了人的自我的救赎与解放，确立了人文主义的信仰，而这信仰不是属于哪个阶层、哪个政治，而属于全社会，更属于人自己。而文艺复兴的绘画见证了整个过程。所以这样的艺术才是伟大的艺术。

这是我这次在乌菲齐里看到的。

再看《大卫》

又到佛罗伦萨的学院博物馆来，还是为了看米开朗琪罗的《大卫》。

20年前第一次看到《大卫》后，我写过一篇散文叫作《原作的力量》，记下我当时那种被震撼、被征服的感受。我说"我从自己身上已经找不到一种力量可以超越它"。它的精神和英雄气质把我压在了下边。我分析其中的原因之一，可能来自它超大的体量。正是由于它巨人般的高大，才将这位以色列年轻勇士的雄强和凛然之气百倍地张扬出来。

这次来是想再来体验一次。

刚入大厅，隔过长长的走廊，它远远一股英气就直逼而来，根本来不及去看长廊两边的那几尊《狱吏》像，便被它磁石一般吸引着,径直朝着它走去,感觉好像一步步走到一座气势雄浑的大山前,一仰头就被它压在下边,剩给自己的只有惊叹了。

可是这一次,我感觉它的气势并不是来自巨大的体量,而是一种无比强大的生命的力量——当然是人身上的那种力量。这力量在雕像身体的每个地方。他的胸肌、腹部、后背、双肩、双腿、手脚、嘴角、鼻翼,直到炯炯逼人的目光。可这生命的力量是通过冷冰冰坚硬的石头散发出来的,石头里是没有人的生命力的,他用什么办法把这种生命力注入石头里边的?即使他真的有什么神奇的能力把人的生命力注入石头里,可这个雕像是夸大的、超大的、巨大的,有限的生命力在里边就会被稀释,怎么还能具有如此沛然的生命元气?我围着雕像转了两圈细细地看,没有发现任何一个细部是软弱或松懈的,它浑身紧绷绷而充足的生命力直至每根手指和脚趾,还有股沟。别忘了——创作这件人类史的巨作时他只有 26 岁,完成时也仅仅 30 岁!

在那个年龄段,就能如此精确地把握人体每个部位、每块肌肉、每个细节的尺度与形体?能对人体解剖理解得如此精准?他是怎么做到的?还有,他是怎么表现出各个部位骨头不同的硬度和肌肉不同的弹性?尤其不明白,他如何在这样巨大的躯体中表现出如此强大的生命感?对于一个不到 30 岁的年轻人,真是无法想象!

再联想一下他那些千古名作《摩西》、罗马圣彼得教堂里的《怜悯》、美第奇家族墓地的群雕《昼》《夜》《晨》《暮》等,还有他在梵蒂冈西斯廷教堂穹顶上画的历史上最伟大的壁画《创世纪》,以及他设计的世界上最宏伟的圣彼得教堂等,他每一件作品都是重量级乃至超重量级的,都耗时多年。所有雕塑和壁画都由个人完成，不像埃及石雕和敦煌壁画是集体完成的。每一件作品又都是人类精品。谁能解释他的才华由何而来？勤奋吗？勤奋可以体现才华，却无法解释才华。

他是雕塑家、画家、建筑师，还是诗人。在文艺复兴时代不少大师巨匠都是多才多艺，在方方面面同时发光，比如达·芬奇、瓦萨里、拉斐尔、布鲁内莱斯基等。他们都能跨越一些毫不相关的领域同时显露才华，并建功立业。这是文艺复兴时期一个异常奇特的现象，一个难解的谜。人们只能称呼这是个巨人的时代。

在各种解释和各种臆测之外，我个人的看法则是中世纪千年黑暗和蒙昧压抑之后的一个爆发。这个爆发是全方位的、全社会的、历史性的，也是人性的。从更深的层面说，这是人的生命本性和潜在的能量和能力总的爆发。这些巨人只是代表。于是给哲学、思想、文学、科学等各个领域同时带来一次西方文明史上史无前例的伟大的进步。

这么说来，《大卫》不正是那个时代的一个象征吗？有人曾问，这个大卫雕像为什么是裸体的？这位战场上的英雄为什么不戴盔披甲和手执兵器？这个答案其实就在大卫的身上。在文艺复兴人文主义的艺术家看来，人的勇气与精神不正是来自他赤裸裸的生命的本体和人的本身吗？

大卫不正是一个大写的人字吗？

这次来看《大卫》之前，佩鲁贾的地震使这个雕像的腿部出现一条很细的裂痕。对于如此巨大又沉重的石雕是一个可怕的隐患。如果再来一次更大的地震怎么办？当地人告诉我，经过专家的"会诊"，可能不久就要关闭博物馆进行加固和维修。

由于技术难度极大,说不定要用时一二十年。那么我这次来看《大卫》应是一种幸运,当然也是一次新的认识上的发现与收获。

勾魂的眼神

　　文艺复兴时期一幅不能不提到的画是拉斐尔的《椅中圣母》。
　　画中的这位圣母毫无神性,照我看就是一个凡间的女子。她紧抱着的那个"圣婴",其实只是可爱的男孩儿。尤其这个美丽的女人——她很美,但绝不仅仅是面孔,而是投来的勾魂摄魄的眼神。
　　拉斐尔为什么这样画圣母?此中的原委,传说的版本很多。有的说这个女子是拉斐尔在林边的酒家看见的,有的说是在宴会上看到的,还有的说是在梵蒂冈的门廊上遇见的。反正一见就被迷住,使他想起少年时的恋人,他当时手里没有纸笔,就捡起一块陶片画在一个橡木桶的桶底上。不论哪种版本,关于他在桶底上把这女子速写下来的说法是一致的。恐怕与这幅画是圆形的有关。此前,还没有人把圣母像画在圆形的画面上。
　　传说无据,但看了这幅画,你会深信画家一定见过这女子。当时这女子的眼神好像有一种魔力,很特别,一直看到拉斐尔心里,叫他怦然心动。那一瞬,拉斐尔神魂荡漾。这绝不是普普通通瞅一眼,这眼神有一种难言的东西,像被什么吸引,或是传递着什么。从拉斐尔的《自画像》看,他是个灵透、文弱、清俊、骨子里有点浪漫的青年,他很招女孩子们的喜欢。到底是他招来了她的注意,还是她深深吸引了他?反正这个眼神绝不是画家"创造"出来的,是他个人体验到的、为之倾倒的、不能忘怀的、不能不画的。

这个魅力无穷又琢磨不透的眼神！

拉斐尔是画圣母的大师。他笔下的圣母甜美、优雅、温柔、宁静，将女性之美表达到极致。在乌尔比诺的拉斐尔故居里可以买到一张纸片，上边印的全是拉斐尔画的各式各样著名的圣母形象，全都奇美无比。然而，《椅中圣母》与众不同，不同就在这勾魂摄魄的眼神上，我相信拉斐尔就是为了这个特别的"眼神"才画的。

在那个绘画正从宗教挣脱出来的时代，他把自己的感受假借圣母真切又充分地表达，叫我们领略到这位天才巨匠的艺术敏感与惊人的表现力。

其实人物画最关键是人物的眼神。

眼神不是眼睛，是眼睛在一瞬间所表现出的心理与个性。想一想，所有伟大的肖像画不都是通过眼神揭示人物的内心吗？比如达·芬奇《蒙娜丽莎》、委拉士贵支《穿错装的查理一世》、列宾《伊凡雷帝杀子》、克拉姆斯柯依《无名女郎》、凡·高《自画像》，等等。

中国人很早就认识到人物画中眼神的重要。早在中国绘画尚未完全成熟的东晋时期，顾恺之就说："传神写照正在阿堵中。"阿堵就是眼睛。传神就是表达人物的精神与情感。可惜到了宋代，绘画被宫廷视为赏品与玩物。元以后文人画的"自我抒发"又只凭借于山水与水墨，致使人物画成了中国画的弱项。故而在古代绘画经典中，很难见到这种一见难忘的眼神。这是我们的艺术应当反思的了。

《椅中圣母》现在悬挂在美第奇家族当年的宅邸皮蒂宫中，

这座堆满名作的宫邸已是佛罗伦萨重要的国立博物馆了。

海耶兹的《吻》

一尊铜绿色画家海耶兹的半身雕像立在米兰老城区内一小块草地的中央，周围是生气盈盈、枝叶疏朗的树木。这地方旁边就是驰名于世的布雷拉美术博物馆。海耶兹的名作《吻》就在博物馆里。

意大利著名的美术博物馆大多在一座老房子里。这些建筑的历史都有说头，都有镶金带银的身份，可是老房子里边原有的功能却与博物馆无关，它们原先或是古堡、或是宫室、或是贵族的宅邸，所以房间也不像新建的美术馆那么宏大。然而，里边藏着大量的稀世之宝。比如布雷拉美术馆的镇馆之宝就有拉斐尔的《圣母的婚礼》、曼特尼亚的《圣殇》、海耶兹的《吻》，以及提香、贝利尼、弗朗西斯卡等的名作。我看美术馆有自己的方式。我的方式就像吃自助餐，不会每样都吃，吃得愈杂，愈留不下印象。我每次只选特别重要的、自己喜欢的一些藏品，停在那里专心品赏，绝不叫博物馆琳琅满目的东西弄得昏头涨脑。

此次在布雷拉我特意要去看的是两幅画：《圣殇》和《吻》。一是因为《圣殇》是将透视法用在人物身上的代表作。通常画家们在处理"哀痛耶稣"这样经典而常见的题材时，多描绘人们将耶稣从十字架解救下来、无限哀伤的场面。曼特尼亚这幅《圣殇》不是——从十字架上摘下来的耶稣被放在冰冷的停尸石板上。画面色彩昏暗而阴冷，蒙着一种令人窒息的停滞的气息。

除去一旁有两张侧面哀痛的脸来烘托此刻的情境，只有耶稣本人仰面躺着，手脚带着钉孔。画家刻意选择从尸床一端几乎平视的视角来描绘耶稣，这样在我们眼前的耶稣就像常人一样真实可感。这个别具创意的构图与构思，恰恰体现了文艺复兴时期的人文思想：将宗教的神变为人。如果我们从这个意义上来理解《圣殇》，就明白了这幅作品在当时、在艺术史上为什么具有如此巨大的影响。

当然，这幅画的成功还有赖于透视法在人物画上成功的使用，以及高超的写实能力。

另一幅《吻》是19世纪新古典主义画家海耶兹的作品。这幅作品被意大利人称作是19世纪最著名的作品，广泛印在各种实用物品中，在意大利随处可见。作品中，将一对年轻男女倾情之吻描绘得优美、深切、纯粹与动人。男子看不见面孔，宽大而温暖的身躯俯下，将扑在他怀中的女子紧紧相拥；女子侧着脸，无论脸上的神情还有仰起的腰身都陷入一种陶醉般的幸福里。画家将他们之间的姿态和情感都表现得和谐、自然、浑然一体。吻，这个每个人都有过的最美丽和最动心的人生经历，被这幅画表达得几乎成为一个完美的象征与符号。我想，这是意大利人引以为自豪的作品的缘故。它是意大利人对爱情一种极致的赞美与颂歌。

同样，"吻"这一题材成功的作品还有奥地利画家克里姆特的绘画和法国人罗丹的雕塑。

具有人的共同人生意义的作品，一定为人共同关切。比如我们常说"生""爱""死"是艺术永恒的主题。凡是人共同拥有的生命体验，都一定是被关切的题材。比如达·芬奇的"微笑"、蒙克的"喊"、毕加索"女人的哭",等等。它自然而然地会引起广泛的共鸣。当然,是否真的共鸣,还要看艺术家是否表现得真切与深刻。

我常常会想,我们的绘画史中,为什么这样的作品很少很少,甚至很难找到?

揭去伪装的《最后的晚餐》

我来到米兰有一个目的,是为了看看揭去"伪装"之后的《最后的晚餐》究竟如何? 20年前,我初到米兰来看达·芬奇这幅举世闻名的壁画时,它正在修复。壁画前边搭着一个坚实的工作平台。三个人在上边工作。一位戴着眼镜、像医生那样穿着长褂的中年女士,两个年轻人。他们正在专注地工作。这项修复工作在当时已经做了十几年。据说工作的进度每天不到一平方厘米。他们要做的是将五个世纪以来壁画表面被氧化和不断附加的层面揭去。

实际上,1498年达·芬奇完成这幅壁画时,它就开始困扰着意大利人。由于当时油画颜料还不成熟,大多壁画都使用蛋彩和湿壁画法,而且各有招数。达·芬奇作这幅画时加入了自己一些实验性的材料(一说胶画法),可是并不成功,壁画完成不久就开始"生病",干裂、脱皮、剥落。

意大利人当然知道这幅杰作的珍贵,绝不会将这幅壁画粉刷一新,找人重画,而是不断地修复、填补、加固、刷保护层。到了18世纪壁画残损得太厉害了,才将过分脱落的部分进行一次重描,以致画面渐渐面目全非,很难看到达·芬奇原作的精妙,因而被一些人批评这幅壁画完全成了达·芬奇的"赝品"。可是人们又无计可施,它成了意大利人的一个心病。

　　直到20世纪中期,意大利的一些古物修复专家提出一个新的理念,与传统的"整旧修旧"不同,而是"整旧如初",也就是通过修复,达到艺术品完成时的最初的状态。这项全新的工作尽管有了一定的技术保证,但还是有风险的,一旦不成功就会毁掉人类宝贵的艺术遗产。经过专家们反复论证,最后决定这样做了,而且是在两件最伟大的壁画上实施。一件是梵蒂冈西斯廷教堂天顶上米开朗琪罗的巨作《创世纪》,一个就是达·芬奇的《最后的晚餐》。这种胆大包天的事以前谁也没有做过。担负西斯廷教堂这一工作的卡洛·彼得兰杰利说,这是他"一生中内心交战最激烈"的决定。

　　我曾去西斯廷教堂看过修复好的《创世纪》,据说这项修复工作历时九年刚刚完成。我带着疑惑举目望去,它竟然无限完美!他们真的将几个世纪里覆盖在壁画表面黑乎乎的尘污和烛烟除掉,露出壁画原本夺目的光彩,重现米开朗琪罗的魅力与震撼力。但是,《最后的晚餐》与《创世纪》不同,它们出自两位不同的画家之手,两位画家使用的颜料不同,米开朗琪罗《创世纪》的画面牢固完好,达·芬奇这幅《最后的晚餐》一开始就出了问题,而且一直在破损而修补、修补又破损的过程中。在这些层层叠加的画层中,修复到怎样的程度才算是复原真相?才能找到"本来的达·芬奇"?为此,这项修复工作一开始,就不断遭到质疑、否定,乃至尖锐批评,万一把握不好分寸,岂不永远毁掉了这不可再生的绝世名作?

　　负责这项工作的C.Marani先生的担心更有道理,他说:即使修复得再合理，也难符合人们对它"固有的印象"。这"固有的印象"就是人们已经习惯的原先那个半真半假的《最后的晚餐》了。

那次，我站在正在修复的《最后的晚餐》面前，举起手中的相机——我想留下修复前和修复中的影像，以便将来对照。意大利的博物馆是可以拍照的，但不能用闪光灯。可是没想到我的相机自动闪光，拍照时雪亮的闪光惊动了工作台上的那位中年女子，她朝我大叫一声，生气地喝止我。我知道自己错了，向她深深地鞠躬致歉。这张照片我现在还保留着。那次是1996年，《最后的晚餐》的修复工作在三年后——1999年才完工。此后，我一直寻找机会想看看修复得是否如愿，但没等着机会。

老实说，这次来到玛丽亚修道院来看《最后的晚餐》，心中是怀着疑虑的，我怕留下遗憾。我怕与我对它"习惯的印象"不同。

按照这里的参观制度，参观者是分批进入的。一组组人先通过一道玻璃门，进入一个空间，还要等到下一道门的电子门锁自动打开，才得以走进修道院空荡荡的大厅。这便看到远远地展现在一端大墙上的这幅巨作。没有等我细细去端详它、甄别它、研究它，一种只有巨人之作才具有的"伟大的气息"把我攫往，一种高贵的历史感令我敬畏。在柔和的褐色的基调中，各种色彩彼此协调，虽然数百年的岁月已经消磨掉原先刻画在人面上的许多细节，但依然使我们感触到耶稣说出"你们当中有一个人出卖了我"时，十二门徒像听到一声惊雷每个人内心不同的反应。

"最后的晚餐"是常见的宗教绘画的题材，在达·芬奇之前就有很多人画过，之后也有不少人画；但达·芬奇没有像通常那样，直露地画出叛徒就是犹大。他从声音传播学的角度，表现"声音击中每个物体"——即耶稣的话击中每个门徒身体——的动作反应，来刻画门徒各自的内心，让观众去识别谁出卖了耶稣。于是，达·芬奇绘画所达到的历史制高点在这幅壁画中充分表现出来了。特别是耶稣的悲悯、忧郁、宽容与宁静，犹然清晰地显现在人物的脸上。

回想修复前的《最后的晚餐》，画面上那些污浊没了、含混没了、破败感没了、耶稣身上那些后来添加的不和谐的笔触没了。它回到原先的样子。历经几个世纪消磨的达·芬奇的真迹回来了！可是他们是怎么做到的呢？怎么从无数次修补、相互混杂、变质甚至变形的画层中，将真正属于达·芬奇的画层识别出来？除去高端和复杂的新技术，还需要感觉。对艺术的感觉，还有对历史的感觉。如果没有极精准的感觉，多高超的技术也难达到。当然，还有对历史的敬畏，以及坚韧的努力。为此，这一修复工作他们用了整整22年。从1977年开始，1999年完工。

意大利人恢复了达·芬奇。

这不能不使我钦佩。

剥了皮的巴多罗买

米兰大教堂的雕像是任何人都无法看下来的，因为它总共有6000多尊，怎么看？而且每一尊都称得上精美的艺术品。在米兰大教堂前后建造的漫长的五个世纪里，总共多少代多少雕工参与了教堂的雕造？无法能知。这些雕工大多没留下姓名，但他们却留下了无穷无尽的才情。有人说,这座世界上最大的哥特式教堂是一座大理石山,我却称它是凝聚意大利人雕塑才华的大山。

虽然不可能将这座大山上所有的雕像全看过来,可是在这儿有一尊却给我震撼,令我折服,叫我惊讶和称奇,我在其他地方从来没有见过如此奇异乃至神奇的雕像。它叫我极为深刻地记住。

这尊雕像在大教堂祭坛的后边、接近右边侧门的地方。它立在一个高高的竖长的台座上。雕像是一位中年裸体男子,比真人略高,光头,目光炯炯向前。手里拿着一块长长的片状的东西,好似一大块薄布。奇异的是这个男人没有皮肤,全身裸露的全是光溜溜的肌肉、骨骼和血管,而每一根筋骨、每块肌肉、每根血管全表现得清清楚楚,精准地符合人体解剖,这是解剖学意义上的立体模型吗?

这尊像是谁?谁雕的?为什么雕成这样?幸好它与这座教堂绝大多数雕像不同——它的底座上刻着雕像和作者的姓名。作者叫作马克·达阿格里特。雕像人物是耶稣的门徒巴多罗买。

先说作者,他1504年生于米兰附近小镇(阿格里特博安泽)的一个雕塑世家。在那个时代,意大利杰出的雕工多不可数,他虽然算不上身居"头排"的人物,却也颇具名气。他和他的哥哥吉安·弗朗切斯科曾为一些重要的教堂和贵族建造纪念碑和墓碑,因而在米兰大教堂建造时,被邀请雕造耶稣的圣徒。原先请他雕造另外的一位圣徒,但他选择了巴多罗买。

在基督教早期被视为异教的时代,耶稣的十二门徒大多因传教而殉道。巴多罗买殉道于亚美尼亚,死时很惨烈,被剥下全身的皮，绑在树上。因而，基督教常常把他作为一种誓死忠于宗教的精神偶像，出现在世界各地宗教题材的艺术中。米开朗琪罗在梵蒂冈西斯廷教堂所画的壁画中也有被剥了皮的巴多罗买的形象。

然而，最具震撼力的还是米兰大教堂的这尊雕像。这尊用纯白色大理石雕刻的石像，经历岁久年长之后，凸处光亮，凹处幽暗，愈发立体。由于这位雕塑家对人体解剖极其精确的理解和非凡的表达力，使得这个宗教史上视死如归的传奇人物显示出强大的震撼力。这说明艺术的力量最终还要靠艺术家才能的本身。

再往细处看。这个剥去皮的躯体坚实挺拔，双脚有力，目光镇定向前，手中自己那张被剥下的皮，好似飘然的斗篷。人物的镇定自若，让人不由得心生敬意。这样的艺术效果正是宗教所需要的。依我看，这应是和《大卫》同一量级的作品。尽管人们对它的注意远远不够。

如果我们再将这尊雕像放在文艺复兴的背景上，就会更深刻地认识到它的意义与价值。

在西方，虽然早在古希腊时期，亚里士多德和希波克拉就通过动物的实体解剖，进行解剖学研究。但在随后的 1000 多年宗教统治的"黑暗时期"，解剖学一直被视为亵渎神灵的异端，划入禁区。直到文艺复兴民主与科学的大旗高扬起来，解剖学才被解放。然而最初突破禁区的都是勇敢者，维扎里就是冒着生命危险解剖人体的，他的《人体结构》于 1544 年出版。

达·芬奇、米开朗琪罗、拉斐尔等艺术大师也正是在这个时期用棕色铅笔画了大量的研究人体构成的素描画。而米兰大教堂这尊《圣徒巴多罗买》不也正是这个时代创作的吗？它也在那个充满勇气时代前沿的行列中。由此看，它更是一件了不起的作品。

它还使我们看到伟大的文艺复兴时代的艺术支撑究竟在哪里。一是坚实的功力，一是思想的勇气与科学的精神。不管当代人对艺术做出怎样稀奇古怪的解释，我相信游戏态度支撑不起艺术的大厦与伟业。这恐怕是身在市场和商品时代的艺术家们必须直面的问题。

我们总不能用"古典主义过时了"的说法，作为自己怠懒、投机以及无能的遮羞布。

■ 古 耜

作 者 简 介

　　作家、学者、文学评论家。曾先后供职于中国石油文联和大连市文联，担负文艺创作组织管理工作，并主持《地火》《海燕》文学杂志。从1983年开始，先后在《人民日报》《光明日报》《文艺报》《明清小说研究》《当代作家评论》《小说评论》《作家》等报刊发表理论评论文章及学术随笔和散文约500万字。参与《金瓶梅辞典》《中外朦胧诗鉴赏辞典》《中国散文百家谭》等十多种大型著作的撰稿，出版有《分享生活的诗意》《鲁迅和他的周边》等六部。主编有"走向经典，走进校园书系""现代作家读古典小说文丛"等丛书多种。系中国作家协会会员、散文委员会委员，大连市作家协会副主席。

作 家 印 象

  作为理论家、评论家,古耜的散文创作一以贯之地保持着理性的克制。在如雾如电的往事中间,在如泣如诉的怀念面前,这种理性的克制,不仅是一种能力,更是一种品质。

  80余年来,中国共产党缔造者和重要领导人之一瞿秋白"引刀成一快"的故事,为无数后来者引用,如何在旧的故事里写出新意?这是对执笔者的考验。古耜笔下的瞿秋白,具有坚定的信仰、质朴的情怀,重要的是,古耜写出了瞿秋白由出世而入世,由"隔着纱窗看晓雾"的混沌到"飞蛾投火非死不止"的坚执,这让瞿秋白的凛然正气、高风亮节真实可亲,真诚可敬,真切可爱。

  古耜的散文创作,源自他精湛的学识和精深的研究,源自他对真理的热切追求、对资料的撷采爬梳,源自他蕴含清新的创造性和饱含真情的感召力,他以笔代刀,将瞿秋白竖起而为一面镜子,对一切试图用利益取代信仰的投机主义者和利己主义者,坚定地说,"不!"

——李 舫

信仰缘何而美丽

■ 古 耜

一

1935年6月18日，曾经是中国共产党主要领导者之一的瞿秋白，被国民政府枪杀于福建长汀罗汉岭前。一位新闻记者见证了这一过程，并写下了后来披露于《逸经》等多种报刊的现场报道《毕命前之一刹那》：

民国二十四年六月十八日晨，闻瞿之末日已临，笔者随往狱中视之，及至其卧室，见瞿正在挥毫，书写绝句："一九三五年六月十七日晚，梦行小径中，夕阳明灭，寒流幽咽，如置身仙境，翌日读唐人诗，忽见'夕阳明灭乱山中'句，因集句得偶成一首：夕阳明灭乱山中，（韦应物）落叶寒泉听不穷；（郎士元）已忍伶俜十年事，（杜甫）心持半偈万缘空。（郎士元）"

书毕而毕命之令已下。遂解至中山公园。瞿信步行至亭前，见珍馔一席，美酒一瓮，列于亭之中央。乃独坐其上，自斟自饮，谈笑自若，神色无异，酒半乃言曰："人公馀稍憩，为小快乐；夜间安睡，为大快乐；辞世长逝，为真快乐。"继而高唱国际歌，酒毕徐步赴刑场，前后军士押送，空间极为严肃。经过街衢之口，见一瞎眼乞丐，犹回顾视，似有所感。既至刑场，自请仰卧受刑，态度仍极从容，枪声一鸣，瞿遂长辞人世……

应当承认，记者的感情是抑制和收敛的，笔调也尽量保持着不加褒贬的客观性，然而，即使如此，20多年前，当我同这段史料不期而遇时，内心还是感受到强烈的震撼。事实上，正是它不动声色的记叙，透过岁月的烟尘，激活了历史的现场感与真实感，使我看到一个面对已经举起的屠刀，依旧从容淡定的瞿秋白——吟诗挥毫，妙语伴酒，高唱国际歌以抒怀，把最后的悲悯留给路边的盲丐……

有道是："慷慨赴死易，从容就义难。"秋白是从容就义的。而赠予他这份死之从容的，是一种高远强大的精神力量。这当中包含中国传统文化所弘扬的"威武不能屈""死亦为鬼雄""留取丹心照汗青"的志士气节；但更为重要也更具本质意义的，却无疑是伴随着世界潮流崛起于现代中国的共产主义信仰。

斯时，我想起秋白在《多余的话》中的陈述：

要说我已经放弃了马克思主义，也是不确的。如果要同我谈起一切种种政治问题，我除开根据我那一点一知半解的马克思主义方法来推论以外，却又没有别的方法……我的思路已经在青年时期走上了马克思主义的初步，无从改变……

曾读过多篇谈论《多余的话》的文章。论者围绕文中出现的"心忧""误会""历史的纠葛"等语，展开分析与阐释，力求还原秋白于生命最后时刻特有的异常复杂的内心世界，这自然既有必要又有意义。只是他们在进行这种分析与阐释时，似乎未能充分注意文中存在的另一种声音：对土地革命后苏区农民和苏区教育的由衷牵挂；对"一切新的、斗争的、勇敢的"事物的深情祈祝；对共产主义信仰"无从改变"的终极告白……而这些恰恰构成了秋白的精神原色和生命基调。

恩格斯有言："判断一个人当然不是看他的声明，而是看他的行为；不是看他自称如何如何，而是看他做些什么和实际是怎样一个人。"（《德国的革命和反革命》）秋白是唱着国际歌走向刑场的，他以鲜血和生命诠释了自己的信仰，同时将一种信仰之美，永远镶嵌在历史的天幕上。

二

江苏武进（今常州市）瞿家，曾经世代"衣租食税"，读书做官。然而，到了1899年秋白出生时，这个官绅家庭已趋败落。秋白的父亲不仅无缘官场，甚至没有正式职业；母亲虽然精明强干，且有才学，但终因不堪生活重负而自杀。靠着祖上一点儿官俸，少年秋白虽然也有过短暂的追求"名士化"的时光，但很快就因家庭破灭、世态炎凉，以及社会黑暗和人性病态，而陷入精神的苦闷与迷茫，直至生出消极"避世"的念想。

唯心的"避世"代替不了严峻的现实。1916年初，17岁的秋白进入社会谋生。先在无锡乡间当国民学校校长，继而投奔武昌的堂哥寻找出路。这时,饭碗虽有了着落,但精神苦闷却有增无减,无数疑问在内心萦绕。翌年,顺应"心灵的'内的要求'",秋白到北京进入俄文馆,学习俄文和哲学,开始"做以文化救中国的功夫"。这期间,由母亲种下宿根的佛学教义,成为秋白的重要精神资源,即所谓"因研究佛学试解人生问题,而有就菩萨行(以佛教思想为准则的行为)而为佛教人间化的愿心"。这"愿心"虽为佛学注入了积极的使命,但终究难逃虚无空幻,以致被后来的秋白称之为"大言不惭的空愿"。因为关注俄国文化,托尔斯泰的宗教博爱思想,以及"勿以暴力抗恶"等主张也曾吸引秋白,但他不久就发现了其中存在的与现实脱节的谬误。五四运动前后,包括马克思主义在内的各种外来思想目不暇接,秋白进行了广泛阅读与涉猎,他研究过美国的宗教新村运动、欧文的空想社会主义学说,以及狄德罗、卢梭等人的著作,而本着惠及人民大众的内在尺度,他的兴趣开始倾向于共产主义。

正当"隔着纱窗看晓雾",对共产主义不甚了然的时候,秋白有了以北京《晨报》特约记者身份,到世界上第一个实现了社会革命的国家——苏维埃俄国采访的机会。于是,他把俄国看作像中国典籍中伯夷、叔齐隐居的首阳山一样的"饿乡"——一个心理要求胜过经济欲望的地方,以"宁死亦当一行"的决心,毅然前往。

在俄国,秋白进行了广泛深入的参观采访和调查研究。这期间,他不是没有看到这个国家正在经历的动荡和混乱,也不是没有发现新生体制所存在的弊端与缺陷,但他更看到了苏维埃政权为克服眼前困难所进行的艰苦努力以及所取得的显著成效,看到了革命后的"劳工复活"和文化教育科学事业的正常赓续与稳步发展。他觉得:"共产党始终是真正为全体工人阶级奋斗的党","共产党人的办事热心努力,其中有能力有觉悟的领袖,那种忠于所事的态度,真可佩服。"唯其如此,他认为:"共产主义学说在苏俄的逐步实行,是人类文明发展史上一桩伟大事业,是世界第一次的改造事业。"共产主义在苏俄的"人间化",宣告了它从此不再仅仅是"社会主义丛书里的一个目录"。至此,秋白的思想发生了根本改变——由"忏悔的贵族"终于成为自觉的马克思主义者。

信仰是个人的意识行为。对于信仰主体而言,真正的信仰获得,必须源于内心需求,必须是自由选择的结果。而秋白确立马克思主义信仰,恰恰贯穿了遵循内心、上下求索、择善而从的线索。唯其如此,这一信仰很自然地成为秋白前所未有的精神力量。关于这点,曹靖华的《罗汉岭前吊秋白并忆鲁迅先生》,以隔空对话的口吻,留下了感人至深的记忆速写:

你那时躺到床上,床头没有台灯,你就把吊灯拉到床头,拴到床架上,俯到枕上写文章。你要把当时还是"世界之谜"的苏联实况,把"共产主义的人间化",告诉给斗争中的中国人民,告诉给世界劳动者。

大约是在一九二二年吧……我记得,你住的房间里有一张小风琴。你正在译国际歌,斟酌好了一句,就在风琴上反复地自弹自唱,要使歌词恰当地合乎乐谱。你说国际歌已经有了三种译文,但是没有一种译得好,而且能够唱的。你要把它译得能唱,让千万人能用中文唱出来。

这样的速写足以彰显信仰的魅力。

三

在信仰的语境里,"信"是由衷的认同和真诚的服膺;"仰"是因为认同和服膺而生出的坚定的维护和执着的追随。由此可见,"信"是"仰"的前提。那么,"信"的前提又是什么?在我看来,应当是"知",即对信仰的深入感知、自觉认识和充分理解。没有这种感知、认识和理解,任何信仰都难免包含随波逐流的盲目性,甚至有可能陷入某种狂热与迷信。

秋白深明此理。事实上,他确立和追随共产主义信仰的过程,便是一个不断学习和领会马克思主义理论精髓的过程。早在入读俄文馆时,秋白就较多地接触了马克思主义知识与主张。访俄期间,他更是坚持从"理论"和"事实"两方面展开马克思主义研究。为此,他不但阅读了大量理论书籍以及俄国革命文献,而且翻译了不少相关文章,编著了《俄罗斯革命论》等著作。回国后,秋白在从事党的实际领导工作的同时,担负起联系中国革命实践,加强马克思主义理论建设的重要使命,无论在革命高潮之中还是白色恐怖之下,他都把大量的心血倾注到理论学习、宣传和研究上,以求"呈显中国的马克思主义者应用革命理论于革命实践上的成绩"(《〈瞿秋白论文集〉自序》)。对此,妻子杨之华有过深情记述:1926年春天,秋白因常年紧张工作而吐血。中央领导同志强迫秋白住院治疗休息。这期间,秋白很想了解社会思想现状,就一再开出书单,让之华去寻书买书,供他夜间研读。

到了第三个星期,当我到医院去看他的时候,他仿佛在家里一样,弯着腰坐在椅子上,兴致勃勃地一页一页地写起来了。他不觉得自己是一个病人,还把他自己订好的工作计划给我看,对我说:"中国共产党员连我在内,对列宁主义的著作读得太少,要研究中国当前的革命问题,非读几本书不可。我想将俄国革命运动史分成四部分编译出来……这些都可以作为中国革命之参考,非常重要的参考。"(《忆秋白》)

杨之华这段紧贴历史和生命的文字,异常真实地再现了秋白当年,为丰富中国革命的理论武库而抱病笔耕、废寝忘食的情景。

值得注意的是,这段记述还传递出秋白的一个重要心结——因深感包括自己在内的中国共产党人理论准备明显不足而产生的某种忧虑。关于这点,秋白在写于1927年初的《〈瞿秋白论文集〉自序》中曾有较多流露:"中国无产阶级的思想代表"一般文化程度较低,"科学历史的常识都浅薄得很",但革命实践提出的许多复杂繁重的问题却"正在很急切地催迫着"他们去解决。正像"没有牛时,迫得狗去耕田";自己也是这样,作为"马克思主义的小学生",一直"努力做这种'狗耕田'的工作,自己知道是很不胜任的"。此后,秋白在多种场合都表示过这一观点。而在《多余的话》里,他更是怀着愧疚和自责的心态一再写道:对于马克思主义学问,自己只是"一知半解","只知道一点皮毛"。"马克思主义的主要部分:唯物论的哲学,唯物史观——阶级斗争的理论,以及政治经济学,我都没有系统地研究过。"对于秋白这些说法,我们以往多用谦虚或自贬加以解释,这固然不错,只是不要忘了,构成这谦虚或自贬的价值坐标,依然是对理论认知的高度重视,是对以理论认知守护精神信仰的庄严申示。

四

在某种意义上,信仰和理想殊途同归。真正的科学的信仰坚守,实际上就是为着理想奋斗,朝着理想迈进。因此,它常常具有超越现状,不计利害、不顾得失的力量。秋白的信仰追求正可作如是观。"飞蛾投火,非死不止"——这是秋白留给丁玲的劝勉之语,但又何尝不是自我写照!

回望20世纪上半叶的中国,信仰共产主义并投身其社会实践,是一种艰苦卓绝、出生入死的抉择。当时的独裁政权视共产党人为"异类"和死敌,因而实施严酷剿杀自不待言;即使在革命营垒内部,亦因为认识的局限和实践的偏颇,而不可避免地存在着种种龃龉、矛盾、分歧、斗争,以致有时会伤害忠诚正义的信仰者。秋白是党的高级干部乃至主要领导,一向置身中国革命的风口浪尖和激流漩涡,这使得他的信仰之路,不能不备受来自敌对一方和营垒内部的双重考验。而他交出的一份份答卷,迄今令人敬仰和感动。

1933年冬天,正在上海与鲁迅一起战斗于文化战线的秋白,接到上级要他回苏区工作的通知。当时,他希望之华与之同行,但被冷漠地拒绝了。在与妻子分手的前夜,秋白心潮涌动,思绪万千,不能自已。对此,杨之华写道:

他一夜没有休息,但精神还很好。我们谈着当前的工作,也谈着离别以后的生活……他说:"我们还能在一起工作就好了!"我说:"组织已经答复我们,等找到代替我工作的人,我就可以走了,我们会很快地见面的。"他突然紧握我的手说:"之华,我们活要活在一起,死也要死在一起。你还记得广东某某同志夫妇一同上刑场的照片吗?"我紧紧地拥抱着他说:"真到那一天也是幸福的!"(《忆秋白》)

斯时的秋白,似乎预感到生命的不测,但他回应这不测的,不是懊丧与怨怼,而是与妻子愿为信仰献出生命的赤诚共勉。

1934年秋天,由于王明路线的错误,红军被迫撤离苏区,进行长征。秋白体弱多病,且不熟悉军事斗争,按常理应随大军转移,但王明等人出于阴暗心理,硬是将其留在苏区打游击。秋白清楚这决定包含的"命运摆布"(吴黎平语),精神的抑郁可想而知,但对于信仰和事业,依旧丹心熠熠,不改初衷。据吴黎平回忆:在秋白得知自己不能随大军转移后,"我请秋白同志到我家吃饭。秋白同志那天酒喝得特别多,奋激地说,你们走了,祝你们一路顺利。我们留下来的人,会努力工作的。我个人的命运,以后不知怎么样,但是可以向战友们保证,我一定要为革命奋斗到底。同志们可以相信,我虽然历史上犯过错误,但为党为革命之心,始终不渝。"(《忆与秋白同志相处的日子及其他》)就在这黑云压城、命途凶险的情况下,秋白还在关心着别的同志,毅然把自己的好马和强壮的马夫,换给了年长的徐特立。

秋白的高风亮节,让一切试图用利益取代信仰的投机主义者和利己主义者无地自容。

五

相对于人类的种种信仰，共产主义信仰的根本特征，在于它建立在历史唯物主义基础之上的科学性与人间性。这便要求其信仰者，不但要拥有坚定执着的献身精神，而且要具备清醒睿智的反思能力。其中的道理并不玄奥——当马克思主义由一种学说变为一种实践，它就同一切社会实践一样，既不可能一帆风顺，更不可能一蹴而就；相反，它必然会遇到种种问题和变数，甚至要经历多方面的挑战和挫折。在这种情况下，一个真正的马克思主义者固然需要坚定的道路自信，但同时也必须放眼历史大势，不断反思过往，审视当下，纠偏除弊，扬弃前行。只有这样，才能保持信仰和事业的无限生机，也才能在实践中不断发展和完善马克思主义本身。

秋白便是这样一位勇于也善于反思的马克思主义者。纵观他的信仰之路，尽管有过失误，甚至犯过错误，但在更多的时候，却总能用清醒睿智的思维和独立探索的态度，去观察分析中国革命的现实，包括剖解自己的思想与行为，就中发现问题或寻找带有规律性的东西。正如毛泽东1950年为《瞿秋白文集》题词所写："瞿秋白同志是肯用脑子想问题的，他是有思想的。"譬如，早在1921年，秋白就透过知识分子的目光，敏锐地谈到中国工人阶级身上掺杂的帮口习气（《中国工人阶级的状况和他们对俄国的期望》）。而在1927年党的"五大"上，秋白则勇敢指出："中国共产党内有派别，有机会主义"（李维汉《怀念秋白》）。如果说秋白的反思在以往大多是零星的、片段的，那么到了"绝灭的前夜"写就的《多余的话》，便成为集中的、相对系统的心绪流泻——作者从自己并非"多余"的"心忧"入手,沿着亲历的革命生涯,以自我解剖的方式,涉及了一系列重要话题,如:中国革命的经验与教训;共产主义者如何改造"异己"意识;党怎样才能拥有独立自主的正确路线;党的领袖的产生与成长;革命者文化心理与政治信念的关系等等。尽管这一切不得不采取了隐晦曲折乃至正话反说的表达方式,其言说内容亦掺杂了一些消极因素和时代局限,但作者通过反思和自省所传递的对信仰与事业的另一种呵护与忠诚,却迄今值得我们仰望和珍视。

(文中没有单独注出的引文,均出自瞿秋白作品《饿乡纪程》《赤都心史》和《多余的话》——作者注)

■ 贾平凹

作者简介

　　1952年生于陕西省丹凤县棣花镇。当代著名作家。中国作家协会副主席、陕西省作家协会主席、西安市文联主席。1975年毕业于西北大学中文系。1974年开始发表作品。著有长篇小说有《浮躁》《废都》《秦腔》《古炉》《带灯》《老生》《山本》等；中短篇小说有《黑氏》《天狗》《五魁》《倒流河》等；散文有《商州散记》《丑石》《定西笔记》等。另著有《贾平凹文集》26卷。作品曾获国内茅盾文学奖、鲁迅文学奖、全国优秀短篇小说奖、全国优秀中篇小说奖、全国优秀散文（集）奖，以及美国飞马文学奖、法国费米娜文学奖、法兰西金棕榈文学艺术骑士勋章等。有30多部作品被译为美、法、德、瑞典、意大利、西班牙、俄、日、韩、越等文，在20多个国家出版发行。

作 家 印 象

贾平凹是当代中国乃至世界文坛备受争议的作家。苏东坡诗云:"横看成岭侧成峰,远近高低各不同。不识庐山真面目,只缘身在此山中。"看不清贾平凹的人,或许都迷醉在他的深山密林里。曾经有人写过《贾平凹之谜》,还有人写过《贾平凹谜中谜》,此后是否还有续集不知端详,但这些似乎都无法完整描摹他的人与文。

贾平凹原名"贾李平",父母昵称他"平娃",上大学后"贾平娃"就成了他的名字。"平娃",寄托了父母希望儿子一生平安、平顺的心愿。他誊写《一双袜子》时,灵机一动,把"娃"改成了"凹"。一字之改,天地旋转,乾坤挪移,他的人生随之发生巨变。

文学履历就是人生履历,这样的作家不少,但如贾平凹般一步一个台阶、稳健地走到中国当代文学高峰的作家,确实屈指可数。贾平凹的人生可以说是一个神话、一部传奇,而他自己本身,其实就是一个武林、一片江湖。来贾平凹这里寻古探幽,不仅要有必要的趣味和追求,更须得有足够的勇气和智慧。

——李 舫

鹤梦不离云

■ 贾平凹

一

人人都说故乡好。我也这么说,而且无论在什么时候什么地方,说起商洛,我都是两眼放光。这不仅出自生命的本能,更是我文学立身的全部。

商洛虽然是山区,站在这里,北京很偏远,上海很偏远。虽然比较贫穷,山和水以及阳光空气却纯净充裕。我总觉得,云是地的呼吸所形成的,人是从地缝里冒出的气。商洛在秦之头、楚之尾,秦岭上空的鸟是丹江里的鱼穿上了羽毛,丹江里的鱼是秦岭上空的脱了羽毛的鸟,它们是天地间最自在的。我就是从这块地里冒出来的一股气,幻变着形态和色彩。所以,我的人生观并不认为人到世上是来受苦的。如果是来受苦的,为什么世上的人口那么多,每一个人活着又不愿死去?人的一生是爱的圆满,起源于父母的爱,然后在世上受到太阳的光照,水的滋润,食物的供养,而同时传播和转化。这也就是之所以每个人的天性里都有音乐、绘画、文学的才情的原因。哲人说过,当你采到一朵花而喜爱的时候，其实这朵花更喜欢你。人世上为什么有斗争、伤害、嫉恨、恐惧，是人来得太多、空间太少而产生的贪婪。基于此，我们常说死亡是死者带走了一份病毒和疼痛，活着的人应该感激他。

我爱商洛，觉得这里的山水草木飞禽走兽没有不可亲的。这里的人不爱为官，为民摆摊的、行乞的又都没有不是好人。在长达数十年中，商洛人去西安见我，我从来好烟好茶好脸好心地相待，不敢一丝怠慢，商洛人让我办事，我总是满口应允，四蹄跑着尽力而为。至今，我的胃仍然是洋芋糊汤的记忆，我的口音仍然是秦岭南坡的腔调。商洛也爱我，它让我几十年都在写它，它容忍我从各个角度去写它，素材是那么丰富，胸怀是那么宽阔。凡是我有了一点成绩，是商洛最先鼓掌，一旦我受到挫败，商洛总能给予慰藉。

我是商洛的一棵草木、一块石头、一只鸟、一只兔，一个萝卜、一个红薯，是商洛的品种，是商洛制造。

我在商洛生活了19年后去了西安，20世纪80年代我曾三次大规模地游历各县，几乎走遍了所有大的村镇，此后的几十年，每年仍十多次往返不断。自从去了西安，有了西安的角度，我更了解和理解了商洛，而始终站在商洛这个点上，去观察和认知着中国。这就是我人生的秘密，也就是我文学的秘密。

至今我写下千万文字，每一部作品里都有商洛的影子和痕迹。早年的《山地笔记》，后来的《商州三录》《浮躁》，再后的《废都》《妊娠》《高老庄》《怀念狼》，以及《秦腔》《高兴》《古炉》《带灯》和《老生》，那都是文学的商洛。其中大大小小的故乡，原型有的就是商洛记录，也有原型不是商洛的，但熟悉商洛的人，都能从作品里读到商洛的某地山水物产风俗，人物的神气方言。我已经无法摆脱商洛，如同无法不呼吸一样，如同羊不能没有膻味一样。

二

前几年的春节，我回了一趟故乡，商洛之下的棣花村。除夕夜里到祖坟上点灯，这是故乡重要的风俗，如果谁家的祖坟上没有点灯，那就是这家绝户了。我跪在坟头，四周都是黑暗，点上了蜡烛，黑暗更浓，整个世界仿佛只是那一粒烛焰，但爷爷奶奶的容貌，父亲和母亲的形象是那样清晰！

我们一直在诅咒着黑夜，以为它什么都看不见，原来昔人往事全完整无缺地在那里。也就在那时，我突然有了一个觉悟：常言生有时死有地，其实生死是一个地方。人应该是从地里冒出来的一股气，从什么地方冒出来活人，死后再从什么地方遁去而成坟。一般的情况都是，从哪里出来就生着活着在哪里的附近，也有特别的，生于此地而死于彼地或生于彼地而死于此地，那便是从彼地冒出的气，飘荡到此地投生，或此地冒出的气飘荡于彼地投生。我家的祖坟在离棣花村不远的牛头坡上，牛头坡上到处都是坟，村子家家祖坟都在那里，这就是说，我的祖辈，我的故乡人，全是从牛头坡上不断冒出的气又不断地被吸收进去。牛头坡是一个什么样的穴位呀，冒出的是一种什么样的气，清的，浊的，祥瑞的，恶煞的，竟一茬一茬的活人闹出了那么多声响和色彩的世事！

回了西安，我很长时间里沉默寡言，常常把自己关在书房里，有时什么都不做，只是吃烟。在灰腾腾的烟雾里，记忆我所知道的时代风云激荡，社会几经转型、战争、动乱、灾荒、革命、运动、改革，为了活得温饱，活得安生，活出人样，我的爷爷做了什么，我的父亲做了什么，故乡人都做了什么，我和我的儿孙又做了什么，哪些是荣光体面，哪些是龌龊罪过？太多的变数呵，沧海桑田，沉浮无定，有许许多多的事一闭眼就想起，有许许多多的事总不愿去想，有许许多多的事常在讲，有许许多多的事总不愿去讲。能想的能讲的已差不多都写在了我以往的书里，而不愿想不愿讲的，到我年龄花甲了，却怎能不想不讲啊？

这也就是我写《老生》的初衷。

写起《老生》，没料到异常滞涩，曾三次中断，难以为继。苦恼的仍是历史如何归于文学，叙述又如何在文字间布满空隙，让它有弹性和散发气味。这期间，我又反复读《山海经》。《山海经》是我近几年喜欢读的一本书，它写尽着地理，一座山一座山地写，一条水一条水地写，写各方山水里的飞禽走兽树木花草，写出了整个中国。阅读着《山海经》，我又数次去了秦岭，西安的好处是离秦岭很近，从城里开车一个小时就可以进山，但山深如海，往往看着那梁上的一所茅屋，赶过去却需要大半天。

秦岭历来是隐者去处，现在仍有千人修行在其中，我去拜访了一位，他已经在山洞里住过了五年，对我的到来他既不拒绝也不热情，无视着，犹如我是草丛里走过的小兽，或是风吹过来的一缕云朵。他坐在洞口一动不动，眼看着远方，远方是无数错落无序的群峰。我说：师父是看落日吗？他说：不，我在看河。我说：河在沟底呀，你在峰头上看？他说：河就在峰头上流过。他的话让我大为吃惊，我回城后就画了一幅画。我每每写一部长篇小说，为了给自己鼓劲，就要在书房挂上为新小说写的书画条幅，这次我画的是《过山河图》，水流不再在群山众沟里千回百转，而是无数的山头上有了一条汹涌的河。

  还是在秦岭里，我曾经去看望一个老人，这老人是我一个熟人的亲戚，熟人给我多次介绍说这老人是他们那条峪里六七个村寨中最有威望的，几十年来无论哪个村寨有红白事，他都被请去做执事，即便如今年事已高，腿脚不便，但谁家和邻居闹了矛盾，谁个兄弟们分家，仍还是用滑竿抬了他去主持。我见到了老人问他怎么就如此德高望重呢？他说：我只是说些公道话。再问他怎样才能把话说公道，他说：没有私心偏见，你即便错了也错不到哪儿去。我认了这位老人是我的老师，写小说何尝不也就是在说公道话吗？于是，第四遍写《老生》竟再没有中断，三个月后顺利地完成了草稿。

三

  凤楼常近日，鹤梦不离云。

  我欣赏荣格的话：文学的根本是表达集体无意识。我也欣赏"生生不息"这四个字。如何在生活里寻找到、准确抓住集体无意识，这是我写作中最难最苦最用力的事。而在面对了原始具象，要把它写出来时，不能写得太熟太滑，如何求生求涩，这又是我万般警觉和小心的事。遗憾的是这两个方面我都做得不好。

人的一生实在是太短了，干不了几件事。当我选择了写作，就退化了别的生存功能，虽不敢懈怠，但自知器格简陋，才质单薄，无法达到我向往的境界，无法完成我追求的作品。别人或许是在建造故宫，我只是经营农家四合院。

　　我在书房悬挂了一块匾：待星可披。意思是什么时候星光才能照着我啊。而我能做到的就是在屋里安了一尊佛像和一尊土地神。佛法无边，可以惠泽众生，土地神则护守住我那房子和我的灵魂。

■吉狄马加

作者简介

  彝族，1961年生于四川大凉山。著名诗人、作家。1982年毕业于西南民族大学中文系。现任中国作家协会副主席、书记处书记，兼任中国少数民族作家学会会长，中国诗歌学会顾问。中国当代著名的少数民族代表性诗人，也是具有广泛影响的国际性诗人，出版有诗文集近20部；其作品还被翻译成30多种文字，在近40个国家或地区出版发行。多次荣获中国国家文学奖和国际文学组织机构的奖励。2007年创办"青海湖国际诗歌节"，担任该国际诗歌节组委会主席和"金藏羚羊国际诗歌奖"评委会主席。

作家印象

　　从苍茫寂寥的大凉山走到历史纵横的古都北京，又从历史纵横的古都北京走到灵魂直接天际的青藏高原，吉狄马加始终坚持自己是一个彝族文化的守望者。他的眼睛里盈溢着圣洁的太阳，他的血管里回荡着马蹄的声音，他的灵魂在字词诗行间舞蹈，他的心在高山和原野间歌唱。

　　数十年来，吉狄马加痴痴地用他的寂寞的吟唱、他的粗犷的文字，编织着一个属于自己，更属于同样痛苦、倔强、高贵的伟大民族的颂歌与梦想。

　　吉狄马加的散文与他的诗歌一样，视域宏阔，洞察敏锐，警譬精妙，蕴含着超凡脱俗的慈爱与悲悯，从而具有了超越种族局限的人类情感，具有了穿越时空睽隔的深邃伦理，具有了史诗的气质和力量。

　　真正优秀的作家，他的创作是寂寞而伟大的，吉狄马加尤其如此。

——李　舫

通往生命之乡的那条小路
——多元民族特质文化与文学的人类意识

■吉狄马加

大家都知道,人类正置身于一个全球化的背景,关于全球化这个话题,可以说全世界到处都在讨论,人类正在经历一个从未有过的现代化的过程,今天的人类面临着许多需要共同解决的问题。由于全球资讯的发达,可以说世界已经真正进入了一个网络和数字化的时代。今天在我们这个世界上任何一个角落发生的重要事件,全世界的大部分人我想都能在第一时间知道,无论这个事件发生在北京,还是发生在某个离北京更遥远的地方,我想大家都会知道。这就是网络和电视的作用,难怪有一位美国的社会学家把现在的地球称为"平面的地球"。

今天的全球化是一个大趋势,是好是歹各国的学者也众说纷纭,但是有一点可以肯定,就是有许多关注人类命运的作家、诗人和学者,要比过去任何时候更关注不同民族的生存状况。有的学者甚至质疑,现代化给人类带来的好处,要比给人类带来的潜在危机更多。在这里,我不想对它们做价值判断。今天,无论从西方哲学的观点来看,还是从东方哲学的观点来看,我们都要就全世界都在经历的一个现代化过程做出我们的回答，因为人类将走向何处，或者说选择一个更美好的明天，是今天人类应该知晓并且应该勇于担当的重要职责。

回顾历史，远的不用说，就在刚刚过去的20世纪，人类就经历了两次非常惨烈的世界大战，今天当我们回望历史的时候，不难发现有许许多多问题需要我们去总结，比如民族的问题，比如宗教的问题，比如世界政治秩序的问题，比如资源的问题，比如环境的问题，比如生物多样性的问题，比如文化多样性的问题，比如生态的问题，比如可持续发展的问题等等，都需要我们在这个新的世纪开始对人类的过去进行反思，对人类的未来进行预测。人类社会是一个很奇怪的社会，人类一边在总结已经走过的历史，在总结我们所犯下的错误，同时人类又在新的时间、新的地点开始犯在本质上相同的错误。

进入21世纪以来，据一些政治学家统计，人类的战争特别是区域性的战争没有减少，反而大大地增加了。冲突和战争有的是为了资源，有的是为了宗教和文化，有的是为了不同的价值观。从某种意义而言，刚刚开头的21世纪，并不比我们看到的20世纪要更好。对我们今天来说，人类正处在一个更为特殊的背景下，经济高速发展，物质极大丰富，但同时人类的精神又在失落。大家知道，从上一个世纪到现在我们正置身的这个新世纪，人类在科技上有很多重大发现，这些重大发现，已经极大地改变了人类的生活方式，甚至也改变了人类的一些思维方式，这一切过去都是不可想象的。

人类在20世纪登上了月球，基因工程取得重大突破，航空事业快速发展，电脑计算机进入人类日常生活，医学上的贡献更是比比皆是，应该公正地说，人类跟过去几百年或者几千年的发展速度来比，可以说今天是创造了奇迹。但是尽管这样，人类事实上又在进行新的思考，那就是我们这种大量损耗资源、破坏环境、与自然对抗的无序发展，是不是一种真正意义上的进步？这个严肃的问题，其实已经摆在了我们所有人的面前。我的回答是，肯定不是进步！

我们似乎刚发现，人类发展到今天，人口的压力、资源的过度消耗以及对环境的破坏已经变成了一个全球关注的大问题，其实这些问题的形成，也有一个时间过程。今天有很多原生民族的生存环境遭到了破坏，强势文化和弱势文化的博弈，使很多民族的文化历史和文化符号的生存空间不断萎缩。今天，我们探讨这些问题，我认为具有一种更现实的意义，因为我们承担着传承和保护不同民族文化的责任。当然需要声明的是，文化的延续和发展，是一个极为复杂的问题，随着人类社会的不断发展和科技的进步，不同民族的文化中当然也存在着一些糟粕，随着历史的发展，它会不断地消亡和被淘汰，我想这也是一种必然。

但是从另外一个角度来说，我们又必须在这个特殊的时刻，更加关注和保护这些民族的文化和历史，要防止在现代化的过程中，我们不同民族的文化链条会被中断，我们不同民族的历史和文明会毁于一旦。我提出这个问题，其实是在拷问我们所有的人，拷问我们生活在今天的所有现代人，不管你现在生活在什么样的文化和宗教背景，生活在哪一个国度，属于哪一个种族，我们都必须回答这样的一个严肃的问题。保护地球上每一个文化是我们最崇高的使命。

我们知道，全人类现在都置身于一个整体的现代化过程中，在这个现代化过程中，我们每一个民族，都站在一个现代和传统，站在历史和未来的十字路口上。每一个民族要想获得自己的通行证，通过这个十字路口，毫无疑问，它的民族历史和文化就是最好的通行证。我们要延续我们每一个民族的历史，我们就必须学会在整个现代化的过程中，继承好我们伟大的文化传统，以一种开放的眼光去学习人类所有的伟大文明，从而丰富和壮大我们的民族文化，使之获得不断延续的生机和活力。全人类的文明和历史，都是上天给我们的恩赐，这是最为宝贵的文化财富。当然需要指出的是，在全球化的背景下，强势文化的扩张，无疑给一些弱小文化带来了生存威胁，不同文化的同质化现象变得格外严重，许多民族的文化失去个性，表象的、共性的东西越来越多。我们经过分析可以看出，不同文明之间的沟通和对话非常重要，不同民族文化之间的交流与相互学习同样必不可少；但是，我们也要警惕不同民族文化的同质现象变得越来越严重，不同民族文化的存在，是这个世界文化多样性和丰富性必不可少的一个重要前提。

大家知道，生物多样性是联合国保护生物多样性相关决议所确定的。我们人类生活的地球就是一个庞大的生物链，无论是我们人类的集体生命，还是我们的个体生命，可以说都生活在这个庞大的生物链中。如果这个生物链一旦被打破，某一种生物消亡了，可能会连带另外生物的生命也要随之消亡，这就是我们为什么要保护生物多样性的原因。每一个生物都很重要，我们很难说谁重要谁不重要，在非洲的原野上，你可以看见许多狮子，同样你也可以看见许多斑马和羚羊。斑马和羚羊繁殖很快，如果不控制其数量，就会让草原负载过量，也不能给食草动物提供足够的食物，不少斑马和羚羊都是被非洲狮和猎豹捕杀的，这是动物间所形成的一个生物平衡。我们不能人为地打破这个平衡。

　　我们这里有不少来自草原并熟悉牧区生活的人，你们一定会知道，如果天空中没有鹰了，草原上的地鼠就会泛滥成灾，鹰和鼠是一对天敌，所以我们如果破坏了生物链中任何一个环节，其后果都会不堪设想，有的后果甚至是灾难性的。反过来讲，文化多样性也是一样，据说现在全世界每天都有一两种语言在消亡，这对于人类来说是一件很不幸、很可怕的事情。有的民族可能人口很少，但是他们有着自己的民族语言。人类是靠语言进行思维的，不同民族的语言都承载着很多文化信息，承载着不同民族的思维习惯和文化价值观念，许多民族的生存智慧和哲学思想也与其语言和思维方式息息相关。任何一种古老的语言消失，都是全人类不可弥补的损失，都是人类共同的悲哀和不幸。

　　今天我们在这里共同探讨这个让我们感到窒息和沉重的话题，一定要站在一个道德的制高点上，来面对今天必须面对的困境。作为一个民族的精神文化代表，我们必须客观同时要充满敬畏地看待人类所有的文化，任何一个有良知的作家和诗人都要尊重这个世界上任何一个民族的历史和文化，不管这个民族的人口是多么少，甚至是一个极其弱小的民族，我们对它的文化也应该充满应有的敬意，文化的多样性与这个世界的文化整体性是相互联系的。我们知道每一个民族的文化存在，是使这个世界的文化变得色彩斑斓的前提。全世界的文化之所以这么丰富，是因为有不同的宗教、不同的民族、不同的历史、不同的文明，正因为这种差异性，才让人对这个世界的不同民族文化充满着好奇，这个世界才可能变得如此让人着迷。我认为，现在最重要的是，我们要认识我们所处的这个时代，文化仍然在发挥着重要的作用。我们一定要在不断发展经济的同时，更加重视文化的发展，更加重视不同民族的文化传承和保护，尊重每一个民族所选择的发展道路，让每一个民族找到适合自己的发展方式。

有人说，今天的世界是一个人类走向共性的时代，因为经济和社会的发展，让今天的人类和不同地域的族群，都更加紧密地联系在了一起。这是一个基本事实。有不少作家在自己的政论文字中，提出来要更多地关注人类的整体发展和命运，要去解决今天人类共同面临的、亟须解决的棘手问题。也有一些作家认为我们要更多地关注人的个体命运，关注自身民族所面临的生存危机和历史命运。我认为这两者并不矛盾，作为一个民族的作家和诗人，我们有责任去延续这个民族的文化和历史，但是作为一个世界公民，我们同样有责任和义务去关注全人类的命运。我们每一个人，都生活在一定的族群和社会里，民族的历史和文化是我们生命中最重要的文化基因，每一个民族的作家和诗人都有责任去保护和纯洁自己民族的语言和文字，因为我们生活在这个世界任何一个地域的作家，都不可能说我是一个抽象的作家。我们都是具体的存在。不管我们属于哪一个民族，来自哪一个地域，用哪一种文字进行写作，我们的文化和宗教背景有何差异，我想我们永远离不开的是对养育我们的土地的热爱，对人的命运的关注，对我们民族伟大文学传统的继承和弘扬，对我们民族语言和文字的创新和丰富。

中国是一个多民族的国家，56个民族共同创造了灿烂悠久的中华文化。中国政府历来重视发展和繁荣中国56个民族的文化。今天有55个少数民族作家在鲁迅文学院深造学习,这个事实进一步说明了国家对发展少数民族文化的真正关切。少数民族作家的培养是一项重要的文化工程,我觉得大家在这里学习的机会尤其难得。在人生的生命历程中,作为一个作家有一年能来到鲁迅文学院深造,这个机会不是所有人都有的,希望大家一定要珍惜。在这里学习,我希望大家是一种真正意义上的学习。我们要通过学习,站在一个更高的思想制高点上,从而来认识今天这个纷纭复杂的世界,让我们与我们的民族一道在经历全球化的过程中,一方面延续好我们民族的历史和文化,另一方面要通过我们的笔触,真实地记录下我们每一个民族创造新生活和新历史的壮丽卷。

我认为,传承和延续每一个民族的文化都不是一般意义上的传承。任何一个伟大的作家和诗人,如果你离开了你的民族的心灵和灵魂,你就不可能具有深刻的洞察力,从而真正表现出你的民族的伟大精神世界。我们阅读历史上这些大师的作品,每一部作品都具有自身的民族的色彩,同时又具有超越时空和单一民族的人类意识,他们的作品是个性和人类普遍价值高度统一的光辉典范。

《百年孤独》是马尔克斯的代表作,也是20世纪最伟大的长篇小说之一,它写的是拉丁美洲的精神史,写的是印第安人的心灵史,写的是整个拉丁美洲一百年的苦难史和命运史。马尔克斯用魔幻现实主义的手法,把土著神话和传说,把印第安人的原始思维,以及他们对生命、对灵魂、对死亡的观念和表述方式,都浓缩在了一部寓言般的史诗作品中。这部作品是用西班牙语写的,它打破了一般意义上的时间和空间的关系,打破了现实世界和神灵世界的关系,它在人鬼之间构筑了一个迷宫一样的世界。在小说的叙述手法上,他运用的是拉丁美洲人固有的讲故事的语气,当然在艺术手法上,马尔克斯也大胆地借鉴了包括卡夫卡、海明威、福克纳这样重要作家的作品。

《百年孤独》对我们是一个启示,我们只有把笔深深地植根于养育了我们民族的大地的子宫中,才可能写出震撼人心的史诗般的作品,我们的作品才可能超越国界、超越民族,成为人类共有的精神财富。我想这才是我们每一个人应该追寻的目标。当然,一个少数民族作家,可以说都是他所属的民族的精神代言人,我们要更加关注人类的生存问题,当代的民族和宗教问题以及人类面对死亡、面对危机的问题。我们不仅要关注我们民族自身的历史进程,同时我们还要关注整个世界的历史进程。我们要把我们民族所经历的欢乐、痛苦、苦难等都呈现在自己的作品中。

我们应该充分地认识到,作为一个民族的作家,我们所处的时代是一个正在发生剧烈变革的时代。我们不能作为这个时代的旁观者,我们必须是参与者和行动者。我们只有洞察我们民族的历史、我们民族的文化,洞察这个时代发生的一切,才有可能描述和呈现这个时代。我们每一个作家都是人类文明的儿子。吸收所有人类文明的伟大的成果来武装自己,来丰富和强大自己,是我们的必然选择。我们真正站在了世界文化的高地上,才可能具备高远的眼光,才可能书写出我们民族的新的壮丽史诗,才可能用文字描述出我们波澜壮阔的历史画卷。如果没有这样的思想和文化准备,我们就不会真正抓住我们民族历史和现实的本质,也不可能真正找到我们民族现处的历史方位，当然也不可能写出划时代的作品。

讲到这里，我想简单介绍一下当前世界文坛的一些情况。在当今世界文坛，总有一些消息会让大家感到异常吃惊。可能大家已经注意到了，2009年的10月8日诺贝尔文学奖评奖委员会宣布得奖的是一个罗马尼亚裔德国作家，名字叫米勒，当这个作家得奖的消息传到全世界的时候，不要说在中国，就是在世界上别的国家，很多重要的通讯社和文学机构，都不知道这个人，更不知道她写过什么作品。德国有一个评论家说，当他知道这个女作家得诺贝尔文学奖的消息时，惊讶得差点从椅子上掉下来，感到非常意外。

中国许多新闻机构为了报道这一消息，纷纷打电话给中国社科院外文所咨询这一情况。好在《世界文学》过去还曾经翻译过她的几个短篇小说，并且对她的一些简单背景情况还略有了解。据介绍，她的作品在中国大陆介绍得非常少，台湾地区曾翻译出版过她的一本书。据资料介绍，在现在的德国她也不是一个所谓的畅销书作家，大众读者对她的了解也非常有限，在德国纯文学圈子里面的作家对她还是比较推崇的，她的作品写的大多是在罗马尼亚一个少数民族族群的境遇。她很长时间生活在罗马尼亚，她的家族是罗马尼亚的少数民族。齐奥塞斯库政权消失后，她和她的丈夫移民到了德国。她长期用德语写作，她的许多作品大都是在德国出版的。

我给大家介绍这样一个作家的获奖情况，是想说明什么呢？就是想要告诉大家一个信息，现在世界上许多重要的文学奖项，它们现在更关注哪一类的作家，像诺贝尔文学奖这样重要的文学奖项，在今天它们更青睐哪一种作品。有的作家虽然在世界范围内并不知名,但他们的作品却引起了一些重要文学机构的关注,往往是每年的10月8日诺贝尔文学奖公布获奖者的名字时,有不少获奖者在一夜间成名,全世界都知道了这个人。我们注意到一个现象,瑞典的诺贝尔文学奖、法国的龚古尔文学奖,近二十年来非常关注作家的文化背景,对其地域性的文化贡献格外看重,对获奖作家和诗人的文化身份给予了更多的关切。当然需要说明的是,这些作家和作品绝不是简单地代表了一个民族或者说一种文化,他们的作品表现了人类的生存状况,具有极高的价值;这些作品往往深刻地描述了人类复杂的精神世界以及人类面对苦难所表现出的高尚行为。

许多得奖作家和诗人获奖前大多是区域性的作家,在全世界并不知名,其中有不少就是少数民族作家。我告诉大家这些重要文学奖项的评奖情况,并不是想说因为强调作家的文化代表性,这些奖项降低了评奖的标准。其实恰恰相反,因为世界多元文化的共存,这些获奖作家的作品,除了在艺术创新上有重要贡献外,他们的作品还是这些民族的文化符号,对人类来说是弥足珍贵的。这些作品记录了人类某一部分人的历史,从社会学、人类学的角度来看,这些作家和作品都要比那些所谓时尚型的畅销书更有价值,虽然他们并不为大多数人所知晓。

刚才我说有的作家因为突然获奖让大家感到很吃惊,并不是说这个作家的作品写得不好。还有一些知名作家,听说一直在诺贝尔文学奖的候选名单上,捷克裔法国作家米兰·昆德拉、美国著名的小说家欧茨、罗斯,他们虽然在全世界都很有名,但在这几年的诺贝尔文学奖最后角逐中都名落孙山。老实说,我更喜欢那些地域性很强的作家获奖,因为他们代表了一种不可替代的文化。前几年得奖的是一位法国小说家，他还来过中国，在法国文学圈里面属于边缘作家，他大多写的都是非洲和南美印第安人的生活，基本上都是亚文化的东西；英国女作家多丽丝·莱辛写的基本上是有关非洲生活的东西，其代表作《小草为什么歌唱》，写的就是她青年时代所经历的非洲生活，很好，大家可以找来看看。总之，这是一个现象，在多元文化的背景下，许多重要奖项都授给了这样一些文化特性和民族特性很强的作家，而这些作家的作品，在艺术上也达到了相当高的水准，无论是诗歌还是小说的技巧都非常精湛。把这些作品放在人类的文学史上，其价值也不会被淹没，也一定会从浩如烟海的文学宝库中凸现出来。

这不奇怪，近二十年的诺贝尔文学奖所评出来的作家，好多人在获奖前并不被大多数人所知，我刚才说到的德国作家米勒，就是这样一个人。前两天德国正在举办国际书展，有记者采访参加书展的德国观众，问他知不知道这个作家，读没读过她的作品，大多数人都不知道。当然我并不是说她的作品写得不好，其实她的作品无论是思想性还是艺术性都很好，文学价值也非常高。我是想说在今天这样一个消费主义时代，严肃的文学已经被彻底地边缘化了，更何况她作品所写的内容都是东欧罗马尼亚一个少数民族的生活。非洲肯尼亚有一个作家叫詹姆斯·恩古吉，写过一部小说叫《孩子，你别哭》，据说这个作家作为诺贝尔文学奖候选人已经排在了前几名；尼日利亚世界级的小说巨匠、黑人作家钦努阿·阿契贝现在也是诺贝尔文学奖的热门人选，他的同胞、诺贝尔文学奖获得者索因卡，称他为"非洲文学之父"，这是一位了不起的大作家，我建议大家可以找他的小说看看，他的小说已有好几个中文版本。

阿尔及利亚有一个作家叫穆罕默德·狄布，其三部曲小说的首部《大房子》在法语世界具有广泛影响。这些都是非常优秀的作家。阿尔巴尼亚是一个非常小的国家，但出了一个大作家名字叫卡达莱。作家出版社过去翻译出版过他的一部长篇小说，书名叫《亡军的将领》，这个作家在西方具有很大的影响。2005年英国布克文学奖大奖首次开评，候选人都是过去获得过布克奖的世界级小说家，评委会经过激烈争论，最终将这个奖颁发给了阿尔巴尼亚的卡达莱。你们可以找他的小说看，写得也是非常好。卡达莱是一个世界一流作家，但他生活的国家阿尔巴尼亚是这样一个小国，但是就是因为其作品的特殊价值，他让世界又开始关注巴尔干，关注阿尔巴尼亚这样一个山鹰之国。

同样，中亚的吉尔吉斯斯坦也是一个小国，也出现了一个大作家，名字叫艾特玛托夫，这个作家大家比较熟悉，他所有的作品基本上都被翻译成了中文。如果按人口比例，吉尔吉斯斯坦绝对是一个小国，在20世纪后半叶出现这样一个伟大作家，无疑是吉尔吉斯斯坦最重要的国际荣誉。哈萨克斯坦，在上一个世纪同样产生了一位伟大的作家，他叫穆合塔尔·阿乌埃佐夫，可以说他和艾特玛托夫也是同时代的人，据说后者还深受其作品的影响。阿乌埃佐夫写的《阿拜之路》，在苏联时期该作品就与杰出作家肖洛霍夫的名著《静静的顿河》齐名，成为苏联文学中经典作品之一。

这些作家的作品大多有一个特点，就是在你阅读时都能深入到你的内心，深入到你的灵魂深处。我曾经说过，作为作家和诗人，我们能不能用我们的手抚摸到人类灵魂最柔软的部分，是不是能真正写出这个最柔软部分给我们的感动，这就需要我们除了具有特殊的勇气之外，还应具有崇高的人文主义理想和人道主义思想，必须深入历史本质的底部，深入人类思想情感的最深处，只有这样才有可能写出真正的大作品。在今天写作，首先我们一定要树立信心，千万不要被这样那样的说法所迷惑。一个优秀的少数民族作家，首先在思想上要树立文化上的信心，要用一种开放的眼光和意识来进行学习和思考，要不断提高作为一个作家所应具备的综合性素质，同时要不断地提高写作技巧和驾驭文字的能力，那些前辈作家的经验告诉我们，许多伟大的作家和诗人都是语言大师。总之，今天这个世界对多元文化的认同，已经超过了历史上的任何一个时候，这无疑是历史的进步。可以说，这对于我们常常处于所谓文化中心边缘的每一个少数民族作家，的确是一个优势而不是劣势。

  下面，我想说一说关于民族的心理结构问题。固然这不是一个简单的问题，我们的作品能不能准确地把握不同民族的历史和文化，能不能写出这个民族的心灵史，这就要求我们必须准确地把握这个民族的思想和情感，而不是简单地通过文字去展览我们的民族风俗，这一点对于我们来说尤其重要。普希金是一位世界性的诗人，他离开我们已经很长时间了，但是今天我们阅读他的作品，仍然能感到其作品的鲜活，仍然能被他的作品深深地打动。普希金的作品就是俄罗斯民族的心灵之歌，他天才般地描述了俄罗斯民族的历史、苦难和希望，他诗歌中那种向往自由、追求平等、赞美爱情、同情弱者的思想，已经成了全人类共同的财富。作为一个诗人，普希金首先属于俄罗斯民族，但他同时又属于全世界。就是现在我也经常阅读普希金的作品，他是放在我床头经常阅读的经典作品之一。苏联著名的诗人、后来流亡美国并获得诺贝尔文学奖的约瑟夫·布罗茨基，在被驱逐出苏联的时候，曾给当时苏共中央总书记戈尔巴乔夫写过一封信。他在信中表明，虽然他离开了他的祖国，但是因为有俄语，有这种伟大的语言，他就永远不可能和伟大的俄罗斯民族和历史分隔开，因为俄罗斯美丽的语言养育诞生了普希金、列夫·托尔斯泰、屠格涅夫、叶赛宁、帕斯捷尔纳克、阿赫玛托娃、茨维塔耶娃这些伟大的作家和诗人，所以他认为俄语永远是他的故乡，而俄罗斯的文化和历史也永远是他的故乡。

可以看出，这些杰出的作家和诗人都是他所代表的那个民族的良心，他们就像热爱生命一样来热爱民族的文化和历史，他们都倾其一生在任何时候都在捍卫自己民族的文化权利。他们是我们永远学习的榜样。但是有的作家，不去研究自己民族的历史和文化，作品大多是无根之木、无源之水，写的作品缺少根性，更没有他那个民族的文化特性。从世界文学和艺术的更广泛领域去看，像卡夫卡这样的作家，像艾略特这样的诗人，像毕加索这样的画家，他们都是某种艺术形式创新变革而改变其发展进程的巨人，说实在的，这样的大师级人物一个时代或许可能就出一两位，这是时代的选择。但是我们不难发现，人类漫长的文学史和艺术史告诉我们，还有不少同样伟大的作家和诗人，他们的作品无论就其提供的文化价值和民族的历史价值而言都非常大，同样他们的作品在艺术上也有很高的审美价值。

我认为，爱尔兰的叶芝就是这样的诗人，法国新小说派的代表人物尤瑟拉尔就是这样的作家，他们的诗文都具备经典作品的品质。在文学史上，一个作家的重要性怎么衡量，可能要有一个较长的时间。有的作家，现在的文学史给的评价很高，但是再过几十年或者说上百年我看就会有另外的评价。中国有很多作家都进入了文学史，但是大家或许并不知道云南有个作家叫董秀英，她写了一个佤族部落三代女人的故事，在我看来，她的小说在人类学、社会学、民族学领域内所提供给我们的研究价值，要比现在好多所谓获得许多重要奖项的作品的价值大得多。作为一个作家，我肯定愿意把董秀英的书放在我的书架上，我对她充满着一种敬意和尊重，对我来说，董秀英就是她民族的托尔斯泰，就是她民族的巴尔扎克。诚然，她的长篇小说还可以提高其文学技巧，还可以加大这本书的思想和艺术容量，但是即便如此，我认为她给我们提供的佤族的史诗般的画卷，也足以让我们向她表达一个同行最崇高的敬意。

说到这里，我们还可以举世界级的小说家为例。前面我已经讲到过马尔克斯，他把美洲印第安人的独特价值体系在小说中进行了呈现，神话传说、离奇的故事、神鬼之间，都被巧妙地融进了这部复调般的小说中。《百年孤独》是拉丁美洲民族的一部心灵史，是一部真正意义的史诗，难怪有人把马尔克斯的《百年孤独》看成是拉丁美洲的《圣经》，我想这是有道理的。我们要了解一个民族和一个国家，最好的办法就是去读它优秀的作家和诗人的作品，因为阅读这些作品我们就能深入这个民族的灵魂中去，从而真正地认识这个民族。我就是从读马尔克斯的《百年孤独》、读乌拉圭作家爱德华多·加莱亚诺的《拉丁美洲被切开的血管》认识了拉丁美洲，并开始理解和同情拉丁美洲，最后全身心地爱上了拉丁美洲。作家要思考这些重要的问题，作家首先应该是思想家。今天大家在鲁迅文学院学习，就要对一些深层次的问题进行思考，我相信通过这种思考，你们会有长足的进步。

大家或许已经注意到，许多国际性的文学会议都在谈论文化中心与边缘的问题。欧洲文化中心形成已久,如何打破欧洲文化中心的垄断,其实是许多亚文化国家、第三世界国家的一个基本共识。由于欧洲文化中心论的影响,很长时间西方学术界,基本上是以欧洲的文化价值观来衡量世界的文学,这其中不乏偏见和误读。在20世纪中叶,世界上最有影响的作家和诗人也主要集中在欧洲和美国,比如说美国的菲茨杰拉德、海明威、福克纳,法国的萨特,意大利的莫拉维,德国的伯尔,爱尔兰的乔伊斯等等,但是随着20世纪后半叶民族独立运动的蓬勃兴起,第三世界国家除了获得了国家独立外,在文化上也开展了一系列的民族文化复兴运动,一些国家在这时也随即涌现出了许多世界级的诗人和作家,从而开始改变这个世界的文学版图。

就是美国这样的国家,在文学领域也发生了很大的变化。原来美国的所谓的主流文学一般不包括黑人作家和犹太人作家,但是随着犹太作家艾萨克·辛格、索尔·贝娄获得诺贝尔文学奖,黑人作家埃里森写出《看不见的人》、黑人诗人兰斯顿·休斯一系列重要抒情诗歌的出版,从此开始颠覆美国文坛所谓主流文学和非主流文学的关系。半个世纪以来,美国文坛已经真正形成了一个多元共存的格局。其实,美国文坛的这一现象,在当代中国文学中也有相近的情况。新中国成立之初的中国当代文坛上,重量级的少数民族作家和诗人为数很少,但是今天再来看中国当代文学,如果列出100位重要而还健在的作家的话,我想其中有20位一定是少数民族作家。

在这里,我要顺便说说母语写作。在我国的少数民族作家群体中,有不少作家是坚持用母语写作的,这当然应该得到充分的尊重。用母语写作能更好地表达那个民族的生活,特别是能表现独特的思维习惯，母语具有一种独特的魅力；但是这里又有一个翻译的问题，许多少数民族母语的使用人数和范围都非常有限，为了扩大作品的影响，就必须进行翻译。近十几年，中国许多少数民族母语作家的作品，都被陆续翻译成了汉语，但尽管这样，还有许多作品不为更多的人所熟知。前面我讲到的美国犹太作家艾萨克·辛格的作品都是用意绪第语写的，后来经过他的同胞索尔·贝娄翻译成英文才使他的作品享誉世界，许多国家都出版了他的小说，绝大部分都是从英文转译的，可见翻译的重要。

现在大概有12个国家出版过我的诗集，包括法语、德语、捷克语、波兰语、意大利语、韩文、西班牙语等。我感到最难的是诗歌语言的翻译，从严格意义上讲诗歌是不可译的，它永远要留下遗憾。用一个形象的比喻，诗歌翻译就像一条小船，它正在从此岸驶向彼岸，而彼岸永远是可望而不可即的目标，而翻译家就像一位舵手，他要力争离岸边越近越好。诗歌的翻译最好由诗人来完成，我有一本保加利亚文的诗集，据说翻译得很好，它就是由一位保加利亚诗人和一位汉学家共同合作完成的。读外国诗人的翻译诗，我还是喜欢读穆旦、戴望舒、戈宝权的翻译作品，因为他们都是诗人。当然，也有许多天才的作家，他们掌握和使用语言的能力都很强，比如说俄裔美国作家纳博科夫、苏联少数民族作家艾特玛托夫，他们大都使用母语之外的第二种语言写作，并且都取得了骄人的成就。

从20世纪70年代以后，世界文学的格局又发生了很大的变化，就美国而言，许多少数民族裔的作家诗人开始纷纷进入文坛的主流。美国黑人女作家托妮·莫里森，她的小说《所罗门之歌》《柏油孩子》在英语世界产生了广泛影响，她的大部分作品也被翻译成了中文，你现在到任何一个城市稍大一点的书店去找她的书，至少能找到六七种。20世纪50年代兴起的拉丁美洲爆炸文学、魔幻现实主义文学可以说影响了全世界。长篇小说《玉米人》《总统先生》的作者阿斯图里亚斯，早在20世纪60年代就获得了诺贝尔文学奖，大家所熟悉的智利诗人巴勃鲁·聂鲁达，也获得了诺贝尔文学奖，其实在此之前，他的同胞女诗人米斯特拉尔早已获得了这一荣誉，马尔克斯在20世纪80年代初又将诺贝尔文学奖揽入怀中，将拉丁美洲文学推到了世界文学的最前沿。

因为这些作家和诗人，拉丁美洲文学不再被边缘化。在这个时期还有一些作家和诗人，无疑是拉丁美洲文学中永远不可被遗忘的名字，他们的文学成就或许一点都不低于前面所提到的那些获奖者，这里面有西班牙诗人洛尔迦，秘鲁诗人塞萨尔·巴列霍，阿根廷作家、诗人博尔赫斯等。东欧文学很长时间也不为人所关注，其实在今天世界文学的版图中，东欧的作家扮演着重要的角色。捷克诗人塞弗尔特、作家米兰·昆德拉，波兰女诗人辛波丝卡、诗人米沃什、诗人鲁热维奇等，都具备广泛的国际影响，其中有三位还获得了诺贝尔文学奖。有趣的是，这些作家都是文化特性非常鲜明的作家，像捷克诗人塞弗尔特，就被捷克人尊崇为他们的民族诗人。这些作家和诗人甚至终其一生都在歌颂他的民族、祖国和生养他的土地。有的作家一生都在写他生活的"小地方"，这种情况在中外文学史上并不鲜见。美国作家福克纳的小说，写的是美国南方的一个小地方的生活；中国作家沈从文一生都在写他童年的生活，写他永远的湘西。现在看来，这些作品的价值都非常高，他们的作品都是地域特色和人类意识相统一的杰作。

以上我向大家随性介绍了这么多杰出的作家和诗人，他们无疑都代表着他们的民族，是他们民族精神和文化的代言人，这些世界级的作家其中不少在他们所生活的国度也是少数民族，他们已经为我们树立了光辉的榜样，增强了我们的文学信心。这些作家的作品，大多深刻而全景式地反映了他所处的那个时代和民族的真实生活，难怪有人把马尔克斯的小说称为拉丁美洲的百科全书，把阿契贝的小说称为非洲的百科全书。我觉得树立文学的信心和文学的理想都同样重要，我们只有真正置身于我们民族伟大的文化传统，深入到我们民族的心灵世界里面去，我们才可能准确地呈现出我们的民族在这个新的时代进行的创造，这里包括物质的创造和精神的创造。

讲到这里，我给大家介绍一个有趣的事。在20世纪70年代末，中国已经翻译出版了马尔克斯的中短篇小说集。说实在的，当时的阅读者并不多，是马尔克斯1982年获得诺贝尔文学奖之后，他的作品才开始畅销。特别是《百年孤独》在中国出版后，才掀起了一股拉丁美洲爆炸文学热，有意思的是，在此之前，所谓处于中国文学中心的北京、上海的许多作家对马尔克斯是何许人根本不了解，而相反我们处在西部的少数民族作家却早已开始阅读他的作品。我记得我和藏族作家扎西达娃、色波等人，那时候就在一起相互热议马尔克斯的小说，这是因为我们对马尔克斯有一种天然的亲近感，我们从他的作品中能找到许多对应的东西。他的作品给我们很大的启示，就是处于弱势的边缘文学，在某种时候也能创造文学的奇迹。马尔克斯的道路，从某种意义而言就是我们的道路，他给我们提出了一个又一个疑问，而这些疑问最终以他的作品所获得的世界级的成功而得以解答。

　　由于马尔克斯的影响，扎西达娃的作品《西藏，系在皮绳结上的魂》无疑是那个时期最优秀的小说之一。在这方面西班牙诗人洛尔迦的诗歌、古巴黑人诗人尼古拉斯·纪廉的诗歌，在当时的文学环境下都对我们产生了重要影响。我现在已经去过全世界四五十个国家，经历了许多重要的文化事件，也结识了许多不同国家的重要作家、诗人。我认为，一个作家一定要具备高远的文化眼光，要善于向别的作家和文化学习。当然我们一方面不能妄自菲薄，同时也不能狂妄自大。文学是需要借鉴的，我们一定要向那些世界级的大师借鉴，要把我们追求的目标定得更高一些。许多少数民族作家，在成长的过程中都有一个文化觉醒的过程，作为作家我们应该是这个民族中最早苏醒的人，我们是黎明的号手，同时又是未来的预言家。所以说一个作家的学习和借鉴非常重要，就是一个成熟的作家，一生中也不能放松对经典作品的学习。在这方面俄罗斯文学巨人列夫·托尔斯泰就是我们的楷模。

　　尽管我现在行政工作非常繁忙，但是对经典的阅读，对当代一些世界性作家的作品的阅读从未停止过，我始终保持着对阅读的兴趣。最近我正在阅读刚才提到过的阿尔巴尼亚作家卡达莱的作品，这是重庆出版社刚刚出版的他的一本小说，名字叫《破碎的四月》。我建议大家一定要有更为广泛的阅读面，哲学、人类学、民族学、社会学的领域我想都应该涉猎，这是一个作家必备的文学素养。就我的经验看，一个作家的文学修养好，他的文学气质也会很好，而他的作品都会达到一定的高度，不会太参差不齐。但是我又要提醒大家，面对浩如烟海的文化遗产，我们的阅读也要有所选择，要选择一些和你的文学气质很相近的作家的作品来阅读，有的作品要精读，要进行反复研究。契诃夫、莫泊桑是短篇小说大师，写短篇小说的人就应该很好地去研究小说的结构、对人物的细节描写。

意大利作家布扎蒂、卡尔维诺都是具有幻想主义色彩的作家，他们的小说技巧都非常高，读他们的长篇小说就像读一部寓言。当然还有不少作家，可以说他们的小说都充满着诗意，比如像古巴的卡彭铁尔、法国的玛格丽特·杜拉斯。说到这里，我想起一件事。前不久在北师大参加一个国际性的文化活动，有一位中国作家在演讲时说到，马尔克斯的《百年孤独》他只读到一半就再读不下去了。我不知道他是想说明自己对《百年孤独》不屑一顾，还是因为这本小说不忍卒读。但是，我想不管是什么原因，我们对这样一本20世纪的经典小说应该给予充分的尊重。当然，作家读什么书是个人的选择和自由。

前不久我刚刚访问了南美的智利，去朝拜了巴勃罗·聂鲁达的故乡。聂鲁达是艾青先生的朋友，艾青先生更是我的老师。聂鲁达是20世纪最伟大的诗人之一，他一生去过世界许多地方，最后离开这个世界的时候选择的长眠之地就在智利海峡上。这次我专门去了他的故居，祭拜了他的墓地。在聂鲁达的故乡——智利北部，我们去了一个叫巴塔哥尼亚的地区。这个地方有一个叫卡尔斯卡尔的印第安人族群，由于历史的原因这个族群只剩下最后一个人，这个人被誉为"玫瑰祖母"。她活到98岁，她的死让这支印第安人族群在地球上永远地消失了，这首诗也是我献给"玫瑰祖母"的挽歌。现在我念给大家听：

你是风中

凋零的最后一朵玫瑰

你的离去

曾让这个世界在瞬间

进入全部的黑暗

你在时间的尽头回望死去的亲人

就像在那浩瀚的星空里

倾听母亲发自摇篮的歌声

悼念你，玫瑰祖母

我就如同悼念一棵老树

在这无限的宇宙空间

你多么像一粒沙漠中的尘埃

谁知道明天的风

会把它吹向哪里？

我们为一个生命的消失而伤心

那是因为这个生命的基因

已经从大地的子宫中永远地死去

尽管这样，在这个星球的极地

我们依然会想起

杀戮、迫害、流亡、苦难

这些人类最古老的名词

玫瑰祖母，你的死是人类的灾难

因为对于我们而言

从今以后我们再也找不到一位

名字叫卡尔斯卡尔的印第安人

再也找不到你的族群

通往生命之乡的那条小路

■ 蒋勤国

作者简介

1964年出生,山西河东人。毕业于中国人民大学中文系。先后在省市社会科学研究、宣传文化部门工作。专攻文艺评论与美学、现当代文学、城市文化研究,对现代诗人作家着力尤多。发表学术论文、散文作品逾百万字。专著《冯至评传》填补了学界空白,创造了一则由"南饶北季"题写书名的文坛和出版佳话。关于何其芳、冯至、卞之琳、李健吾等的有关研究成果为学界所认同。近年关于李健吾与钱锺书、杨绛先生文学渊源的文章在学术文化界产生了一定的影响。先后获五个一工程优秀理论文章奖等省级以上社科、理论、新闻类奖20余项。

作 家 印 象

  三古——古典文学、古代文论、古代文献——历来是中国语言文学系的高峰，蒋勤国治学首取三古，不难见其野心和才气。在这篇关于钱锺书夫妇和李健吾先生私人情谊和学术交往的文章中，蒋勤国将他的学问之道植入文章之道，以文论、史论、理论的学养为支撑，使得文章不仅具有文化价值、历史价值，更好看、耐看。

  对文献的熟悉、对人物的拿捏、对资料的占有，在这里，让蒋勤国的文章既丰富又细腻，既浩荡又温婉，既高屋建瓴又秉烛探幽。故事和数据于他仅仅是工具，他信手拈来，便熨帖切题，文章的肌理在细节中丰满，文章的力量在丰满中深入人心。

——李　舫

钱锺书杨绛夫妇与李健吾的文学渊源

■ 蒋勤国

钱锺书杨绛夫妇是世所敬仰的文化巨擘、一代大师,堪称闪耀在中国现当代文化天穹中的"伉俪双子星"。晚生有缘,因研究李健吾先生之故,曾与钱锺书杨绛先生有过"一函之交"——杨绛先生手书并"钱锺书同候"的一封书函至今珍藏在我的书箧中,倏忽之间已26年了。我综合梳理和研究各种资料,发现杨绛的成名与盛名离不开李健吾先生这位"我们夫妇的学长和前辈"(杨绛语)的鼓励、提携与推介,而钱锺书早期的文学声誉同样与李健吾先生密切相关。

"两家成为知友"

李健吾是中国现代著名的戏剧家、小说家、散文家、文学评论家、翻译家和法国文学专家,其小说和戏剧曾得到鲁迅、朱自清等前辈先生的赞赏。我在搜集李健吾研究资料的过程中,获知李健吾与钱杨夫妇有多年的交谊。他是钱杨夫妇的清华学长，其妻尤淑芬女士是钱杨夫妇的同乡，与杨绛先生系同学且有远亲（从杨钱的信函始知）。李健吾与钱杨夫妇的友情往来由20世纪30年代后期的上海开其端，到沦陷后的上海、"孤岛"到二战后的上海，"两家成为知友"（李健吾语）。由新中国成立之初的北京大学文学研究所到后来的中国科学院文学研究所、外国文学研究所，中国社会科学院文学研究所、外国文学研究所，由朋友而朋友加同事，他们又相当长时间一直"住在一个大楼"。两家人的友谊延及下一代，李健吾的女儿亲热地称钱杨为"钱爸""杨妈"。李健吾于1982年11月去世，他们之间的交谊超过40年。李健吾翻译的《莫里哀喜剧》1982年4月由湖南人民出版社出版时，钱锺书先生为之题签，题的是"李健吾译莫里哀喜剧　钱锺书敬署"。李健吾去世后的1983年8月，宁夏人民出版社出版《李健吾文艺评论选》时，杨绛先生为之题签"杨绛敬题"。两个题签均分别加盖个人印章。钱杨夫妇饶有个性，他们夫妇常以互为对方的著作题签为乐，绝不轻易为他人题签题字。因此这两个题签何其罕见、何其珍贵，何况是"敬署""敬题"呢！

　　李健吾先生去世后，钱锺书杨绛夫妇参加了他的追悼会。杨绛先生晚年在《我们仨》《听杨绛谈往事》等回忆录中，多次回忆或提及李健吾先生对她喜剧创作等的评论、鼓励，笔端带着感情，对李健吾先生的提携支持念兹在兹。她晚年自撰的《杨绛生平与创作大事记》甚少提及时人，但是其中两次提及李健吾先生，一是1958年"李健吾的文章"与"钱锺书的《宋诗选注》""杨绛《论菲尔丁》文"及"郑振铎的文章"成为文学所"拔白旗"运动的四面"所内白旗"；二是1983年的李健吾去世（实为 1982 年之误)。多年交往的友人去世、共同的大的遭际都记入个人大事记，足见两家情谊之深。

重合或契合的轨迹

李健吾与钱杨夫妇特别是与钱锺书的人生阅历和文学生涯颇多重合、契合的轨迹。李健吾与钱锺书皆于 19 岁考入清华，且成绩都是偏科的：李健吾 1925 年入学时数学考了零分，历史和语文皆得满分；钱锺书 1929 年入学时数学仅得 15 分，国文特佳、英文满分。李健吾入学前即是北平文坛剧坛的名人，入学后积极参加清华剧演活动并继续在北平有关刊物发表散文小说等创作，朱自清先生闻知其名后劝他转到西洋文学系，成为钱锺书同系的学长。钱锺书入清华后不久就以博闻强识获得"人中之龙"（吴宓先生称誉）的才子之名。两人皆为有"情痴诗僧"之称的吴宓教授的学生。两人皆先后做过《清华周刊》的编辑并在刊物上面发表过若干作品，提升和丰富了各自的才子声誉。清华著名的外籍教授温德先生对李健吾与钱杨夫妇的影响更大，给他们留下终生难忘的印象。杨绛自学法语多年，清华时选修过温德先生的"法国文学""纪德研究"课，钱锺书在清华读本科时也上过他两年课。李健吾则跟随温德先生学了四年法语。温德先生点燃了他们对福楼拜崇敬、向往的热情。李健吾后来赴法国留学专门研究福楼拜，并撰写了为他赢得法国文学专家和评论家声誉的经典著作《福楼拜评传》。钱杨夫妇留学英伦后到法国留学，初始两人同读《包法利夫人》，从生疏到熟练约一年有余。杨绛称钱锺书最好的是英文，第二是法文。此外，李健吾与钱锺书先后同在叶公超先生主编的《新月》《学文》杂志发表文章，引起一定的注意。

钱锺书、杨绛早期的文学声名都是在上海收获的，且均离不开李健吾先生的提携推介。上海也是李健吾人生和文学生涯的黄金期和转折期。1934年，在30年代影响极大的京派文学刊物《文学季刊》在北平创刊，归国后的李健吾与钱锺书被同列为"特约撰稿人"且对"书报副刊"有"编辑撰述之责"，其时双方皆闻对方之名然并不相识。李健吾在创刊号上发表了《福楼拜评传》的一章《包法利夫人》，成为他文学和人生的重大转捩点，得到两大收获：一是引起林徽因女士的注意得以进入"太太的客厅"成为京派的评论家；一是引起郑振铎先生的关注，邀他同到暨南大学文学院任教，破格聘为专职法语教授。1935年8月从北平到上海，从此掀开了他文学生涯收获丰硕、声名鹊起的黄金期。杨绛在"孤岛"时期以喜剧创作成名，时人称钱锺书为"杨绛先生的丈夫"，直到《围城》经李健吾之手在《文艺复兴》上发表并出版，钱锺书才摆脱了杨绛丈夫的影子，赢得了自己的文学盛名。

李健吾与钱锺书的性格颇有相似处。正如杨绛所言，朋友们如柯灵等都说李健吾"天真"。杨绛说钱锺书"'痴气'旺盛"，亲近的四姉说他"憨"，钱锺书的清华同舍同学、书评家常风的回忆称他"书生气十足"，这岂不正是一种天真？两人对生活同样"自奉甚俭"，都是好丈夫、慈父。他们的亲近和友情自有一种天然的机缘。

李健吾欣赏钱锺书杨绛夫妇的创作，但他更喜欢杨绛的文笔和风格。他曾坦荡且毫不掩饰地宣称："锺书君我敬服，然而沁进我的灵魂的,却更是杨绛女士。也许我有的地方和钱锺书君相似罢,我嫌自己枯燥,也就不免嫌他枯燥。不是学者,一个人要多愉快呀!"(《〈称心如意〉演出前言》)

当然,这丝毫不影响他们之间的情谊,也不影响李健吾在各自场合对钱锺书的赞赏和推崇。

相似或相近的性格,共同的文学理想和追求,使得李健吾与钱锺书时常有文学的切磋和互动。20世纪40年代的上海是他们往来切磋最频繁的时期,是"走得较近的朋友"(杨绛语),其中交流最多的,当是法国文学和戏剧创作及演出。上海沦陷包括"孤岛"时期,迫于政治环境压力和生存压力,李健吾改编了不少剧作。当时改编莎士比亚戏剧成为一种风潮,李健吾根据《麦克白》改编的《王德明》、根据《奥赛罗》改编的《阿史那》皆得莎剧神韵,是莎剧改编和实现中国化民族化的典范(柯灵语),搬上舞台商演皆大受欢迎。钱锺书对李健吾当时大获成功的莎剧改编和演出颇为赞赏,故在他当时正细读的《全唐诗》有关阿史那的诗歌上留下"李健吾不知此也"的眉批,在有关读书笔记上称赞李健吾的改编模仿原作而善于创造优于原作。同时,他在《灵感》中还幽默地调侃了那时风靡一时的莎剧改编云云。钱锺书更是大夸李健吾"把《啼笑因缘》改活了"。李健吾40年代在上海"埋头翻译莫里哀"时,钱锺书与郑振铎、陈麟瑞、巴金等朋友"都经常表示关切"(《〈莫里哀喜剧集〉序》),这当是后来钱锺书为《莫里哀喜剧》题签的缘由之一。李健吾那时集中精力翻译福楼拜的小说《包法利夫人》《情感教育》等,计划出《福楼拜全集》,钱锺书也是鼓励和支持最力者。李健吾在翻译福楼拜《圣安东的诱惑》时,"有一条注释寻觅了半年，终于为锤书兄在无意中发现。他的短笺使我欢跃了一整下午"(《与友人书》)。非熟知且有心者不会留意李健吾的小小苦恼。钱锺书对李健吾（刘西渭）印象式、散文式的评论风格是很欣赏的，他赞赏著名"九叶派"诗人、评论家、自命为李健吾的评论弟子的唐湜早期的评论集《意度集》，称赞他"能继我的健吾（刘西渭）学长的《咀华》而起"。此皆足证李健吾钱锺书之间频密的文学交流切磋之一斑。

1947年8月，已在暨南大学教书的钱锺书介绍李健吾再次回到暨大外语系教书，两人皆为妙语连珠、名震一时的名师。新中国成立后在文学研究所期间，特别是同住一栋大楼后，因为李健吾有丰富的外文藏书，钱锺书常来借书阅读。他们与朱光潜、蔡仪等名家同任《孤岛文艺理论译丛》编委，共同参与了多个主题专辑的选题研究，钱锺书还为巴尔扎克专集翻译了左拉的有关评论等。

《围城》的影响与李健吾

众所周知，郑振铎是发表《围城》的功臣。其实李健吾亦功不可没。抗战胜利后，举目全国，文艺刊物少得可怜。《文艺复兴》是当时全国唯一的一家大型文学刊物，而实际的编辑就是郑西谛（郑振铎）、李健吾二人。大体的分工，李健吾负责创作稿件，郑振铎负责中国文学理论和文学史一类稿件。刊物的封面，都是李健吾设计的。郑、李都与钱锺书杨绛夫妇相熟，知道钱锺书正在写小说《围城》，就商定从创刊号起用一年的篇幅连载完这部长篇。然而在创刊号组版时，钱锺书却以来不及抄写为由，要求延一期发表。同时，他拿来短篇小说《猫》。这样，《文艺复兴》的创刊号发表《猫》，也发表了杨绛的短篇小说《ROMANESQUE》，夫妻二人同在这个大型文学刊物上出现颇令世人刮目。同时在"下期要目预告"中，将钱锺书的《围城》（长篇）在头条予以公布。这样，《围城》从1946年2月出版的《文艺复兴》1卷2期上开始连载，李健吾在《编余》中以欣喜的心情特别向读者推荐："可喜的是……钱锺书先生学贯中西，载誉士林，他第一次从事于长篇制作，我们欣喜首先能以向读者介绍。"这简短的几句话是有关《围城》最早的评介文字。

《围城》是在未全部完稿时即开始在《文艺复兴》上连载的。颇为有趣的是，钱锺书在《围城》第七章中竟然不无兴味地以戏谑而写实的笔触，在相亲的恋人间调侃地提到了李健吾30年代产生很大影响、深受观众喜爱的喜剧代表作《这不过是春天》。以钱锺书的脾性和眼界，能入他法眼且写入他"锱铢积累地写完"（《〈围城〉序》）的小说，这当然是一种肯定乃至赞赏。在《文艺复兴》1947年1月出版的2卷6期续完小说的同时发表了《〈围城〉序》。单行本于1947年由晨光出版公司作为"晨光文学丛书"之一出版。《围城》初版时，为配合单行本小说发行，5月1日刊行的《文艺复兴》第3卷第3期封底刊载了《围城》的图书广告："这部长篇小说去年在《文艺复兴》连载时，立刻引起广大的注意和爱好。人物和对话的生动，心理描写的细腻，人情世态观察的深刻，由作者那支特具清新辛辣的文笔，写得饱满而妥适。零星片断，充满了机智和幽默，而整篇小说的气氛却是悲凉而又愤郁。故事的引人入胜，每个《文艺复兴》的读者都能做证的。"李健吾参与了这段文字的推敲写定。《围城》

出版后很受欢迎，1948年9月再版，1949年3月三版。不满40岁的钱锺书由此赢得文学盛名。

李健吾对《围城》是很推崇的。在《围城》连载期间，他与郑振铎都听到文艺界一些人的好评，曾计划在小说连载完毕出书时，约请著名作家柯灵、吴组缃等撰文评论以扩大影响，并已专门写信向在南京的吴组缃约稿。他作为首发责编，"欣喜"于能先睹为快，以他对作者的了解和熟识，以他作为评论家"刘西渭"的手眼和对作家作品的理解和把握的"快马"速度和形象，未尝没有自己动手撰写评论的设想。但一则他改编的讽刺喜剧《女人与和平》上演引起左派文化人的批评论战，影响了他的心绪；二则文坛对《围城》的评价也非预想的一片好评，甚而出现了讥讽作者是"态度傲慢，俨然以上帝自居"的"帮闲文人"、《围城》如"香粉铺""春宫画"的激烈批评，加之时局也急剧变化，刊物面临停刊之虞，李健吾与郑振铎原来组稿评论的计划自然也无疾而终。

《围城》的余响与李健吾

白云苍狗，孰料《围城》此后竟然30余年未得重印。直到1980年11月才得以由人民文学出版社重版，并因被改编成同名电视连续剧产生了极大影响。钱锺书的文学声誉如日中天，加之此前后出版的《管锥编》、再版的《宋诗选注》等，全面奠定和提升了钱锺书作为一代文学、文化大师的社会盛誉和地位。

钱锺书向来"不很爱惜旧作"，颇悔少作且喜不断删改。他"写完《围城》，就对它不很满意"。尽管他自称是"有节制地"

修改、修订、校正,但据研究者考辨,钱锺书对《围城》做过的修改达 3000 多处。1991 年某出版社因出《〈围城〉汇校本》还引起钱杨先生的反感,引发一场版权官司和文坛争论。钱锺书对重版的《围城》做的修改至少两处与李健吾直接有关。一处是第七章中相亲宴上有一句这样的修改:她(范懿)向他(赵辛楣)讲解说"李健吾"并非曹禺用的化名,而是"另有其人"(后又将"另"改定为"真"),并在页末加注:"《这不过是春天》是李健吾的剧本,在上海公演过。"另一个较为重大的修改是:钱锺书在《重印前记》中特别删除了初版《〈围城〉序》中的这一节:"承郑西谛李健吾两先生允许这本书占去《文艺复兴》里许多篇幅……并此致谢。"同时特别说明:"《序》里删去一节,这一节原是郑西谛先生要我添进去的。"英译本也刻意"省去了"这一节。杨绛是鼓励钱锺书从事《围城》创作并甘做"灶下婢"的,"熟悉故事里人物和情节的来历",所以她"最有资格为《围城》做注释"(杨绛先生后来写了《记钱锺书与〈围城〉》)。而郑振铎与李健吾是《围城》得以问世并为钱锺书赢得甚高文学声誉的主角。故重印《序》中保留对"杨绛女士"的感谢情理之中,而特意删去对郑振铎李健吾的"致谢",于情于理,颇难索解。

《围城》重印后畅销一时。钱锺书亲笔签名赠送李健吾新版《围城》。李健吾对钱锺书的有关删改未曾留意或者不以为意。当时许多报刊纷纷发表评论文章评价。1981 年 3 月号《文艺报》刊发了李健吾的《重读〈围城〉》。李健吾以"有如故友重逢,握手言欢,又惊又喜"的心情,以好友话家常的口吻回忆了他与钱锺书杨绛夫妇的交往,并对《围城》给予了高度评价。他说:

> 手里捧着《围城》，不禁感慨系之。这是一部讽刺小说，我是最早有幸读者中的一个。我当时随着西谛（郑振铎）编辑《文艺复兴》，刊物以发表这部新《儒林外史》为荣。
>
> 我们面对这他的小说，又惊又喜……是一个讽世之作，一部新《儒林外史》！他多关心世道人心啊。
>
> 这是一部发人深省的各种知识分子的画像……而作者清词妙语，心织舌耕，处处皆成文章。

《重读〈围城〉》文字优美精练，文笔清新流畅，引起了很多人的关注。散文家、编辑家吴泰昌曾在《听李健吾谈〈围城〉》一文中表示，著名美学家、文学评论家，北京大学教授朱光潜和吴组缃都对李健吾的评论表示赞赏。《重读〈围城〉》后被收入多部有关研究钱锺书和《围城》的专辑中，产生了广泛的影响，对帮助读者认识作者作品、提升钱锺书的文学声誉产生了较大的积极影响。

《围城》之后遗失的小说《百合心》的创作极有可能与李健吾等友人的鼓励有关。钱锺书的《围城》及散文等创作具有较为浓厚的法国文学基因，作者也毫不掩饰《围城》的书名、主题、意象皆主要来源于法国谚语。从《围城》的文学风格及钱锺书《重印前记》的自述来看，《围城》及后来遗失的《百合心》的创作相当程度上受到福楼拜特别是其《包法利夫人》及《情感教育》的影响。从某种角度审视，《围城》何尝不是中国式情感的形象图解和别样的"情感教育"！在《谈艺录》出版（1948年6月）后，钱锺书"抽空又写长篇小说，命名《百合心》，也脱胎于法文成语（Le coeur d'artichaut），中心人物是一个女角，大约已写了两万字"(《〈围城〉重印前记》)。这句法文成语的意思是多情善变、总是轻易爱上别人而受伤,亦含朝三暮四之贬义。这与《包法利夫人》的主角何其相似!《百合心》创作的时段,正是李健吾与钱锺书同在暨大任教的时期,交往频繁密切。从钱锺书杨绛留学法国时对《包法利夫人》长达一年的研读,从钱锺书为李健吾的译本找到的一条注释,从"百合心"的意象、书名和女主角的设计来看,确实不无"脱胎"于《包法利夫人》的痕迹。这一点似从未或较少被人留意过,但确实值得探究一番。

钱锺书的"志谢榜"与李健吾的"恋钱癖"

李健吾作为一名优秀的作家、文艺评论家、文艺社会活动家和资深编辑,对钱锺书早期的文艺创作和评论作品的问世有着不可或缺的贡献。故在钱锺书早期文学著作的"志谢榜"上,李健吾是唯一皆在榜上的人物。他不仅是钱锺书早期作品的编辑人,同时也是热心真挚、切中肯綮的评论者和推介者。《围城》前已述及,1941年,其时刚过而立之年的钱锺书的第一个文学集《写在人生边上》(散文集)由杨绛编订,由上海开明书店出版。2007年,杨绛先生以96岁高龄完成了《走到人生边上》,两相对照,令人唏嘘感叹不已。钱锺书将此书"赠予季康"并专门写了《志谢》:

> 陈麟瑞、李健吾先生曾将全书审阅一遍,并且在出版和印刷方面,不吝惜地给予了帮助……愿他们几位不嫌微末地接受作者的感谢。

钱锺书在第二本文学集《人·兽·鬼》的序中表示："《猫》曾在郑振铎、李健吾两先生主编的《文艺复兴》第一期发表……并此致谢。"而在为他带来博学声誉的文艺评论著作《谈艺录》中这样写道：

《谈艺录》一卷，虽赏析之作，实忧患之书也……乃得李君健吾……或录文行邮，或发箧而授。皆指馈贫之，不索借书之……并书以志仁人嘉惠云尔。

钱锺书早期的四部著作致谢皆言李健吾，其贡献可知也。
李健吾还以编辑人和评论家的双重身份为钱锺书1947年出版问世的小说集《人·兽·鬼》撰写书讯，在1946年8月1日出版的《文艺复兴》发表推介。
作家王辛笛曾不无调侃地称钱锺书有"誉妻癖"，可以说李健吾也有一种"誉钱癖"。他不仅多次在文化友人面前给钱锺书以赞誉，热心地介绍文化界朋友与钱杨夫妇交往，而且不止一次地在名家会集的高层次文艺界座谈会上给钱锺书以高度评价，以期更多的人认识钱锺书及其成就。著名剧作家夏衍就是通过李健吾认识钱锺书夫妇并开始交往的。他在《忆健吾》中回忆说：

我问他："在当代文艺家中你佩服的是谁？"他说："我给你介绍一位学贯中西，博古通今的大学者，他就是钱锺书。"……大概是五十年代中期，在一次《人民日报》文艺部召开的座谈会上，健吾发言，谈到文艺理论和美学，他又一次推崇了钱锺书的学识，记得话是从宋词研究说起的，健吾显得有点激动……

著名藏书家、散文家姜德明的回忆更有现场气氛和生动感：

> 记得参加那次座谈会的还有夏衍、胡愈之、萧乾、王任叔、曾彦修、林淡秋、袁水拍诸同志，忽然谈到钱锺书先生，健吾先生慷慨陈词，唯恐在座的人不能入境，把一个学人的丰采描摹得淋漓尽致。他认为钱先生是一位出色的学问家，一部《谈艺录》恰是适合副刊的文章。

综上种种，李健吾对钱锺书的创作和学术成就的价值和影响的清醒认识和高度评价，早于更高于同时代人。他对钱锺书文学文化声誉的崛起确实是功不可没。

李健吾、钱锺书皆为学贯中西、成果丰硕、集文学创作与学术研究于一身的学者型作家、作家型学者，他们在创作与治学之间游刃有余，皆取得卓越成就。他们的人生轨迹多有重合之处，涉猎的领域及建树虽有所差异，但都以各自综合性、创造性的智慧和心血结晶构建了凸显个人风骨、个性风格，泽被后世的文学和学术大厦，值得后辈含英咀华，以滋精养气、启迪智慧！

■ 李敬泽

作者简介

1964年出生。1984年毕业于北京大学。文学批评家、散文家。曾任《人民文学》杂志主编,现为中国作家协会副主席、书记处书记,中国现代文学馆馆长,《中国现代文学丛刊》主编。

著有理论批评文集《致理想读者》《会议室与山丘》和散文随笔集《青鸟故事集》《咏而归》《会饮记》等十余种。评论集《青鸟故事集》由法国 Philippe Picquier 出版社推出法文版,由智利 LOM 出版社推出西班牙文版。

获中华文学基金会冯牧文学奖优秀青年批评家奖、《南方都市报》华语文学传媒大奖年度文学评论家奖、鲁迅文学奖文学理论评论奖、《羊城晚报》花地文学榜年度评论家金奖、十月文学奖、《南方都市报》华语文学传媒大奖年度散文家奖、十月散文双年奖杰出成就奖等多种。

作 家 印 象

中国有个成语"绵里藏针",李敬泽的文章则从来都是"绵里藏刀"。古代的兵书里有"三十六计",李敬泽的文章之道却常常在"三十六计"之外,连环相扣、环环相生数不清的"刀"与"计",在他倒转的笔锋里。

李敬泽首先是优秀的评论家,他以笔为犁,掘采爬梳,为中国当代文学培养了庞大的队伍、奠定了雄厚的基础。贾平凹曾经列举坊间流传去北京不可或缺的三大盛事——登长城、吃烤鸭、见李敬泽,并不是笑言。李敬泽还是一个出色的作家,他的散文、随笔、杂记、小品文无不妙趣横生。从理论到体系,从解构到建构,从纪实到虚构,从理解到意义……这些在批评家的文章里硬邦邦的概念,在李敬泽的文章中却显得异常深沉、宽厚、柔软。他用他的散文,构筑了一个神祇的世界。在这个世界里,春秋时代宽阔敞亮,荷马歌吟血气方刚,万历皇帝清敏讷言,时光之晷凝重忧伤,他的历史叙事让人拍案惊奇,让人魂飞魄散。

我不相信奇迹,李敬泽却是个奇迹。成名的少年在文学的神殿里被膜拜着到了中年,从宝塔顶端傲岸的神还原成了走街串巷真实的人——他从早到晚叼着烟斗,夤夜无聊去吃烤串,沐手焚香苦练瘦金体,无论春夏秋冬以围巾为饰——更匪夷所思的是,他满腹的才华变成了行云流水的任性,满腔的热忱变成了睿智老辣的和颜悦色,满纸的锋芒变成了四两拨千斤的恬淡从容。杜甫有诗曰:"从来多古意,可以赋新诗",李敬泽从故纸堆的陈芝麻烂谷子里,找到为常人所忽视的沉甸甸的真金,又从涂满金粉的假古董里,捡拾起沾满岁月风尘的秦砖汉瓦。

这是多年阅读与思考练出的慧眼,是生命与智慧成就的通达。

——李　舫

天翻地覆时

■李敬泽

2000年6月6日,傍晚6时59分,在兰州,我正在读《黄金草原》,一千年前一位名叫马苏第的阿拉伯人正庄严地讲述大地和天空的事情。后来我重新翻开这本书,在折下一角的第97页看到这样一段话:

有些印度人认为世界的更新每七万哈宰尔宛年发生一次;当这一时代消逝之后,各代人将重新诞生,水将重新流动,牲畜重新开始行走,绿色装饰地面,一种微风穿过大气层……

在那个黄昏,我事后认为我应该思考一下人生的意义什么的,但是没有,我站在窗前,看这座安静的城市,真安静啊,城市在屏息等待,远处烟囱的一炷长烟笔直。

等待大地再次震动。

在宁夏的西海固,人们对我说:"看,前面那座山,是从后边走过来的。"——山在"走"。

又说:"那个湖,那是从地下跳上来的。"——湖在"跳"。

走在田间,干裂的土地上荞麦和糜子苟且地活着,这时人们说:"你看,这片地。"

——这片地一望无际如海浪起伏,似乎在某一瞬间,涌动的浪猝然凝固。这是黄土的海,80年前的一个晚上,海曾沸腾,7分钟或9分钟。

我时常想象那天晚上的情景,我梦想我站在海原县的城楼上,借一弯残月俯瞰大地。但那种时候如果不是正好身在高处谁会往高处上站呢? 2000年的6月6日,我就正好身在高处,那是一幢21层楼的第17层,我躺在床上看书,忽然发现腿在不由自主地摆动。是啊是啊,今天走了很多路,但也不至于这样吧。正想着,见对面敞着门的衣橱里几个衣架也在晃悠,脑子里一黑:

地震了!

接下来的事情正所谓说时迟那时快,我在正翻开的那页折下一角(准备接着读?),起身穿鞋(穿鞋跑得快?),然后站在那儿,感到是站在甲板上,我开始思考怎么办? A方案是往下跑。坐电梯? 当然不行;顺着楼梯跑? 想想吧,17层呢。所以决定不跑。那么就有 B 方案：躲进卫生间。但这里有个审美问题，如果这楼塌下去，我不想在卫生间里被人发现。

于是，就只好站在窗前，往外看。

现在，窗外是北京。我在想，80 年前的那个晚上，当末日般的灾难降临时，西海固的人们在干什么。大多数人在睡觉，北方的农村，人睡得很早，况且又是冬天，天黑得早；城里人可能醒着的较多，据我所知，固原县药膏局局长梁植甫、甘肃省委员李某、青海省买马委员刘华庭、县账房师爷隋某就正在打麻将。药膏局是个官办机构，制售戒毒药品，其实还是卖大烟，而那位买马委员显然是千里迢迢到固原采买军马，今天晚上也不知这桌麻将谁赢谁输？

时针指向 7 点，所有的座钟和挂钟当当鸣响，发出蓄谋已久的信号，于是，开始——

突见大风黑雾，并见红光。大震时约历 6 分钟……震动之方向，似自西北方来，往东南方去，有声如雷……

状如车惊马奔，轰声震耳，屋倒墙塌，土雾弥天，屋物如人乱抛，桌动地旋，人晕难立……

我将毁灭你们的城。让房屋塌了。让河水倒流。让山走。黑水从裂缝中涌出。大风扫荡大地。大雪将覆盖废墟。

——这天是公元 1920 年 12 月 16 日，岁次庚申，十一月初七。

在《1920 年海原地震破坏和有感范围图》上，一个圆圈划出了破坏范围，圈内包括西宁、兰州、银川、西安、太原，圆圈的中部左侧是极震区,状如一滴由西北流向东南的泪水,那是海原、固原、西吉直到通渭的狭长地带。

这里是横亘北中国的黄土高原,地震几乎就发生在高原的中心点上。大地把震动一波一波地传向远方,止于一条沿中国东南海岸划下的弧线:北京、天津——上海——香港。

12月16日晚8点10分,在北京,一些人有轻微的晕眩感,持续约3分钟。

在上海,天花板上的吊灯和吊扇长时间晃动,英国领事馆的时钟、信号钟和当时中国唯一的地震观测机构徐家汇观测台的报时钟都停止了摆动,后者停摆的时间为8点13分37秒。

在香港,一位名叫福契特的神父正躺在医院的病床上,"他清楚地感到床在晃、纱帐在动"。

这里有一个疑难:海原地震发生的时间是在7点,而东南沿海一带记录到的震感时间何以却在8点以后?对此我的解释是震波在大地上涌动,这需要时间,比如一个小时。该解释并无科学依据,而是出于对比喻的信任,我认为震之有"波",正如向水中投掷一枚石子……

但那天晚上,在西海固,没有人手掐秒表等待那个天地翻覆的时刻。人在奔跑、哭泣、号叫,在流血,人失去重量,人在死去;没有人看表,也许是在一切都已发生,惊魂甫定的时候,有几个人才想起掏出怀表,而在那个时代几乎是身份象征的珍贵的怀表可能已经停了,也可能正无比亲切地嗒嗒走动,但却走得快或走得慢。

我查阅了震中各县的记述,发现对地震发生时间的记录极为混乱:最早的在6点35分,最晚的竟在9点,大多是在7点到 8 点之间，其中又以 7 点居多。

那么好吧，我写道：地震发生在 7 点。但我认为那一刻其实没有时间，时间被从人的手中夺去。

那天黄昏，叶舟打来电话，他气急败坏地问：
"敬泽，你在吗？"
我说："我在啊。"
"那你还不赶快下来！"

于是我就下去。现在安全了，可以坐电梯，当然，安全了其实就不必下去了。

开电梯的小姐竟不知道发生了地震，满电梯的人都在向她论证刚才的情况有多么危急：一个胖丫头宣称她感到头晕，身穿西装的中年男人险些被卫生间的瓷砖地面滑倒，他身旁的姑娘幽幽地说："我正打字呢，一看，屏幕怎么是歪的……"

屏幕是歪的？我看着她，想着那些美丽的字像水一样滑向屏幕一角。

到了，脚踏着大地，多么好。然后我就看见叶舟匆匆走过来，劈头就说："在景泰，5.9 级。"

景泰？后来我查看了地图，景泰是兰州正北方向的一个县，在腾格里沙漠边缘。在那天傍晚，这个陌生的地名显得非常遥远，况且只有 5.9 级，我想是这幢 21 层的高楼放大了震感。站在街边，看行驶的车、走过的人，像海底的鱼一样慵懒、安静，温暖的夜色降临。

于是，我和叶舟先各吃十串羊肉串，然后去吃手抓羊肉，然后换个地方吃火锅，其间各喝一瓶青稞酒，然后又到酒吧喝下三扎啤酒，然后就醉了……

第二天，太阳从大风和黄雾中升起，幸存者们看着陌生、残破的大地。他们的嗓子嘶哑，手指的血已经凝结。他们幽灵般在废墟上游荡。他们沉默，他们的声音刚一出口就已消散，中国听不到自己心脏深处的惨叫。

海原大地震也许是世界历史上最少被人了解、被人记起的灾变。它发生于 1920 年，正值 1919 年余波荡漾，1921 年蓄势待发，中国人，那些生活在北京、上海、广州的人们感到大地有轻微的颤抖，然后他们就继续全神贯注地去书写宏大的历史，海原地震不过是舞台吊灯几分钟的晃动。

于是，地震破坏范围内的人民孤绝无依。在现有资料中，直到次年 1 月 11 日，也就是地震发生 26 天后，我才看到甘肃督军张广建（当时宁夏属甘肃）通电全国，发出赈灾呼吁。没有一家国内报社派人前往，没有一个政府官员亲临灾区，连职责所在的张广建本人也没有去，这种呼吁的效果如何可想而知。

乾隆三年（1739 年），阴历十一月二十四日，宁夏发生大地震。次日，宁夏将军阿鲁发出了八百里加急的奏报。然后，我翻阅着档案，看着一部严密庞大的国家机器以在前工业时代举世罕见的效率运转起来：十二月十四日，兵部侍郎班第作为赈灾钦差大臣驰驿赴宁，川陕总督查郎阿闻报后已兼程前往，十八日到宁；甘肃巡抚元展成行动迟缓，遭到乾隆皇帝的斥责：

若非查郎阿能知大体，闻信昼夜前往，朕复遣大臣驰驿办理，则汝尚在睡梦中也。此何以称封疆之任哉？

乾隆是称职的君主，他意识到在天道和臣民之间，君主负有根本的伦理责任："此次灾变异常，朕抚躬自咎，实切惭悚。"我相信他的"惭悚"是真诚的，我甚至认为这种敬畏之心是古代中国的宪法精神，它迭遭践踏，但恒常如江河行地。

1920年距民国建立已经9年，是年海原地震，北方大旱。我们有了一个民选的国会，这个国会将在三年后把总统职位卖给一个出得起价的土军阀，我们已经不会"惭悚"，我们正轻装前进，走向现代。

然后就是遗忘。

在海原、固原和西吉，我一直在寻找1920年大地震的目击者。我知道我找不到，80年了，即使当时10岁，现在也90岁了。

但我仍然希望能碰上一位老人，他对我说："现在我90了，那年我10岁。"——在西北农村，我碰到过许多老人，他们会指着一幢房子说："起这房子时我14岁，还没过门呢。"或者说："闹匪的那年我才8岁，跑不动。"你把他现在的岁数减去当时的岁数就可以确定那些重大事件发生的时间。他们是老树，细数年轮可知往日消息。

但老树终将倒下。

在一张照片上，两个面目不清戴眼镜的人坐在帐篷里，扭头看着外边。他们是翁文灏和谢家荣，两位地质学家。从装束上看，时间应该是夏天。1921年夏，北洋政府农商部派翁、谢二人为"调查陕甘地震委员",前往灾区考察。他们分别撰写了《调查甘肃地震大略报告》和《民国九年十二月地震报告》。

于是我们得知海原地震的震级为里氏 8.5 级(一说 8.6 级),在 20 世纪的大地震中其实并不算极高,但它的破坏强度却是最高级:12 级,这意味着"彻底的破坏",意味着 234117 人的死亡!谢家荣叹道:

此数之巨殊足骇人。考世界最大地震,如葡萄牙之里斯本、意大利之加拉勃里亚死人不过数万人,日本最大地震死人不过万余人。

宁夏、甘肃 80 年前人口稀少,23 万多人意味着巨大的死亡比率。在震中海原县,死亡人数达 7.3 万余人,占人口总数的 59%。那是深受侵蚀的黄土高原,土质疏松,一遇震动,黄土如巨浪崩泻,淹没整个村庄,依山凿掘的窑洞顿时成为墓穴。

于是,在海原,我很少看到有人居住的窑洞。人不再住在窑洞里。"宁在风中飘,不住土箍窑",有时在路旁或村头你会看到崖下有几孔废窑,窑前荒草丛生……

离开海原那天下着小雨,是在漫长的焦渴中等来的雨,天地舒展,正好行路。上车前,我指着一幢别致的小楼问:"那是什么?"

送行的朋友扭头看了一眼,说:"给美国人盖的。80 年代好多美国人来考察海原地震,那时也没个像样的宾馆,就盖了这么个楼。"

在车上,我想着十几年前住在那幢洋楼里的美国人,对他们来说,通往海原的路是求知之路,他们从20世纪20年代一直走到80年代,即使是土屋草舍,他们依然会来。

海原地震很大程度上是被外国人"发现"的。"发现"这个词隐含着权力关系,我们不喜欢被"发现";但如果事情发生了,然后事情在一派沉默中被说出,这就是"发现"。关于海原地震的大量现场记述来自各地的传教士,他们似乎有一套隐秘的联络系统,通过书信,将消息送出道路阻隔、电报中断的灾区,所以外国人对中国偏僻的心脏地带所发生的事情有着比中国人自己更清晰的了解。

1921年3月6日的《中国民报》报道:"据国际赈灾救济会称,现派赫君等赴贵省灾区实地调查,俟回报后即行筹备相当救济之方。"那么这位"赫君"应在3月间就已抵达海原,这肯定早于翁文灏和谢家荣。

现存的海原地震现场照片大致分为两批,一批由翁、谢拍摄,另一批是由U.克劳斯拍摄的。我一直不知道这位克劳斯是谁,直到有一天,在北京机场买到一本名为《彼岸视点》的书,随手翻着,看到一张照片,三个穿长袍的中国人站在窝棚前,照片的说明是:"固原的电报站。在这里发出了第一份关于地震的文字电报。"

——终于找到了克劳斯。我见过这张照片,它正是克劳斯所拍,而且我所读过的照片说明可能翻译得更为准确:

震后一个月,在用席子、门板搭起的棚子里发出第一份电文的固原电报局。

《彼岸视点》收录了美国《国家地理杂志》20世纪初对中国的报道，其中发表于1922年的一篇文章题为《"那里的山移动了"》，写的正是海原大地震：

尽管这次海原大地震发生在1920年的12月，但是直到最近，这一事件才渐渐为甘肃省以外的人们所逐渐了解，或许，这一事件是现代社会宣传影响最小的大灾难了。

文章的作者名叫伊万格莱里·布斯，他随"国际救助灾害委员会"派出的约瑟夫·W. 霍尔和约翰·D. 黑斯前往灾区考察，他们正是在1921年3月6日从河南启程的，而这位霍尔显然就是《中国民报》所云的"赫君"，U. 克劳斯应该是霍尔一行的成员。

布斯的文章令人嫉妒，他比我早到79年，他就站在废墟上，倾听幸存者的故事：

某个村庄全部被崩塌的山体掩埋，只有一对被子女遗弃的老夫妇逃过大难，因为他们孤苦无依地住在村外的窝棚里。

这个故事包含着严厉的道德训诫，也许它至今还在那片土地上流传。

还有一个故事奇怪地混杂着残酷和欢乐，说的是两个外地客商，那天晚上投宿一家旅店，地震发生后，他们那间客房被埋了起来；旅店的老板死里逃生，过了好几天，才猛然想起下边还埋着两个人呢。等把房子挖开，只见两位老兄正躺在床上眨巴着眼，完全不知这几天发生了什么事。

但事情还没完,该老板把人救出来,手一伸,要房钱。而且这几天埋在地下的房钱也要算,一文也不能少。

关于 80 年前的那场灾难,我所知道的就是这些。也许我还可以知道得更多,比如 1921 年 6 月 16 日的《民国日报》上有一条消息:

大陆报驻北京通讯员好尔氏及女士海斯氏前同往甘肃,调查地震情形,将实况摄成影片,近已在北京放映。

我渴望看到这部影片,它也许正尘封在某个美国图书馆里。《大陆报》是一家在上海发行的英文报纸,直到 1923 年 9 月,它还在发出关于海原、固原一带发生强烈余震的现场报道。

当然,我最想知道的一件事是永远无从得知了,那就是当灾难降临、天地翻覆时,人在想什么。

好在我可以举出类似情境下的例证:1960 年旧金山大地震,著名的意大利歌唱家卡雷拉斯站在皇宫饭店窗前,对着遍地废墟放声歌唱,金子般的歌声飞鸟般翱翔,旧金山的人们——哭泣的人、恐惧的人、挖掘瓦砾的人和躺在担架上的人都抬起了头,他们倾听着,他们的脸渐渐被照亮……

故事还有另一面,伟大的歌王十一天前刚碰上维苏威火山爆发,到了旧金山又赶上地震,于是他认为这事完全是冲着他来的,吓得哭成一个泪人儿,他的经纪人百般劝解,最后把他推到窗前,一把推开窗户,说:"唱吧,没事的,唱吧——"

2000年6月6日,当景泰发生地震,我也站在窗前,我看到这座高楼的右下方有一道长长的石阶,两旁绿树葱茏,一个穿着红裙的女人正拾阶而下,她似乎并未感觉到什么,朱红的长裙飘拂。

那时,我无限地爱她。

■ 彭 程

作者简介

籍贯河北,1984年毕业于北京大学中文系。光明日报社高级编辑。入选2014年全国文化名家暨"四个一批"人才工程以及第二批国家"万人计划"领军人才(哲学社会科学)。兼任中国文联全国委员会委员、中国作家协会理论评论委员会委员、中国报纸副刊研究会副会长、中国文艺评论家协会理事等。多次担任鲁迅文学奖、茅盾文学奖评委。

出版有散文随笔集《漂泊的屋顶》《急管繁弦》《在母语的屋檐下》《第七只眼睛》等数种。

作家印象

彭程是中国新散文界不可忽视的重要成员。他的文章智慧、浑厚、冷峻，正如王充闾所言，"本着一种发自内心的敬畏和朝圣般的虔诚，视'率尔操觚'为对文学的亵渎。"从他细密布局的散文篇章中，不难读到他内心的坚强与宽柔、敦厚与纯净、丰富与内敛、粗粝与敏锐。他的散文，有如万花筒般散布着瑰丽奇谲的影像与色彩，充盈着他自己，也充盈着喜爱他的读者。

"在多少个日子如云如烟般飘散后，一支笔让你感受到地面的坚实。连痛苦都是为了确证。就像有的时候，为了相信眼前的情形并非梦境，我们掐痛自己。"彭程是自信和自省的，纵使在无所忌惮地放纵文字、放飞自己的时候，他也不会忘记"掐痛自己"。别人爱自己的方式有很多，可是，他爱自己的方式只有一种，那就是自强不息。

彭程的敦厚和宽柔时时从他的文字中外溢出来，化为对一切遭际的从容，化为对一切不公的包藏，化为对一切苦难的隐忍。他适情随性，却无所畏惧；他涵养万物，却忠于内心；他明亮通透，却义无反顾。正因为如此，才有了他的散文几尽完美的构建，有了他为人与为文的大开大阖、一览无余。

——李 舫

在母语的屋檐下

■ 彭 程

一

少年时代的伙伴自大洋彼岸归来探亲,多年未见了,把盏竟夜长谈。他20世纪80年代中期自复旦本科毕业后即赴美,近30年过去,英语的流利程度不在母语之下。我们聊到故乡种种情形,特别谈到了家乡方言,并长时间固定在此一话题上。兴之所至,后来两人干脆用家乡话谈起来。毕竟如今说方言的时候不多,聊天中对个别语词一时感到生疏迟疑时,我就改用普通话,而对方更是习惯性地时常冒出一两句英语。

当时倘若有外人在场,一定会觉得这个情景颇为怪异。

故乡在冀东南平原,方言中有很多生动传神的地方。譬如表示时间的词汇,中午叫作"晌午",上午便是"头晌",下午就成了"过晌",傍晚则叫作"擦黑"。表示动作的,滑行叫"出溜",整理叫"拾掇","我去某某家扒个头",说的是不会待上很久，很快就离开，仿佛只是到人家门口探一下头。对某件事情感到不舒服是"腻味""膈应"，说一个人莽撞是"毛躁"，不爽快是"磨叽"，不靠谱是"不着调"，讲话夸大其词或不得要领是"瞎扯扯""胡咧咧"，办事没头绪是"着三不着两"。还有一些读音，难以找到对应的字词，暂且不谈。

  本来以为这么多年不使用，很多方言都已忘记，不料却在此时鲜明地复活了。恍惚中，甚至忆起了听到这些话时的具体情境，眼前浮现出了说话人的模样。这个词，最早是听已经故去几十年的奶奶说的，那句话，出自耄耋之年的姑姑之口，那个说法，来自村子里一个倔强的孤身老头。

  友人感慨：真过瘾，今天晚上说的家乡话比过去多少年中加在一起都多。

  因为这个话题，很自然地联想到了很久之前的一个场合。一个短期的培训班上，来自不同省份的学员，在一次联欢活动中，分别用各自家乡的方言，描述某个动作、情感、状态。吴越方言的温软柔媚，东北方言的幽默亲和，陕西方言的古雅朴拙，湖北方言的硬朗霸气，巴蜀方言的豁达谐谑……观众兼表演者们乐得前仰后合，笑声一波波响起。

  这真是一次难得的体验。语言通常是作为思维的工具，描绘具体的对象、客体，比如人物、事件、风景，也表达对于世界、对生活的观念和看法，而本身却很少作为被打量被分析的目标。但当语言成为目标时，你就会发现，原来它就蕴藏了那样丰富的美，那样奇异的魅力。

  就仿佛人的一双眼睛，通常是用来发现外界万物之美的。但当它本身成为艺术描绘的对象时，也成就了众多名作。达·芬奇的《蒙娜丽莎》、罗中立的《父亲》，其非凡的魅力，深刻的内涵，离不开对眼睛的出色描绘。前者，神秘的笑容里，似乎有几分隐约的揶揄，几分暧昧的期许，指向的是怎样的人生谜语？后者，被岁月风霜严酷地雕刻过的脸膛上，凄楚和迷茫的眼神后面，又藏着什么样的卑微的恳求？

光线照射之处，事物明亮而生动。

语言，就是那一道道投射向生活的光束，有着繁复摇曳的色谱和波长。

二

对语言的命名，也如同语言本身一般丰富多彩。

法国哲学家萨特，曾将语言比作"触角"和"眼镜"。凭借着它，我们触摸事物，观察生活，和存在建立起真切而坚实的关系。世界在语言中显现，就仿佛白日在晨曦中降临，就仿佛风暴在云朵中积聚，就仿佛一滴墨汁在宣纸上慢慢地洇开，化为了一只蝌蚪，一片花瓣，一粒石子。

语言当然首先是为了表达和交流，但在这种工具性质的功能之上，更是别有一种自足的、丰富的、博大而精微的美。

深入感受并准确地欣赏这种美，是需要条件的。在一种语言中浸润得深入长久，才有资格进入它的内部，感知它的种种微妙和玄奥，那些羽毛上的光色一样的波动，青瓷上的釉彩一般的韵味。

而几乎只有母语，我们从牙牙学语时就亲吻的语言，才应允我们做到这一点。

关于母语，英文里的一个说法，最有情感温度，也最能准确地贴近本质：mother tongue。直译就是"妈妈的舌头"。从妈妈舌头上发出的声音，是生命降临时听到的最初的声音，浸润着爱的声音。多么深邃动人的诗意！在母语的呼唤、吟唱和诵读中，我们张开眼睛，看到万物，理解生活，认识生命。

诗作为浓缩提炼过的语言，是语言的极致。它可以作为标尺，衡量一个人对一种语言熟悉和理解的程度。"眼看他起高楼，眼看他宴宾客，眼看他楼坍了"，说的是世事沧桑，人生无常。"而今识尽愁滋味，欲说还休。欲说还休，却道天凉好个秋"，说的是心绪流转，昨日迢遥。没有历史文化为之打底，没有人生经历作为铺垫，就难以深入地感受和理解其间的沉痛和哀伤，无奈和迷茫。它们宜于意会，难以言传。

对于母语的异乡人，他时常会在哪里遇到一道屏障。认识一个法国人，汉语说得流利，一直自我感觉良好，但有一次却意识到了自己的匮乏。那是听一场相声，逗哏的一方调侃捧哏者，说他的妻子的名字叫作"潘金莲"。他无法明白，一个名字为什么引来了一片笑声。他倒是听说过中国古代有一部文学名作《金瓶梅》，但没有读过。

流传的手机短信段子，所谓外国人的汉语六级考试题，让人忍俊不禁：成为大龄未婚女的原因，"开始喜欢一个人，后来喜欢一个人"。前后有什么区别？不管这是不是杜撰，确实，前后完全相同的字句中，意思却大不相同。而发现这种歧异，从句读、节奏中获得细致入微的理解，需要的是文化的潜移默化的熏陶。

这些精微细腻的地方，无法准确地转换到另一种语言中。

所以作家张承志很多年前就宣称"美文不可译"。

显然,这一类的隔膜已经不仅仅限于语言本身了,而是属于文化的间隔和分野。

每一种语言都连接着一种文化,通向一种共同的记忆。文化有着自己的基因,被封存在作为载体和符号的特有的语言中。仿佛一千零一夜的故事中,阿里巴巴的山洞里,藏着稀世的珍宝。

三

"芝麻开门吧!"咒语念起,山洞石门訇然敞开,堆积的珠宝浮光跃彩。

但洞察和把握一种语言的奥秘,不需要咒语。时间是最重要的条件。在一种语言中沉浸得足够久了,自然就会了解其精妙。有如窖藏老酒,被时光层层堆叠,然后醇香。瓜熟蒂落,风生水起,到了一定的时候,语言中的神秘和魅惑,次第显影。音调的升降平仄中,笔画的横竖撇捺里,有花朵摇曳的姿态,水波被风吹拂出的纹路,阳光下明媚的笑容,暗夜里隐忍的啜泣。

对绝大多数人来说,这只能是母语。只有母语,才有这样的魅力和魄力,承担和覆盖。孩童时的咿呀声里有它,临终前的喃喃声中也有它。日升月落,春秋代序;昼夜不舍的流水,亘古沉默的荒野;鹰隼呼啸着射向天空,羊群蠕动成地上的云团;一颗从眼角滑落的泪珠有怎样的哀怨,一声自喉咙迸发的呐喊有怎样的愤懑。一切,都被母语捕捉和绾结,表达和诉说。

当然,在这种几乎是天赋的能力之上,要更好地理解语言的妙处,更要有一颗热爱的心。要像屠格涅夫对待母语俄语那样的深情款款——"在疑惑不安的日子里,在痛苦的思念着我的祖国的命运的日子里,给我鼓舞和支持的,只有你啊,伟大的,有力的,真实的,自由的俄罗斯语言!"每种语言都有自己的美。它的质朴或深奥、明亮或幽暗、灵动或凝重,折射着这种语言所负载的文化的特质。在语言中安身立命的作家,无疑对这种美有着最敏锐的感知。

有了这样的情感,一定会被显克维支的《灯塔看守人》深深打动。一位年逾七旬的波兰老人,流浪异乡40多年后,在南美巴拿马的一个孤岛上,找到一份看守灯塔的工作,生活得以安顿,余生有望平稳。但有一天,他收到了在纽约的波兰侨会寄来的一册波兰大诗人密茨凯维奇的诗篇。相违已久的祖国的语言令他激动和沉醉,乡愁如同海面上的波涛汹涌来袭。那一夜,他竟然第一次忘记了按时点亮灯塔,碰巧有一艘船不幸失事,他因而被解职。他重新漂泊,随身携带的只有那本诗集。他并没有过分沮丧,因为有了这册诗集。诗集唤醒他的怀念,也给了他慰藉。

只有这样,时时怀着一种热爱、虔敬和信仰,才会真切确凿地感受到母语的美和力量。

灭绝一个民族,必须要从剥夺其语言开始。因为语言连接维系的,是这个民族的历史与记忆。而守护语言,也就是捍卫一个民族的尊严,传递一种文化的基因。历史上犹太人曾备受歧视和排斥,颠沛流离长达数十个世纪,只因为顽强地保留了自己的语言和文化,才有了一脉薪火相继的坚韧延续。仿佛古诗中的离离原上草,野火烧不尽,只缘疮痍满目焦土无边之下,生命的根系依然葳蕤。

风靡一时的美国长篇历史小说《根》,描绘了捍卫母语的悲壮。小说中,被从西非大陆劫掠贩卖到新大陆的主人公,在南方种植园中牛马般辛苦劳作的黑人奴隶,一次次逃亡都被捉回,宁肯被打得皮开肉绽,也不愿接受白人农场主给他起的名字,而坚持拥有自己种族的语言的名字——"昆塔"。这个名字背后,晃动着他的非洲祖先们黝黑的面孔,和祖国冈比亚的河流上荡漾的晨雾——独木舟划破了静谧,惊醒了两岸森林里的野猪和狒狒,树冠间百鸟鸣啭,苍鹭一排排飞掠过宽阔的河面。

不能不说的是,我骄傲于自己的母语汉语的强大的生命力。五千年的漫长历史,灾祸连绵,兵燹不绝,而一个个方块汉字,就是一块块砖石,当它们排列衔接时,便仿佛垒砌了一个广阔而坚固的壁垒,牢牢守卫了一种古老的文化,庇护了一代代呼吸沐浴着它的气息的亿兆的灵魂,也让一拨拨的异族入侵者,最终在它的深厚博大面前,俯首归顺,心甘情愿。

但更多的民族,却不幸成了反面的印证。先之以语言灭绝,继之以文化湮没,终之以民族消亡。马克思曾经指出,语言是一个民族中最稳定的因素。作为文化的载体和组成部分,一个民族的语言一旦消失,整个民族也就难以摆脱被灭亡的命运。澳洲土著,美洲印第安人,曾经是两个大陆的长久的主人。随着欧洲殖民者的到来,短短一个世纪间,被大肆剿灭的不仅是他们的肉体,还有他们的文化。各自有数以百计的语言湮没无存,不复传承。当年他们雄健驰骋的身影,只能通过缥缈的传说和依稀的遗迹,通过今天少量的保留地中零星的记载,加以想象性地再现。

那些土著人的后裔，肤色相貌和祖先并无二致，一张口却是流利的英语。英语已然成为他们的母语。肉身携带了种族的生物基因，但文化的缺失却让他们成了无根的人。

这样的人，行走在人群中，面目模糊，身份暧昧，仿佛一道飘忽的影子。

四

童年在农村度过。记事不久的年龄，有一年夏天，大人在睡午觉，我独自走出屋门到外面玩，追着一只蹦蹦跳跳的兔子，不小心走远了，一直走进村外一片茂密的树林中，迷路了，害怕得大哭。但四周没有人听到，只好在林子里乱走。过了好久，终于从树干的缝隙间，望见了村头一户人家的屋檐。

一颗悬空的心倏地落地了。

对于长期漂泊在外的人，母语熟悉的音调，带给他的正应该是这样的一种返归家园之感。一个汉语的子民，寄居他乡，母语便是故乡的方言土语，置身异国，母语便是方块的中文汉字。这或许有违定义的严谨，却是连接了内心的真实。"官秩加身应谬得，乡音到耳是真归"（明·高启《归吴至枫桥》），故乡的语言，母语的最为具体直观的形式，甚至关联到了存在的确凿感。

语言阻隔的尴尬，在特定的环境中，会演化成为一种切肤的痛感。在纽约皇后区法拉盛（Flushing）的路边小公园里，一位来探亲的福建老人，看着脚下的鸽子在蹦跳觅食，神态落寞。他感慨梁园虽好,语言不通,想去曼哈顿看看,只能等在华尔街上班的儿子抽出时间。他还算不错的,毕竟这里有不少处境相似的华人,彼此间可以用母语交谈。而我的一位邻居,去国三月,寂寞即迅速地升级为难忍的焦灼。他退休后到美国中部的一个小城的女儿家小住。方圆数里的数十住户中,只有他们一家华人。没有人可与交谈,看不懂电视,归去来兮的念头,从时时来袭,到挥之不去。蓝天白云,树木苍翠,清新的空气,深沉的静谧,一切都是那么符合他的期待。但仅仅因为语言,这一切都大打折扣。

一种通常被视作天经地义的状态,此刻,却成为构成幸福的关键因素。

这样的遭遇,常常不期然而然地通向那种罕见的时刻,启示的时刻,获得神谕的时刻。一个人和母语的关系,在那一刻获得了深刻而准确的揭橥:因为时时相与,反而熟视无睹。就像对于一尾悠然游弋的鱼儿,水的环抱和裹挟是自然而然的,不需要去意识和诘问的。但一旦因某种缘故离开了那个环境,就会感受到置身盛夏沙漠中般的窒息。被拘禁于全然陌生的语言中,一个人也仿佛涸辙之鲋,最渴望母语的濡沫。那亲切的音节声调,是一股直透心底的清凉水流。

今天这个时代,全球化笼天下为一体,交流便捷,信息通畅,但语言反而更加凸显了强势与弱势的差异。英语、德语、法语、日语……商业往来,贸易开展,国际事务,它们是不可或缺的媒介。乃至职位招聘、职称评审,也常常需要跨过它们的门槛。语言霸权的背后,折射的是曾经的荣耀或者当下的实力。但对于绝大多数母语是其他语言的人,它们永远只是工具。他无法深入感知它的温度质地,它的取譬设喻,它的言外之旨,它的正话反说或者明扬暗抑。这一切，一个人只能从母语中获得。哪一句话会使心跳骤然加快，什么样的诉说能让泪水涟涟流淌，答案深藏在和母语的契约里。

就这一点而言，世界毋庸置疑地公平。每一种语言的子民们，在自己母语的河流中，泅渡、游憩、俯仰、沉醉、吟咏，创造出灿烂的文化，并经由翻译传播，成为说着不同语言的人们共同的精神财富。以诗歌为证，《鲁拜集》中波斯大诗人伽亚谟及时行乐的咏叹，和《古诗十九首》里汉代中国人生命短暂的感喟，贯穿了相通的哲学追问；中世纪的意大利，彼特拉克对心上人劳拉的十四行诗倾诉，和晚唐洛阳城里，李商隐写给不知名恋人的无题七律，或者隽永清新，或者宛转迷离，各有一种入骨的缠绵。让不同的语言彼此尊重，在交流中使各自的美质得到彰显和分享。

但所有这些，并不妨碍这一点——热爱母语，热爱来自母亲的舌尖上的声音，应该被视为是一个人的职责，他的伦理的基点。他可以走向天高地阔，但母语是他的出发地，是他不断向前伸延的生命坐标轴线上，那一处不变的原点。

爱我们的母语吧。像珍爱恋人一样呵护它，像珍惜钻石一样擦亮它，让它更好地诉说我们的悲欢，表达我们的向往。

就像我的一位诗人朋友所写的那样——

在母语的屋檐下，
我们诞生和成长，爱恋和梦想。
在母语的荫庇中，
我们的生命绵延，幸福闪亮。

■ 邱华栋

作者简介

　　1969年出生于新疆昌吉市。曾担任《中华工商时报》文化版主编、中国青年出版总社《青年文学》杂志主编、《人民文学》杂志副主编，现任中国作家协会鲁迅文学院常务副院长、中国作家协会第九届全国委员会委员。

　　著有长篇小说《夜晚的诺言》《白昼的躁动》《正午的供词》《时间的囚徒》等，中篇小说《手上的星光》《楼兰三叠》等40余部，短篇小说《社区人》《时装人》《我在那年夏天的事》等180多篇。共出版有各种作品110多种，800多万字，作品被翻译成日、韩、俄、英、德、意大利、法和越南文等发表和出版。

作家印象

邱华栋的文字充满了坦荡的武侠之气，正如他的快人快语、侠心剑胆。他的文章豁达敞亮，敢爱敢恨，敢于直面现实生活，敢于直面社会问题，时而嬉笑怒骂，时而扬眉剑出鞘，永远不伪饰，从来不躲藏。

精力充沛的邱华栋，每天要浏览大量的报刊和书籍，阅读当代外国文学的原著。所以他不论是对于文学的根本问题还是偶或出现的文化思潮，都保有前瞻的视角；对于同时代的外国文学同行那些出类拔萃的作品，他亦可以信手拈来，像冲浪的健儿驾驭帆板，颇有指点江山、挥斥方遒的气势。

邱华栋的生活圆心有三个：新疆、湖北、北京。新疆是他的出生之地，湖北是他的成长之地，北京是他的成熟之地。不论在哪里，他都有割舍不掉的爱与恨。他将这些爱恨情仇集纳在心里，潜移默化在他的作品里，又通过他的作品，传播到世界的各个角落，它们像蒲公英一样，带着饱满的种子，在每一个角落生根，开花。

——李 舫

人的城

■ 邱华栋

城市的灵魂

一晃我在北京就生活了 20 多年了,简直像做梦一样。我也亲眼看见了这座城市的变化,而这样的变化,很多都化作了文学作品,被以各种方式留存在我的那些文字中。

不光如此,这些年,我还搜集了关于北京这座城市的很多历史材料、建筑资料、规划设计、作家随笔等等。我总觉得,一个作家必须要保持和一座城市的紧密关系。假如能写出一座伟大城市的历史和当下的变化,都凝聚在一本书中,该是多么伟大的事情。但是,这样的一本书,还一直在我的创作计划中,在不断地计划着,丰富着,也不知道什么时候能写出来。

一个朋友说,北京,现在早就不是那个老北京了,连魂都没有了。自从拆掉了北京城的老城墙那天起,旧城及其灵魂,就渐渐不复存在了。

我常常在夜晚开车经过那些变化巨大的城区，去寻找昔日的记忆。的确，今天，在北京老城墙矗立的地方，只剩下了几座城门楼和角楼。完整保存的明清时代的历史遗迹，主要分布在中轴线上，比如天坛祈年殿，比如故宫、景山、北海、钟鼓楼，再有一些零散的遗迹，这座城市的旧物，已越来越少了。

十多年前，有一则报道吸引了我，说的是一个日本人，叫岩本公夫，他在当时正在拆迁扩建的平安大街边的胡同中，搜集了很多旧式门墩，并把它们一个个地用自行车运到北京语言文化大学的校园里，集中放到一片空地上，以期有博物馆会收藏它们。门墩蕴含着很丰富的老北京的信息，我当时看到电视上那个日本人在滔滔不绝地讲着这些石头门墩的分类，它上面雕塑的含义，它的象征性符号，十分感动。一个日本人对北京旧城的物证如此有研究，叫我吃了一惊。

早年对平安大街的扩建，不少文物专家是反对的，因为那是一条文物街，大到段祺瑞执政府，小到极精致的保存完好的四合院，以及京杭大运河的起点（一座石桥），都在那浓密的国槐掩映下。但城市的发展要使它的中部再来一条宽阔的交通干线，现实的需要必须要早日修好这条路。还有专家说即使修好了，因为这条路上很多的红绿灯，也会使它变成一个长长的停车场。但是平安大街仍旧修了，而且进展迅速，据说改变了明清时代就有的古旧管线，而且沿街将全按明清时代的灰色主色调来建筑，并且绕开了主要的历史文物。

我有一年采访，去过很多北京的名人故居，发现除了少数如鲁迅、郭沫若、宋庆龄、梅兰芳故居保存修缮良好外，老舍、茅盾、李大钊、文天祥等很多历史文化名人的故居破旧不堪。

宣武区菜市口一带，我去探寻清末时代的历史风云人物"戊戌六君子"及康有为公车上书的所在地，那里正在修建通向南二环的一条大街，整个菜市口一带将兴建50余万平方米的欧陆式风格的，集金融、商务、商住、办公用的中融广场。这一地带的传统回民寄居地牛街，也在进行着大规模拆迁改造。

的确，北京这座城市，从旧城的各个角落，四面八方，到处都是工地，是拆迁，是拓宽马路。老北京正在迅速消失，而一座叫作国际化大都市的北京正在崛起。看来这个趋势已是不可阻挡的了。而且，似乎更年轻的北京人，这座城市的未来，他们也许喜欢这样的变化。

那么，旧城的灵魂呢？它在空气污染严重的北京消失了吗？它在玻璃幕墙大楼后苟延残喘吗？或者，它还在一些保存了大屋顶的建筑上，像西客站、交通部大楼、海关大厦和新东安市场上寄居？灵魂是看不见的，一座古老城市的灵魂也是这样，在一环又一环，规划至七环的北京，旧城的灵魂，我们很难一下子看见它了。

但它是存在的，主要是存在于这座城市的气韵中。这是一座都城，有几千年的历史，纵使那些建筑都颓败了，消失了，但一种无形的东西仍旧存在着。比如那些门墩，比如一些四合院，比如几千棵百年以上的古树，比如从天坛到钟鼓楼的中轴线上的旧皇宫及祈天赐福之地，比如颐和园的皇家园林和圆明园的残石败碑。我无法描述出这种东西，这种可以称之为北京的气质与性格的东西。但它是存在的，那就是它的积淀与风格，它的胸怀，它的沉稳与庄严，它的保守和自大，它的开阔与颓败中的新生。

我常常想，为什么大地上会有城市？为什么城市会成为大部分人类的家园和居所？城市，这一人类物质文明和精神文明的聚集地，它的功能是什么？

我想在不同的历史时期里，它的功能也是不一样的。城市一开始是诞生在农业社会。在农业社会更早期的原始社会，以狩猎为生的人是流动的，他们不建造城市。农业社会让人群稳定在农田土地边上，于是渐渐地，城市出现了。它的功能是各种农业产品的物资交流地。从军事上讲，城市是封闭性的，保守的，防御性的，城市都有城墙和堡垒。政治上是一地区的行政中心，政权组织从城市向外发号施令，而传令兵星夜兼程，将统治者的命令由城市迅速地传到各个边区。这一阶段的城市是初级的，它就像是一个大集市，主要由四面八方来的人建立的店铺、饭店、娱乐场所构成，白天喧闹，夜晚沉寂，人们在这里主要进行生活必需的粮食、布匹、用具的交易。

很快，人类进入了工业社会，是由英国发明了蒸汽机而率先进入的。工业时代的来临使人们的劳动生产率提高了，因而各种工业制成品便大量出现，人们的生产与交易渐渐由农产品变成了工业制成品，而且，由于工业化生产，使得农业社会的人口迅速集聚，城市化加快了，规模也扩大了，当时英国的很多城市就是这样形成的。城市取代了农田和山林，成了物质与文化财富的主要创造地。这一时期的城市功能就是工业品制造地与消费地。

这时候城市的景观，已没有了小国寡民的宁静，城市开始有了规划，有了行政中心区、工业区、居住区和商业区，其间由四通八达的道路连接。各种城市病、交通、能源、犯罪、环境问题开始出现。随后人类社会进入了后工业社会，也叫后现代社会。时间大约是二战以后。从20世纪60年代开始,第三产业部各种服务业成了城市物质生产的主办,替代了工业品的生产,变成了创造财富的主要手段,而工业品的生产退居次要地位,大批工厂外迁至郊区,甚至就地转为服务业和商业部门。这一时期城市的功能是商业贸易服务中心地。

这一时期,城市在郊区化,城市中心变成了商业、金融、商务、行政中心区,居民大都搬到市郊居住区去。居住质量与环境受到了空前重视。

北京一直处于这样的转变中,一方面,它的传统制造业在衰落中转化提升;另一方面,它的第三产业在全市的国内生产总值中,近年已达70%以上,而且仍以每年两个百分点的速度增加着。四环内的325平方公里的城市中心区,工业用地由55平方公里已变为了20平方公里,大批土地用于商业、金融、服务和房地产开发。而且,北京在四环和五环之间设计了九个大型居住社区,各个郊区郊县以卫星城镇的形式拱卫,目前,北京已经承纳了2400万人居住,早就不堪重负了。

而同时,北京作为都城,与欧美一些发达国家的城市一起在进入信息社会,可以称之为第四产业的信息产业与高科技产业异军突起,它的产值将超过贸易与服务业为主的第三产业,成为城市中新的财富生产方式,知识成为经济生产的重要因素。在美国,最新最快崛起的亿万富豪,不再是钢铁、汽车和石油大亨,不再是房地产、饮料和商业大亨,而是电脑高科技大亨。这一时期,城市的功能是电子信息产业的大发展。这一时期,中心城市将会社区化,因为电脑和电视系统的发达,商业、居住、大学、金融、行政、贸易各区将进一步电子化、虚拟化,这是城市又一次功能的转变。这种转变，也将在 21 世纪中，全面改变中国主要城市的面貌。所以，我对北京变成了一个庞然大物，在大地上旋转的城市而深感焦虑、震惊和很复杂的期待。

城市天际线

城市天际线是一座城市的轮廓线。每一座城市都有自己的天际线。城市天际线是人造建筑物的轮廓线。

我特别喜欢开着汽车在北京市区的道路上疾驰，尤其是在北京的几条环线快速路和主干道上疾驰，让眼前的建筑物飞一样掠向身后。当然，我不那么傻，在交通高峰时期这么干，我总是在车不多的时候开车观察北京的城市轮廓，还有天际线的变化。那些新老建筑物在我的眼前便断断续续地形成了一些高低起伏的线条，以及一些块状的结构，这些建筑物的线条，就是北京的城市天际线。

观察天际线不能站得太高。我有一次在上海浦东那座 200 多米高的东方明珠电视塔的观光台上，看到了整个市区，看到了这座城市正在密集地、迅速地长高，但城市却是平面的。因为，你所处的位置太高了。所以，观察一座城市的天际线，还不能站得太高，比建筑物高，你就很难看出一座城市的天际线。

北京的城市天际线是中间低，四周高，整座城市依次形成了以二环、三环、四环、五环为环线、以天安门广场为中心原点的"城市大盆地"。

长安街也是，从天安门广场为原点出发，两侧分别向东西方向延伸，建筑物由 30 米限高，渐渐到 45 米……60 米，二环边上一般可达 100 米，到三环的公主坟立交桥和国贸立交桥，建筑物便达到 200 米高了。长安街上的建筑所形成的天际线，是逐渐向东西升高的，形成了一种渐渐升高的起伏之美。当然，也有个别例外，比如应该限高 45 米的地方，像北京饭店东楼，却有 18 层，70 米高。因此，向东一侧的长安街的东方广场东楼、恒基中心写字楼、国际饭店则分别是 70 米、110 米和 100 米，做了相应的抬高。这些建筑所达到的高度，都是让一些建筑学家所激烈批评的地方，认为它们都太高了，改变了北京城的天际线。

但是试想，如果这些建筑都是四五十米高的又矮又胖的大胖子，那种美学效果会好吗？我看也不会。在离天安门达两公里以外的地方，建 80 米以上的建筑，基本不会破坏以天安门为中心的城市天际线。目前，在三环沿线的建筑设计中，超过 100 米的建筑便比比皆是了。尤其是东三环和北三环，分布着北京最高的一批建筑。但由于这些写字楼大都分布在节点上，也就是三环各个立交桥的旁边，还没有形成非常整齐和错落有致的线条。由于北京城区面积大，四四方方，即使是高达 200 米、60 层的摩天大楼，也没有给人以压迫感，视线开阔、宽敞是北京市区建筑给人美好的视觉印象。

但是，很多人对北京迅速长高的城市天际线感到不美。那么，北京城市的天际线什么时候最美呢？我曾和一位德国汉学家一起进餐聊天，他是 20 世纪 50 年代就在民主德国驻中国大使馆工作过的，他认为，50 年代的北京最美。"天很蓝，人非常纯朴，有一次，我在东单一条胡同吃饭，饭馆漏找我两毛钱，过了三个月，我再去吃饭，那个老板还记得，就又找给我了。关键是，北京的城市天际线,城内都是灰色的四合院,一眼看上去,特别平缓美丽。当时,北京还没有那么多的高楼,以及工厂的大烟囱,所以,站在景山上向四周看,全是灰瓦的胡同民居,西山的轮廓也非常清楚,非常美丽,20世纪50年代的北京最美丽!"我碰到的这个怀旧派,是一个原民主德国籍的德国人,他的怀旧,有很好的代表性。

也许一些外国人更愿意看到一个完全不同于芝加哥、东京和纽约的老北京。我不能说他们的这种审美诉求是不合理的,但毫无疑问,是一厢情愿的。他们自己生活在极其现代化的世界大都市,而在短期的旅游访问中,却希望北京还是一座极其古朴、有异国情调的东方落后的古都,最好全部是古城墙、人力车,人们依旧穿长袍马褂,不要有大型购物中心、不要有世界名牌奢侈品、不要有玻璃幕墙写字楼和高速公路。这是一种十分古怪的心态。

北京的天际线注定会越来越高了。北京更像一座新都会,在向四周扩展不断,它正在"现代化",这种现代化是不可避免的,是有得有失的,但是,它的城市天际线也会越来越蜿蜒起伏,如同音符乐谱一样流动不居。

观察北京的天际线,在环路上奔驰是一个法子,在高楼顶端瞭望也是一个办法,此外,站在景山顶端的亭子里四下看看,绝对是一个好选择。那个时候,北京作为360度扩展的环行城市,会波澜壮阔地展现在你的面前。

虚拟的城市

建筑学家张钦楠先生介绍过美国麻省理工学院建筑与规划学院院士米切尔教授所写的一本新书《比特的城市》,书中全面描绘了未来社会,尤其是即将全面到来的信息化社会的人类城市生活的场景。他的这种场景描述仿佛是虚拟的,犹如电脑空间一样,但它也许真的正在悄悄地逼近我们的生活。

米切尔是一个擅长从信息、电脑网络技术的发展来研究预测人与城市发展方向的建筑学家。他认为,全球信息网络的建立,开拓了一个不同于以往的实在与具体空间的电脑空间。这个空间他称之为"电脑控空间",而在这一空间中漫游的人,则叫"cyborg",张钦楠译为"稀宝",而这个电脑控空间,则可称为"稀宝空间"了。

米切尔描述的这个电脑控空间的出现,将使人类的时空概念发生变化。在他的描述下,未来城市人将浑身布满电子网线,衣服中也缝有电脑,每个人的电脑中都可以与地球人造卫星直接联系,这种城市人的肌肉可以发出各种信号,他的这些信号又可以传送出去,比如他可以在千里之外操纵机器人工作,可以坐在家中指挥电脑收发电子邮件、参加未曾谋面的跨洋国际会议、调阅全球开放的各国家主要图书馆的资料、在银行存款取款、点看各个年代创作的电影等等。一旦出门,汽车也将是全电脑控制的,它自动指挥主人绕过交通堵塞的路口,沿途还可以进行导游等。这种电脑控空间的人的生活将全息化,他的一举一动可以被电脑完全地协调好,人体与思想进一步解放了。每一个人都有电子信箱代码,人们可以通过这种代码在任何情况下都可以和你联系,无论你在旅行中还是在睡觉,家庭又重新成为类似农业社会中的那样集生产、生活、学习、娱乐于一体的综合空间,人们无论办公、上课、看书、购物,都是在电脑的虚拟空间中完成的。

在这种情况下,城市的建筑空间也会发生变化。比如一座图书馆，它馆藏的几百万册图书，用一套电脑装置一年内可以扫描几万册图书，因而虚拟图书馆就可以代替实体的图书馆。在城市中，一种没有固定场所的虚拟空间出现了。在城市的这种因电脑互联网络的连接而形成的空间中可以出现很多虚拟商场、银行、餐厅、图书馆、展览馆、大学、商务中心等，它的出口就是电脑显示屏上的视窗，人们在这个虚拟的空间中自由出入，即可完成各种工作活动与交易活动。在这样虚拟空间的形成下，相对于已有的实体城市，也会出现一个虚拟的城市。"这个虚拟的城市全部是电脑空间中的，比如交通网络被电子通信网络所替代，交通法规变为软件使用规范，公共场所变为非物质、非共时的电子虚拟广场。"

在这个虚拟的城市中，以往像摩天大楼之类的城市标志性建筑将不复存在，而会出现一些虚拟性标志。"甚至监狱也可以虚拟，犯人在家中坐牢，身上插入一个信号器，每走出虚拟牢房的范围之外，身上的信号系统就会发出警报同时会打上一支麻醉针，从而让你动弹不得。"在未来的社会中，人、建筑空间与城市可以另有一个虚拟的系统，它与实体存在的人、建筑与城市同时存在，人们除了在实体城市中生活以外，也在这种虚拟的城市中生活。而实体空间为了配合这种虚拟的空间，也要做很大的修正。比如在居民小区中，每个小区都有与全球通信系统相连的网络，而小区内则布满了各种电子插座开关、遥控器等，用于人在虚拟空间中漫游。

虚拟的城市是正在到来的城市图景。米切尔这本书按张钦楠先生的话说像一本科幻小说，但毫无疑问，这种虚拟城市正在迅速地出现，来到我们的生活中，或者是我们即将生活于其中。

■ 饶 翔

作者简介

　　北京大学文学博士。供职于光明日报社文艺部,担任"光明文化周末"副主编。中国现代文学馆特邀研究员,中国文艺评论家协会青年工作委员会委员。北京第二外国语学院中国文艺评论基地特邀研究员。出版有文学评论集《重回文学本身》《知人论世与自我抒情》等。曾获中国新闻奖一等奖、中国作家出版集团奖、百花文艺奖等。

作家印象

想到古人诗书里"玉树临风"几个古里古气的字,便想到饶翔。这四个字,不仅是一种仪容和风貌,更是一种生的姿态、活的姿态——吟咏四时,吐纳天地,神与物游,澡雪精神,形在江海之上,心存魏阙之下。

饶翔喜爱侍弄花草,喜爱烹饪美食,喜爱聚友浅酌,喜爱淡泊功名,喜欢于现代化的社会里全然消逝的一切,他将"异化"这个颇令现代人尴尬的词断然隔绝在生命之外,像武林侠客仗义江湖,每每手起刀落,干净,利索,不留后患,不滞牵绊。

饶翔是一个好作家,更是一个好编辑,他像侍弄他心爱的花草一样侍弄文章,像烹饪美食一样烹饪美文,我敢说,中国当代文学行将存世的大半文章,将出自他的园地。"玉树临风",说到底,这里面透露了一个人生活的秘密。活在俗世,难避红尘万丈,他到底能走多远,到底能飞多高?我以为,在饶翔这里,我们能够找到样本,可以没有终点,可以没有止境。

——李 舫

一个人在岛上，胸怀着全中国
——话说老吕

■ 饶 翔

"**我**后来知道，一个人在一个岛上，也是可以胸怀世界的。"王安忆在"怀念"陈映真先生的小说《乌托邦诗篇》的开篇即写下这么一句，准确地概括出陈映真的人格基调。当我动笔要写一篇"怀念"吕正惠先生的小文时，首先想到的便是这一句。限于我对吕先生的了解程度，我不敢说他胸怀着"全世界"，但我敢肯定，这个在岛上的老头子，胸怀着"全中国"。

吕先生的学生黄文倩女士告诉我，在她成长的年代，台湾中小学的地理课本上，一张中国版图详细罗列了 23 个省份的地貌物产，须逐一背诵。这只海峡对岸的硕大"雄鸡"，常常成为她们地理考试时的梦魇。而在海峡这面的地理课本上，虽然台湾省是雄鸡不可缺少的那只脚，但连成一片的泱泱国土毕竟可知可感，所以说到底，我们还是占了便宜。我不知道这样的地理课本（以及其他关于中国的知识）对吕先生的"中国观"产生了怎样的影响。我听说，吕先生在台湾遭到"不爱台湾"的指责和批评——某些人给出的是"爱中国"还是"爱台湾"的非此即彼的选择，吕先生坚定地选择了——做一个爱中国的台湾人。

2008年4月，我以"台湾陆委会中华发展基金会奖助大陆地区研究生来台研究项目"的名义，在台湾淡江大学访学了两个月，我的指导老师正是吕正惠教授。2007年7、8月间，黄文倩建议我申请"陆委会"的这个项目，我仓促之间写就一份"20世纪50—60年代中国大陆革命历史小说和台湾反共小说比较"的研究计划。文倩将计划转呈给她的博士生导师吕正惠（在此之前，我与吕先生并未联系过），吕先生不仅热情地为我写了推荐信，还请文倩将他的建议转达给我。不承想，"案子"顺利通过了。

申请虽然顺利，但事实上，我并未做好相应的学术准备，对台湾的学者和学术生态也缺乏必要的了解，加之彼时我处于学术的迷惘期，也面临大陆博士生日益加重的毕业（论文、就业）压力，导致此行在碌碌无为中度过，没有什么值得一说的研究成果，当初定下的计划也不了了之。不止于此，由于我生性寡淡疏懒，不善结交，吕先生对我提出四处走走，多看多了解台湾的要求也未能达成多少，我想这一定令热情邀请并接待我的吕先生师徒颇感失望。但吕先生并未显露，只是有一次，他提到我并未去找他的学生（他曾给我他的一位居住在台中的学生的联络方式，希望我去台中时能方便投靠），才流露出些许不满之意。我对他解释我不习惯麻烦生人。不知他接受我的解释了吗？

在台湾期间，与吕先生见面并不多。他每周从台北来淡水上一次课，课后我有时会陪他走到公车站，他在这里等车去淡水捷运站。沿途中都聊了些什么,也大多想不起来了。为写这篇文章我特地翻出那年从台湾回北京后,提交给"陆委会"的研究心得报告,关于吕先生的部分,我写道:"我的指导老师吕正惠教授颇有名士风度,喜饮酒。一瓶北京的二锅头下肚,便开始天南海北地神侃,点评时事、臧否人物,皆极深刻,而见性情。我不明白作为一名本省的台湾人(用民进党的论述则是'正宗'的台湾人)何以会对大陆抱有如此强烈的感情,何以会比我们这些身在大陆的中国人更热爱中国。他对大陆学生的热情也令我感动,当我为自己的博士论文选题感到困惑时,他直截了当地提点,让我有拨云见日之感。"

　　大陆的朋友亲切地称吕先生"老吕"。关于"老吕"的"酒事",与大陆学者"老孟"(孟繁华先生)的"酒事"一样,在圈内流传甚广,更被演绎成众多生动有趣的段子。因而我这段叙述的平庸乏味自不待言。而我还能补充的是与我有关的细节。访台期间,家里出了变故,沉迷网络游戏、与家人关系紧张的弟弟突然离家出走,不知所踪。母亲在电话那头对我哭泣,而我亦心乱如麻,不知所措。得知此事,吕先生也替我着急,他跟我说起他刷信用卡成瘾的妹妹,被银行逼债,他替她还债数十万新台币。对于有心理疾患的家人,吕先生说,我们应该正视这也是一种病,积极施以救治,"甚至得吃药"。他还说起他年幼时嗜赌的父亲常带着一家人躲债。我猜想这些创伤性的经验,加深了他对于"人间"苦难的感受与理解,也加深了他对于台湾社会的认识和批判;同时,也影响了他的文学观——对于他,文学绝无可能是"高兴时的游戏或失意时的消遣"。在早年的著作《小说与社会》(1988)中,他便阐明了他的文学观。在书中,他较早地向台湾读者介绍马克思主义理论家卢卡奇的文学理论,并给予积极的评价。也是以这样的理论为指导,他比较了白先勇和黄春明的创作,认为白先勇的创作代表了一种没落的阶级意识,在这个意义上,逊色于黄春明对台湾当代社会现实的反映。在另一篇《"虚假"的女性主义小说》中,他精细地分析了大陆女作家张洁的两部中篇小说《方舟》和《祖母绿》,认为作者未能通过有力的情节与描写,清晰地向读者呈现她所提出的女性命题;但即便如此,作者切入现实问题的勇气仍然值得一味往虚无缥缈、耽溺幻想道路上走的台湾女作家反躬自省。对于最终选择张洁作为博士论文选题的我来说,这样的论述无疑是具有启示的。

在台湾期间,适逢大陆发生5·12汶川大地震,我通过网络得知消息,在震惊的同时也感到极不真实。第二天刚好有吕先生的课,我对他说起,他说他已获知此事,夜不成眠。我打量他,果然形容憔悴,精神恍惚。在远离祖国大陆的岛上,我与一个台湾人分享着一种共同的忧心。

回到我前面的问题,作为一名本省的台湾人,吕先生何以会对大陆抱有如此强烈的感情?还记得在台期间有一次研讨会上,吕先生在点评黄锦树的论文时,对他说的话:"我在多年前已经做出了选择,所以我现在心情很畅快。黄教授是否也该做一个选择?"吕先生的选择是——做一个"中国人",他的国族认同、情感认同早已完成,并深入骨髓。他每年总是带着他的学生们(文坛人称"吕家班")——一个浩浩荡荡的大陆考察团,行走在中国的大地上。如此胜景盛况,我虽无缘参与,却心神往之。

从台湾回来后，与吕先生亦有过几次见面。2011年底，在北京召开第八次全国作代会期间，我去北京饭店看望他。当时在他房间里还有另外一名会务人员。聊天过程中，我向吕先生抱怨工作繁忙琐碎，无自由时间。吕先生便向那位工作人员求证，说："这样也太浪费年轻人了啊？"对方以官方口吻回答："这只代表他个人的情况。"他走后，吕先生说道："这就是典型的公务人员，很清楚自己的职责和位置，认真做好一颗螺丝钉。不过我们的知识分子也应该反省一下，个人真得有那么重要吗？"

那一年看电影《十月围城》，当听到少爷重光对仆人阿四说："阿四，你说你每天闭上眼看到的都是阿纯；我闭上眼看到的是中国的明天！"顿时一阵热血涌上脑门。今时今日，我的确不会再为恋爱激动，而仍然会被"爱国"召唤。从吕先生身上，我知道了，一个人在一个岛上，也是可以胸怀全中国的，他比我们大多数中国大陆人更加满怀热情，期盼着"中国的明天"，这是他的格局与境界。尽管由于性情的差异，我与吕先生在心理上并不觉得亲近，也许无法走得更近，在我之"小我"与他的"大我"之间横亘着如此遥邈的距离，简直比我俩之间的物理距离还要大得多。不过我景仰着他的格局，也期待着他能早日实现他退休之后就举家迁来北京的计划，这样，我们也许就近了呢！

补记：本文写于2013年岁末，受黄文倩女士之邀，为吕先生荣休所作纪念。先后任教于台湾"清华大学"中文系、淡江大学中文系的吕先生，于2014年正式荣休。2014年年中，吕先生携"吕家班"来中国现代文学馆开会，以我的疏懒，自然未去会上，只赶去参加了半程晚宴。到时，吕先生喝得正酣，"隆重"向座上嘉宾推出我说："这是我的学生，你们要多关照！"酒后回和平里大酒店路上，先生问起我弟弟现状，听我说完，先生黯然道："你弟弟都好了，可我妹妹还是那样啊。"

2015年夏天，我开启第二度台湾之行，与吕先生重逢于淡水。七年倏忽，于我是似水流年，而吕先生，又做成了许多"大事"。就我所知有限的了解，他除了受聘重庆大学人文社会科学高等研究院的客座讲授，在大陆开坛授课之外，继续带着他的吕家班频繁地考察大陆，还促成了多场两岸文坛的互访交流，老吕的酒友中又多了张楚、甫跃辉等大陆文坛新一代"酒徒"。

他接替陈映真成为"人间出版社"的"老板"，出版了洪子诚、王晓明、蔡翔等多位大陆文学研究者的文集，推出了"当代大陆新锐作家系列"以及两岸青年的文学评论刊物《桥》。位于台北长泰街五十九巷7号的人间出版社，门前挂着毫不起眼的牌子，像是一个小小的作坊，除了他这个老板，就只有一位蔡钰凌女士身兼编辑、校对、秘书等数职，连住在旁边的吕师母也常常义务打杂，当然还有老吕的学生们轮流当值班编辑。每个人都忙得不亦乐乎。谁曾想，这样一个不足二十平方米的小房间，在默默搭建着连接两岸文化的桥呢？

■孙甘露

作者简介

  1959 年出生于上海，中国先锋派文学代表作家之一。代表作有《访问梦境》《我是少年酒坛子》《信使之函》等，随笔《今日无事》等。作品有英、法、俄、日、韩等译本。现任上海市作家协会专职副主席，《思南文学选刊》杂志社社长、主编，《萌芽》杂志社社长，《上海文化》杂志社常务副社长。

作　家　印　象

孙甘露惜墨如金，他的作品不多，却每一部、每一篇都耐人寻味。在他的名作《时间玩偶》中，孙甘露这样写道："在童年的时候，我就有一个幻觉，我将要度过的一生是我的生命的一个次要的部分，而我生命的核心，会以另一种方式，在另一种历史中存在。它逼真到我触手可及的程度，就像无数次地触抚自己的身体——真实中的虚幻、色情、慰藉以及悲痛。"直到今天，我还记得初读这部作品时的震撼，作家的语言竟然可以做到如此充盈、如此丰富，织就如此细密的时间迷宫。

套用孙甘露评价奈保尔的一句话——假如你错过了孙甘露，就错过了惊涛骇浪。孙甘露的写作内省而节制，他擅长在语言迷宫中布置无数精巧的机关，这些机关像早晨的露珠一般散落在他优雅的文字里，而喻体和喻指的遥远距离令人印象深刻，它们牵动着读者的寻宝猎奇心，他们追随着他的机关的陷阱"自甘堕落"。

孙甘露的语言是玲珑的、别致的、诡谲的，不论在小说还是在散文中，它们都美得令人心碎、令人窒息，我们不妨称呼它们是"孙甘露体"。"孙甘露体"铸就他独特的语言风格，我们会不由自主地跟着他在岁月间穿行，在光影中徘徊，拂一拂衣袖，不带走一片云彩，只留优雅的回声叠加在浮世的影像之上。

——李　舫

像奈保尔那样谈论奈保尔
——我看奈保尔《作家看人》

■孙甘露

这部猛一看东拉西扯的书,紧密得令人窒息。就像它的副题所提示的,论述的全是关于观察和感知的方式;从作家的角度思考写作及作者、素材之于作家的意义,作品产生的背景及其局限。上述文字空洞得好像什么都没说,类似奈保尔这本书的自序,简约地打他外婆那有混凝土柱子和瓦楞铁顶棚的住处说起,他写作之初的困境,他的第一本书,他对写作的基本看法。如同他大部分作品的开篇,总是从平淡无奇处说起,甚至不在乎你忽略它似的,如果这时候你放下它,那么你就错过了一堂精妙的写作课(较之纳博科夫、博尔赫斯、卡尔维诺的同类著作毫不逊色),抽象地说,你就错过了惊涛骇浪——这种省略的句式,恺撒在谈及逃往莱茵河的维尔毕琴纳斯人用过:"他们被处死。"奈保尔解释说,罗马帝国时期的读者会自己加上鲜血。

在家乡

　　这位写过《河湾》，出生于加勒比海西印度群岛的作家，开篇谈论的是出自同一片海面的（圣卢西亚）另一位诺贝尔奖得主沃尔科特（他的肤色要比奈保尔深一些，获奖也比奈保尔早一些），这一地区背景以及最初的文学抱负，令奈保尔写下"虚荣的无害池塘"——加勒比海倒真不是个小池塘——这样的话，我们把这看成是无害的玩笑好了，不必非要理解为出自海岛风景的童年经验的反射。即便这环境深邃如沃尔科特的诗句："暮色中划船回家的渔民意识不到他们穿越的静寂。"

　　奈保尔认为这种"细节之上再加细节"，"写显而易见的美"的方式，通过"夜间诗歌唤起谦逊中的含糊性，为事物撒上回顾性的光辉"。沃尔科特在"那里的声誉，都不是作为一个几乎被殖民地背景扼杀其才能的人，而变成一个留下来的人（其后被选拔去了美国），在别的作家都逃离的空虚中找到了美"。也许是诗人"以绕过这种空虚"，而绕过，我认为依然可以被视作海岛经验的产物，因为大陆你是无法绕过的，比如印度。

　　奈保尔对沃尔科特诗句的精妙分析微妙地反映出他作为一个散文作家对诗歌给诗人带来的世界性声誉的复杂感受。"诗歌是种很遥远的东西，一种矫情，在寻找稀奇的情感和唱高调。"而且沃尔科特"有点像是鲁滨孙，却带着一个当代'星期五'的痛苦"。大海中孤立的海岛，孤立的鲁滨孙或者沃尔科特，他的感性超越其上，却感受着土著仆人（星期五）的痛苦，"我，在我皮肤的监牢中（'黑人血统实际是隐性的'——《半生》），正是在我开心时却又受罪"。

　　他拉拉杂杂、不用大词地扯到沃尔科特。同时，作为一个同样具有世界性声誉的作家，使他意识到："普希金对俄罗斯人有多么重要……我当时便是如此推崇沃尔科特。"基本上，他对诗歌的理解如何在日常的感受中被揭示，深具洞察力的奈保尔还是保持基本的判断。没有被他"所受的教育"，"带进专业或者职业上的死胡同"。他的文体之微妙、优美，使你产生仿写的冲动，而且在你不经意间确实影响了你。读时令你产生一种此刻别人尚未领会的微妙之感，我不知道那是不是错觉，而正是这种不知道令我莫名地愉悦。

　　他真正显示了一个作家如何因随笔的叙述而获得了论文的严谨，他以精妙的模棱两可所揭示的明晰、曲折和深刻，一如他的尖酸刻薄，令人折服。

　　本节的意味深长及趣味还在于他随后论及的三位次要的特立尼达作家，其中一位即是他的父亲，那位在《神秘的推拿师》《毕斯华士先生的屋子》及《半生》（*Half Life*，台湾的另一译本将其命名为台湾式的《浮生》，这一浮，倒是完整地盖住了奈保尔写作中一半的寓意。若以政治不正确的观点看，台湾的版本倒是更应理解出自在文化上彼此从属的海岛——特立尼达，并在另一个海岛——英国锻造的奈保尔的隐衷。这一点其实可以悬而不论，德里达的办法是加括号，奈保尔本人提供的解释是"这种文学上的困境，也以各种方式影响其他方面，大的国家由于政治或者其他原因，使得难以写出真实情况。所以加缪在一九四几年时，可以写阿尔及利亚而不着阿拉伯人一字"）中化装成各种形象一再出现的人物。

另外两位，埃德加·米特尔霍泽和塞缪尔·埃尔文，理论上是为了过度或者引申至奈保尔的父亲而做的铺垫，前者是个混血儿（让我们来设想一下他相异于沃尔科特和奈保尔的肤色），后来移居伦敦，结局是令人震惊的悲惨自焚，据说是往身上泼透了汽油。而后者在写了一堆哲学性的啰里啰唆的小册子后移居加拿大。奈保尔后来还是买了他的书放在书架上，尽管他"受到我们生活贫穷这一观念的影响，尽管作为一个作家，我有赖于人们购买我的新书，但是在我身上，买书就是浪费的观念还是保持了很多年"。

在感情复杂地谈论了前两位故乡的作家之后，看看他怎样谈论他的父亲。实际上，他尽量保持语气平静，但是伤痛没有如语气那样被平静地保持住（在他翻来覆去写过多次以后）。他为他的父亲感到不平，没准他是把自己创作上的成就视作对父亲作为一个未获成功的作家的安慰和补偿。

当他分析父亲的具体作品时，触及了阻碍他父亲写作的更深的痛苦，这痛苦恰是日后成就了他自己的东西——糟糕的殖民地背景，如他嘲笑的埃尔文一再摆弄的老套的黑人社区的过时笑话——在伦敦，黑人无助地敲白色的门（无助的！）。奈保尔坚持认为，"写作中存在着特异性，特定背景，特定文化，一定要以特定的方式来写，方式之间不能互换。"而他父亲将"素材放进他所认为的短篇小说时，反而破坏了素材，例如巧妙的结尾"。对欧·亨利有效的东西，漂洋过海后成了弄巧成拙。听起来似乎是放之四海而皆准的。

写作此书的奈保尔，以灵活的角度和多变的修辞刻画他早期记忆中的父亲，此时的回望已经是他部分克服了初到伦敦，和他父亲通信时（*Letters between a Father and Son*，你可以看出此间、本地或者大陆出版的《奈保尔家书》以奈保尔之名寻求微乎其微的市场，是多么远离了奈保尔出版书信集的初衷）那故作高兴的抑郁语调，对文体的征服部分地修饰了早年生活的伤痛，也许他在潜意识里以此平衡沃尔科特的成功和父亲的失败——在他父亲的写作中，所不愿面对的痛苦。原因在于，"如果我们在一个有写作传统的地方生活过，自白式的自传也是种写作形式，我父亲就有可能不会这么耻于写自传。在特立尼达，历史上有那么多暴行，写个人痛苦会招致嘲笑"。作为对比，沃尔科特的"黑人诗歌中，有种诉苦的传统，跟布鲁斯音乐一样"，"从诗歌的角度评价比起来，更侧重详加解释，以证明诗人的痛苦和愤怒，接纳年轻的沃尔科特的，就是这种传统"。

阅读中，我间或会想，如果像奈保尔谈论沃尔科特的诗句那样谈论奈保尔，语带仰慕而又不无讥讽之意，是否更符合谈论这个固执的作家的意图。而不是像他的父亲那样，"定下高目标，然后又降低目标"，以至于偏离了目标。我之欣赏奈保尔，不是因为他文学上的现代性（或许可以被称作时髦），不是因为少数族裔和迁徙这类时髦（或者也可以被称作现代性）一概被拔高为流亡、上升为离散。

在异乡

接着，必然地，我们来到了英国。在这一节，倒霉的是安东尼·鲍威尔，这个说话很有仪式感的名作家，同样逃脱不了他的奚落。伊夫林·沃,以及彼时在报纸杂志乃至BBC供职的编辑,也被捎带着调侃一番。一个叫戴维·霍洛维的《每日电讯报》的编辑,负责刊发鲍威尔撰写的书评,但是背地里却对奈保尔声称要出钱请鲍威尔别再写了。这些人凑成一堆,也是咎由自取,奈保尔自己说的,"作家跟写作对象是绝配"。

读完此书,读者真的应该考虑不要轻易和作家交朋友,如果是杰出的作家那更应该避之唯恐不及,问题是普通读者该如何选择呢?人们有兴趣的不外乎那些特殊的写作者,如果是不入流的,人们何苦操这份心?

奈保尔一直为安东尼·鲍威尔写作中的讲究而惊异,但是到他认真读鲍威尔的作品时,发现他"写作上越来越不讲究,一切都解释过度,写得更加赤裸裸地具有自传性质(和奈保尔的父亲刚好相反)。奇怪地有种新的自负,就像是一个觉得自己已经功成名就的人,现在做什么都不会出错"。"作者(鲍威尔)希望展示他对英国风俗有多么了解(在《半生》中,奈保尔借威利之口,叙述了英国风俗的令他产生的焦虑,'在学院里,他样样东西都必须重新学习。他必须学习如何在公共场合吃东西,必须学习如何跟人打招呼,又如何在公共场合不必跟十分钟或十五分钟前打过招呼的人再打招呼。他必须学习如何在身后无声地关门。他必须学习如何有所要求又不致令人觉得强求')。书中完全没有叙事技巧,也许根本就没有考虑叙事。"对鲍威尔这样的作家来说,这可是极为严重的指控。

在这一大通批评之后,他"沮丧地发现关于他的写作,我几乎没什么好说的,只能虚张声势"。

有些话若不考虑篇幅,实在有必要全文照录,不仅在于奈保尔因鲍威尔的作品而阐发的写作之道，饶有趣味的部分在于这评价所佐证的作家间的友谊，甚至傲慢。而奈保尔的追述，几乎是他早年对鲍威尔仰慕的一种索讨，此刻他已成为他当年仰慕的那种人，甚至更其卓越。他以无法向读者解释清楚自己对鲍威尔的感情来揶揄鲍威尔的写作——"他在他们身上看到的，比他让我们看到的要多。"奈保尔把对鲍威尔写作的讽刺移作读者不了解他批评鲍威尔的原因，其挖苦之曲折倒是很英国很鲍威尔。

奈保尔如此解释自己这样做的原因："伟人去世之后，一片颂扬之声，然后有人——通常是个崇拜者——研究他的生平，以撰写他的传记，然后发现了各种各样非常负面的事，易卜生经常使用这种写法。"奈保尔念兹在兹有其内在的原因，他认为"所谓的文学共和国并不存在，每种写作都是某种特定历史和文化的洞察力的产品"。

而鲍威尔在赞扬奈保尔的第一部小说时说，无论有何不足，一个作家的长篇小说处女作有种抒情特点，这是作家无法再次捕捉到的。这一看法当时令奈保尔激动不已，他此前"从未听到过，体现了深厚修养，如此深刻的文学评价如此轻松道出"，这是他日后一再引用的"很有智慧"的"评论性欣赏意见"，最后只是被他看作是"说得合适而已"。这个来自加勒比海上的一个岛国，自称有着沃尔科特类似经历的作家，真是个难搞的人。

如他自己所说，他和其他人（主要是作家）的友谊，大都是因为某种未知而维系着的——友谊能够维持如此之久，也许就是因为我不曾细读过他的作品。他在鲍威尔死后，因友人身份，被要求写些东西才去读了鲍威尔的大作，诸如《伴着时光的音乐舞蹈》,而就此发现,如果鲍威尔生前他就读了的话,他们的友谊可能不会存在那么久。

实际上,奈保尔在本书论及的作家,都是给他以深刻影响的人物,而他之所以以如此激烈的语气,似乎是为了摆脱他来自的"那种小地方",以及"所有的评论都是道德上的"那种局限。他声言,"我需要的是富有魅力的事物,而非合乎道德的,以此来和主宰世界的卑劣和嫉妒相对抗。"甚至那个令他厌恶的传统背景,"从历史上说,恒河平原的农民无权无势,曾经被各个暴君统治,经常是被远远地统治,那些暴君来来去去,经常我们连他们的名字都不知道"。

奈保尔能客观准确地看待自己的殖民地"被移植过来的印度"背景,而这经验,部分的或者说主要的来自他父亲的短篇小说,但是,奈保尔似乎不能客观地看待他父亲的写作(这倒客观地反映了他对父亲的感情),他在委婉地赞扬——赞扬沃尔科特时悲伤地批评过的东西。那种面对环境退得不够开,简单说不够开阔的视野的产物——见识上的广度——造就了他。这种东西被他称之为洞察力,这正是他父亲缺乏的。在有一点上,他和他的父亲是一致的,这就是他悲壮地意识到的,"事实上他是在一个没有他的发展空间的地方努力当作家"。

他父亲走岔了的写作之路正是奈保尔走上写作正道的基础,他既幸运又痛苦地从父亲的写作中发现了方向,这隐约令他觉得父亲似乎是为他做出了牺牲。他在多年后为他父亲出版的小说集撰写了长篇序言,到写作此书的 2005 年,他平静而悲伤地写道:"我现在必须承认那些短篇已经没有生命,只是活在我心里。"

奈保尔认为,在他的眼界更宽以后,能够超越自己的小社区,理解沃尔科特(也是他父亲)的需求和渴望,而他自己身上的有些地方,会是沃尔科特难以理解的。

半生,半个世界,奈保尔一直有一半的概念。殖民地、迁徙、大洋之中的岛国("那是在我们的大家族里,我们自己拥有的半个世界")、失败的作家父亲、对印度的无穷回望(奈保尔29岁时首次从英国前往印度,那时距他离开特立尼达也已经12年之久),就像另一位印度裔作家拉什迪曾写道:"我们……是有缺陷的生灵,是有裂纹的眼镜……是一种不完全的存在,是偏见本身。"总之,那未曾完整的生命。"在这个失衡的世界上,人们比以前更需要古典作品中的视其一半看法,即视而不见的能力",以及一定要挖掘属于自己的写作素材,并上升到洞察世界的高度,无不宿命地注明了他现世的处境以及为何如此调侃爱尔兰、德国或者拉美作家在文学上的奇思异想和彼此影响,甚至将雷蒙德·卡佛那简约的写作方式缩略为"装作什么都不知道"。而且,把莎士比亚处理前人写过的素材视为此类写作的孤证(互换相似的东西)。而在《魔种》出版之前被宣称为封笔之作的《半生》中,那个写作的威利,却持有相异的观点,"他用这些取自自身经验之外的故事,用这些跟自己截然有别的角色,要比他在学校时所写的躲藏自己身份的寓言更能呈现自己的感受。他开始了解莎士比亚是怎么做的了——而这却是许多人大做文章之处——莎士比亚借取背景,借取故事,从不运用自己和周围人士的亲身感受"。在剧作中爱搞脑子的皮蓝德娄曾经忠告读者,作家通常以各种身份说话,他们的"创作谈"(本地的说法,与此配对的还有"深入生活")时常是彼此对立的。

相对于他隔了一页论及莫泊桑时特意以括号提示的:莫泊桑

总是写一生（想想莫泊桑那部著名的小说《一生》，以及奈保尔自己的那一部至少也有《一生》一半著名的《半生》。也就是我为什么认为我爱极了的《浮生》——它的译名太过文艺腔了）。"他总是详细交代时间地点，就算是次要的角色，也有名字和家族历史。"他在另一处，则嘲笑这种事无巨细的方法，"特别是我们还了解了他们目前的婚配情况，一开始，这样做会令人吃惊，可是后来，这种音乐一结束就抢椅子的游戏就根本不会让人吃惊了"（奈保尔不时向读者展示他令人或莞尔或捧腹的逗趣本领）。他认为，"在写作变得不顺畅，在必须应付难写或者微妙的地方时，陈词滥调无论如何就会滚滚而来。"他貌似沉重地说，"我当时未能读进去的那部分作家也有责任。"

比如他在批评鲍威尔那套长河小说中，写到某次轰炸大屠杀时说，"作家在处理这种奇观之事时，一定得小心谨慎，对于灾难和古怪的事情，一定要事先埋下伏笔，说人们在战时这样没有预兆地死去是没有用的，一本书就是一本书，一定得有自身的逻辑。"

书中有他作为小说家的示范性段落，似乎是技痒，或者抑制不住地想要露一手，更合理的解释是节奏的需要。比如第63页，对他给《新政治家》周刊写书评那会儿租借的住处的描写，"……燕八哥到处袭击花园，把赃物带上有窗的屋顶"；或者126页，当他围着世界绕了一大圈，坐船接近伟大的孟买之时，对港口的描写，"……彩虹色的浮渣"，等等。但是只要一转身，他从他不屑的英国同行那儿学来的英国式刻薄，立刻就冒了出来。比如"一个社会不言自明的主题总是本身，对于本身在世界上地位如何，它自有看法，一个变小了的社会，不能沿用原先的方式，即社会评论的方式来写"。"关于既变小了又被写烂了的这个社会"，你猜他这是要干吗？他这是在赞扬伊夫林·沃。他补充道，写作不能满足于"我也在场"式的叙述，因为"文化程度高的社会自有其陷阱"。

有时候，成功作家的生活无法为作家提供任何可以写的东西，"除了最后他自身的垮掉"。这是在说鲍威尔这头"冬天的狮子"的"平庸的完美"，"不是说平庸的最高层次，而也许是平庸到了极点，达到一个新高度"。奈保尔大概是最刻薄的在世作家了。他从一个岛国跑到另一个岛国，英国式的幽默对他大概也是"素材"式的。

《芽中有虫》一节读之令人顿生感慨，宛如一具好的机体慢慢品味就将你积累的品位逐渐地唤醒，重新充盈你的知觉。

关于安东尼·鲍威尔的这一篇却令人一时语塞，好像一下子拔开下水道的塞子，因为杂物太多（都是些好东西的残留物），期待中的一泻而下因为纠缠如发丝的伦敦往事反而在吱吱声中堵住了。

当然，纵观奈保尔一生（我只好暂时置他半生式的写作于不顾）的写作，显而易见的，他有理由骄傲地谈论他的经历，并且捎带着扬起的尘土。以91岁高龄辞世的酷评家伊丽莎白·哈德威克在为《河湾》撰写的评论中，归之于奈保尔以"僧侣的口气，批评作品中人物的滥情和虚妄"。

在故乡

此节，我们终于来到了无可避免的印度，来到奈保尔的起源,他的魂牵梦绕之地,多次往返,倾注了大量笔墨,他在童年时对"和个人有关的印度"近乎一无所知的地方。

只是由一个早年在他外婆院子里做床垫的沉默寡言的人口中,听说过一座火车站。"他能想到的印度只是一座火车站,"奈保尔说,"因为它比较大。"这些来自印度的劳工"对周围具体的世界没有感觉",就跟本节开篇谈论的以苏里南印地语写作的拉赫曼,"对时间流逝没有感觉,或者说无法表达出来"——"他身为一个作家,给了我很多,但是他对很多事情闭口不谈(是否令你想到奈保尔的作家父亲)。他的这种沉默,跟他在实际生活中的沉默是相对应的……就是带着不需要定义的东西生活。"甚至很像是"长篇小说的读者读着读着就忘了前边的,所以那位做床垫的人,也生活过,也忘了"。

我们随着这个终其一生,"从未失去对于世界的天方夜谭式的观念",奈保尔解释说,"即孩童式观念","那种把印度看作一个神奇国度的观念在印度遥不可及时,会一直保持下来"的拉赫曼(在他的"自传中,一点也看不出打动了尼赫鲁的那种穷困的迹象",在他的笔下充满了巫医式的奇迹的印度),进入本书的重中之重——穆罕达斯·甘地("圣雄身上有着圣者式的不合逻辑特点"),以及作为甘地部分行迹目击者的赫胥黎(他30岁时对甘地的描述,几乎是此后世界所通行的甘地的标准像:"个子瘦小,裸露的肩膀上披着一块围巾,剃过的光头,大耳朵,脸盘很像狐狸,形象惹人发笑")和尼赫鲁(他逐渐"学会了自我评价的艺术")。

这些大大小小的人物,或庄重,或卑微,以他们对印度的广泛的观察或者以偏概全的谨小慎微的写作,衬托着奈保尔对甘地的评述。

无法设想不谈印度的奈保尔，就像无法设想不谈甘地的印度。而在奈保尔看来，世人对甘地的肤浅了解，加诸印度时更甚，"我们中的有些人正在成为真正的殖民地人，染上殖民地式爱幻想的毛病，编造祖先和过去，以弥补我们此时自身的无足轻重之感"（我不由得想到海峡两岸暨香港、澳门在张爱玲去世后对她的无穷无尽的缅怀和塑造）。

奈保尔着意挖掘甘地由家乡而英国、而南非，最后转至迈向海边的抗盐税的步行，条分缕析最终造就甘地的卑微痛苦的一面，申辩世人对甘地的误读，并以甘地身后的一个自诩的继任者维诺巴·巴维（作为本书的尾声，他被描写为一个冒冒失失的"有着放屁一般的无辜"的蠢人）对甘地的模仿，他根本不能体会甘地的历程，无法想象甘地初到英国时，"不知道怎么样才能立足，觉得自己即将溺毙"的近乎窒息的感受，这感觉大概就是奈保尔刚到伦敦时的感觉。

就像那部由英国人拍摄的甘地传记影片一样，在奈保尔看来，甘地是一个经历了伤害的人，指出这一点并不奇怪，重要的是，他还提到了"另外一位印度人，佛陀，他和甘地都经历了伤害"。"佛陀的悟道，晦涩难懂"，实际上，在奈保尔眼里，甘地的如他的白色披肩（好的衣服几乎带有道德意味，他尊敬那些尊敬衣服的人）一样明白的经历也不是那么好懂的。甘地的反抗，较之奈保尔认定标志着现代小说真正形成的巴尔扎克的作品中的拉丝蒂涅，"爬上巴黎公墓的小山，俯瞰这座著名城市的'蜂房'，向其宣战，这是种不真实的宣战，甚至在拉丝蒂涅发誓时，他就能尝到嘴唇上蜂房里的蜂蜜"。而甘地，"他的政治性和他的灵性难以区别,他的嘴唇上,从未真正尝过蜂蜜的味道"。

在一个 1920 年间,"农民会将陷入泥潭的汽车抬了出来的地方"(抬的是尼赫鲁的汽车,在一部描写周恩来的中国影片中,也有类似的细节,并配以令人百感交集的音乐),奈保尔也许终其一生都会忧虑那个甚至印度人自己都无法深入的印度,"显而易见的印度式的杂乱无章,他想知道在印度,是否外表只能是外表"。

这是一个"上茶的女人为了表示礼数更周到、更热情,用手掌抹了一圈杯沿,还有人捧着灰色的碎糖前来,把糖倒进茶水里,而且那人礼貌到底,开始用手指搅拌糖"的"热情而盲目"的世界。

未知何处

奈保尔在遥远的故乡绕了一圈之后,返回了稍近的欧洲,与英国隔着海峡的法国,看看从来都是被奉为现代小说楷模的福楼拜。还不算太突兀,书中有一处"挂着产自印度的锦帐"。奈保尔认为他在《萨朗波》中犯下了错误。

对比《包法利夫人》之简约和出自观察和感觉的成果(奈保尔不厌其烦地分析了夏尔深夜被叫去农场主家出诊的经过,连带着和摔断了腿的农场主的女儿一起寻找他掉在小麦袋和墙壁之间的鞭子——以前用牛的阴茎做的马鞭。非常具有现代性)与《萨朗波》之抄来的烦琐(福楼拜自称这部小说是研究了两百部相关著作的结果),而且由于"福楼拜的超然,在读者和他所描述的之间竖起了一面障碍,这是遥远的戏剧"(奈保尔动用了较之福楼拜更加古典的作家,恺撒、写《金驴记》的阿普列尤斯,乃至西塞罗)。也呼应了前述奈保尔对作家必须从自己的环境及传统中寻找属于自己的素材的看法,那些来自二手材料的,对遥远世界的想象,即使出自福楼拜之手,也只能等而下之。

奈保尔认为此时的福楼拜像是"宴席上的贪吃之人,桌子上的什么都要尝一尝,任何一道菜也不能吃得真正开心……后来也未能对任何一道菜消化得够好"。事实上,奈保尔总结道,"很多细节加深了艰涩叙事中的不稳定性"(本该大段引述在奈保尔看来福楼拜失控的叙述,但我此时不敢使本已冗长的书评更加冗长)。究其缘由,"作家越是感觉不自在,就越是努力,使出浑身解数来证明他的观点。看到他如此深受其累,你会抱以深切的同情"。奈保尔笔下的那个语气是自我祝贺式的早期的自我宣传者福楼拜,完全背离了奈保尔"给文学中的现代敏感性下的定义,在衡量世界时,调动所有知觉,而且是在理性的框架内这样做——所谓更具个人化的观察及感觉的方式"。

这和萨特对福楼拜的研究相映成趣。唉,人就是一股无用的激情(萨特)。

在这本耗时一年零三个月写成的书的结尾,奈保尔在考察印度独立60年后,海外印度人"人均一部"自传体式的长篇小说写作后,疑惑这究竟是"老式的印度式的自吹自擂"还是"新的印度文学的觉醒",实际上,他认为"印度依然被隐蔽着";19世纪那些有过海外居住经历的俄罗斯大师则不同,陀思妥耶夫斯基们"是用俄语为俄国读者写作,俄罗斯是他们出版和拥有读者的地方,是他们思想发酵的地方",而"印度的贫穷以及殖民地历史、两种文明的谜题至今仍然阻碍着身份、力量及思想的成长"。

最后,允许我向译者孙仲旭致意!容我赘言,假设他完全翻错了(很明显,这说法是针对没完没了的、通常是幸灾乐祸的纠错运动的一种修辞),那更了不起,那意味着以他的洞察力"错写"了一部杰出的人性教科书。也许,是我一时高兴说岔了,但是,"有时候你口误却不想纠正。你装作那就是你要说的意思。然后呢,往往会开始发现那错误中也有些道理在"(奈保尔《半生》)。

■ 王 蒙

作者简介

  1934年出生于北京,祖籍河北南皮。1948年入党。曾任团干部、公社副大队长、中共中央委员、文化部长、中国作家协会副主席、全国政协常委等。1953年开始写作。著有《王蒙文集》45卷,获茅盾文学奖、意大利蒙德罗文学奖、日本创价学会和平与文化奖。获俄罗斯科学院远东研究所、澳门大学荣誉博士学位,日本樱美林大学博士学位。为约旦作协名誉会员。在世界20多个国家有作品译本出版。

作 家 印 象

　　王蒙的父亲曾执教北京大学，他的名字便是父亲的朋友何其芳根据法国小说《茶花女》中的主人公阿芒所起。正如这个名字一样，王蒙不论经历何种苦难，永远充满了执着的斗争精神和浪漫的理想主义色彩。

　　20世纪五六十年代，王蒙曾被打成右派下放新疆伊犁15年之久。尽管是谪居之地，王蒙却对新疆充满了感激之情，新疆人也把他当作贵客。王蒙自学维吾尔语，与新疆朋友同吃同住同劳动，心心相印，惺惺相惜。在新疆的那段经历是王蒙生活中最艰难而又最充实的时光。时光流逝，今天，时隔半个世纪回望那段岁月，耄耋之年的王蒙有着格外的感慨。在这片热土上，有他的青春岁月，有他的付出和成长。他饱含深情地回忆那段难忘的人生经历，更是珍惜当年的维吾尔族朋友给予他的帮助，他们的热情奔放、乐观豁达。正是在这样的心心相印中，他们共度难忘岁月。这是冥冥之中的坚实因缘，也是共度苦难的伟大友谊。

——李　舫

维吾尔人

■ 王 蒙

一 春天

原来不知道中国有个维吾尔族,1949年以前,中国官方最多承认咱们是汉满蒙回藏五大民族。知道维吾尔是始自庆祝中华人民共和国诞生。那一回中国一下子出了56个民族。

应该是1950年新中国成立周年的文艺晚会吧,来自新疆的维吾尔族艺术家表演了《迎春舞曲》,"哎,我们尽情地跳跃,在五星红旗下面,我们快乐地迎接着,美丽的春天",这歌声的曲调像是抛出的绣球,夹带着泪水滚得遍地碧草如茵。"太阳一出来,赶走那寒冷和黑暗,毛泽东给我们,带来那快乐和温暖。"不,它不一样。许多云南的歌、东北的歌、蒙古族的歌、藏族的歌,它们都是倾吐,是诉说,是表达,是呐喊。而维吾尔族《迎春舞曲》是潮涌,是波浪,是滚滚滔滔,是一片汪洋,是从心的深处燃烧起火焰,是笑逐颜开也是泪流满面。尤其是,在唱到赶走了"寒冷和黑暗"的时候我听到了婴儿与妇女的哭声，包括"哆拉哆拉，与梭梭梭梭梭梭哆"的过门，被后来北京的淘气鬼孩子们唱成"人人都说辣椒辣"的，也是那样激动心肺，化释块垒，按摩灵魂。

后来知道这音乐的旋律取材于《十二木卡姆》舞曲。它给了我冲击，我怔在那里：什么歌舞体会得如此深深，它表现得如此披心沥胆。应该就是此次晚会上吧，"火树银花不夜天，弟兄姐妹舞蹁跹"，柳亚子赋词；毛主席和之："一唱雄鸡天下白，万方奏乐有于阗（田）"。于田是和田地区的一个大县，古代还叫过于阗国呢，那里百分之九十几的维吾尔族居民。那里的妇人，除了围白纱巾，还常常在纱巾上别住一个小小的如同玩具一般的小黑帽子，似有含意。别的县市，没见过这样打扮的。

更早接触的是王洛宾改编的新疆歌曲："温柔美丽的姑娘，我的都是你的，你不答应我要求，我向喀什噶尔（河）跳下去。"1964年坐车快要到达喀什时经过喀什噶尔河，我为有幸亲眼看到寄托了爱情的决绝幽默的喀什噶尔河，而狂喜得几乎喊起来。还有最初听过"那天从你门前过，你端着一盆水往外泼"，"掀起你的盖头来，让我看一看你的脸"，"达坂城的石头硬又平啊，西瓜大又圆啊"……那是1948年平津学生大联欢时唱起来的歌曲，由中共中央华北局城市工作部领导的北平与天津地下党组织的。城工部的办公大楼在河北省泊头市，坚牢的高墙建筑，像一个碉堡。城工部部长是刘仁，副部长是武光。

1951年，我在区里做其时还叫作新民主主义青年团的工作，结识了一位自行从乌鲁木齐来到北京上中学，并且成为一个积极分子、团员、团干部的女生，从她那里学会了用汉字标识的维吾尔语发音唱《伟大的毛泽东》：

"巴哈米兹能巴哈班尼达赫依毛泽东，阿亚特米兹能甲尼甲尼达赫依毛泽东……"（我们花园的园丁是领袖毛泽东，我们生活的意志是伟大的毛泽东……）你能不为这样的歌词而感动吗？

1952年，庆祝中华人民共和国成立三周年，苏联派来阵容强大的艺术家演出团，来自乌兹别克斯坦的人民演员姑海丽·巴依用汉语演唱了这首关于伟大园丁的歌曲，而且在原歌唱"万岁万岁万岁"的地方，用生动的笑声代替了吐字，以笑为唱，以唱为笑。维吾尔语中的小舌音与送气音，发音部位深入，歌声更给人以掏心窝子的感觉。维吾尔人表达痛苦的"啊赫"与表达疲累的"呜夫"绘声绘象，令人感同身受。我想起后来读到的维吾尔／乌兹别克诗人纳瓦依的名言："忧郁是歌曲的灵魂。"一旦忧郁沉重，就会更期待忧郁的消释，就会以生命倾吐，以生命讴歌，以生命呼唤。忧郁的灵魂盼到了伟大的园丁与满园的春色，怎么能够不欢歌笑语如花儿盛开？那次演出中还有苏联人民演员、哈萨克斯坦的哈里玛·纳塞罗娃，她唱了《哈萨克圆舞曲》，同样带动了满地欢笑的翻滚。

这样，1963年，我在中国文联组织的读书会上与新疆文联的领导同志策划了去新疆的事宜，为此我给妻子瑞芳打电话，她立即回答："新疆挺好的，新疆的歌舞挺好的。"

而对父亲说了我去新疆的前景的时候，父亲的第一反应是："新疆的维吾尔人体形很好……"

如此这般，1963年底经过中途换车五天四夜旅程，第五天黄昏时分到达乌鲁木齐火车南站，一开车门，还在月台上，立刻被车站扩音装置播送的维吾尔语歌声所陶醉，所惊叹，所新奇。抬头是博格达峰的皑皑雪山，然后是乌鲁木齐河引入了和平渠，还有街道的冰天雪地，是内地不常见的橙红色橘黄色洋铁顶楼房屋顶，是奇妙的维吾尔语与维吾尔文字与汉语汉字的相伴……

赴疆不久，见到了从北京去的大作家大诗人，他们刚刚从南疆回来，他们众口一声地赞美词是："多么好的人民！"

你为什么这样高兴？莫非你以为自己是去旅游？好的，我引用过《红楼梦》里有的版本说是黛玉、有的说是宝钗的诗句"焦首朝朝还暮暮，煎心日日复年年"。我知道那并不是一个快乐的年代。然而不正是那个不快乐的年代更需要光明、乐观、自信或者是叫作文化自信，需要尽自己的力量学习上进充实，需要创新，努力汲取新的生活经验，经营新的生活方式——我称之为生活创新吗？

在那个不快乐的年代，我开始了我的地理创新、知识创新、文化领域创新、交友创新、写作题材创新，或者可以说是命运创新、人生创新！我没有可能创新那时的政治气候，但是或许当真敢于创新自己。

二　麦盖提·洋达克

新疆，维吾尔，一个极有特色的地方。山重水复疑无路，柳暗花明又一村。天外有天，山外有山，城外有城，言外有言，曰维吾尔语：阿尔泰语系，主宾谓结构，黏着语，一个动词十来个词尾。诗外有诗，中国除了四言五言七言还有西域的"柔巴依"与"格则勒"，而唐明皇早就制定了来自龟兹（今阿克苏）的词牌"苏幕遮",范仲淹吟咏了"碧云天,黄叶地,秋色连波,波上寒烟翠",成为最有名的"苏幕遮"形象代言人,他是北宋名臣,他词通新疆,神通新疆。

我在赴疆路途上写的诗句有:"日月推移时差多,寒温易貌越千河,似曾相识天山雪,几度寻她梦巍峨";"乌鞘岢峰走铁龙,黄河阔浪跨长虹,多情应笑天公老,自有男儿胜天公"……

1964年夏,我来到了喀什地区麦盖提县洋达克乡红旗人民公社。"洋达克"的原意是骆驼刺,就是说那里是一个长满沙漠野生骆驼刺的地方。骆驼刺是草外有草:远芳何必尽如茵?劲草星星亦动人!劳动旗红闹戈壁,骆驼刺里韶华新!由于工作成绩,那里被自治区领导王恩茂树立为全区三多(粮多、棉多、油多),五好(好水渠、好林带、好条田、好道路、好居民点),一强(人强)新农村榜样。

县文化馆派了工作人员阿不都米吉提·阿吾提做我的向导与半通不通的翻译,帮我深扎人民,深入生活。他是我较深结识的第一个维吾尔人。他戴着巴达木黑白花纹小帽,经常穿着条绒衣服,朴厚、谦逊、彬彬有礼,面带笑容,满头大汗,冲刷脸上的泥沙,带着浓重的南疆口音艰难地说着汉语,向我介绍各方面的情况,陪我采访了当地的库万大队书记、买合甫汗妇女队长等著名先进人物。我们每天晨兴夜寐,东跑西颠,辛苦得很,也感觉新鲜得很。那时候农村电话只有手摇式的,当听到库万(即库尔班)使劲摇着电话机,吃力地叫喊着"曼,库万书记(我是库万书记)",很有不同感。而买合甫汗说话时频频摊开双手的姿势也显得极其大气,甚至使我想起苏联表现二战后东欧风云的影片《阴谋》,片子的主角是一个女共产党人政治家，买合甫汗的风度紧跟此姐。

只是阿吾提的口音土得掉渣，特别是所有的 F 音他一律发成 P，房子叫成"旁子"，吃饭说成"吃盼"，叫人忍俊不禁。他常常显示着满脸满身的泥汗，不知道是不是与下述状况有关：饮用水是从大渠里或者一种叫作涝坝水塘里舀上来的，而渠水涝坝水都裹着泥沙。你喝一碗水，速度慢一点，快要喝完的时候会发现不少沉淀在碗底的泥沙。而喀什人最潇洒的午餐方式是带上一个苞谷馕，走到渠边，拿起一个馕，嚛地向上游抛去，然后是馕被水流冲下来，然后再去捡拾馕饼。喀什噶尔人"逝者如斯夫"的要点不在于"不舍昼夜"，而在于"润我馕饼"。润我馕兮，渠水长流，逝者如斯，无夜无昼。有斯大渠兮，无患无忧。他们会感激水与水渠，小麦、苞谷、菜籽、棉花与馕。如果孔圣人看到南疆维吾尔人的逝者如斯，他会不会有更接地气的不同的感受呢？喀什人觉得吸了水的馕饼已经够湿软，就可以开口享受上苍的赐予了。而宗教徒的进食伴随对于主上的感恩。如果还偏于干硬，再向上游抛 N 次捡拾 N 次，齐活。

新疆有一种说法，说是肉食为主的哈萨克人一年要吃一车动物的毛，吃菜多的汉族是一年吃一车草，而维吾尔人是一年吃一车土。倒不是仅仅指大渠水里的泥沙，尤其是指用陶土做的馕坑土炉，咸而香新烤熟了的馕背面，总会多多少少地沾上一点用盐水和泥烧就的馕坑壁上的土。那个土也好吃。本来咱们就认为人是女娲用泥捏出来的嘛。

米吉提带我去县里与他的朋友伊明相会，伊明穿着翻领土布衫弹着都塔尔（双弦琴）循循善诱地教我唱影片《阿娜尔汗》的主题歌。而在县委招待所基建工地上，我听到了抬生土坯的女孩子边干活边唱"阿娜尔姑丽"（石榴花）的原版。原版唱道："夜晚我睡不着觉啊我的孩子，且先赶走聒噪不休的鸦鸟。"而影片版的唱词是"我的热瓦甫琴声是多么响亮，莫非装上了金子做的琴弦？"那种呐喊式、召唤式、不吐不快式的歌唱，给我的心里注入了一片光明、一片自由、一片活泼泼沉甸甸的强调。我还发现维吾尔人干起活来相当轻松，他们很少用肩挑运，他们两个人抬一个抬把子。抬把子是红柳条编的，面积不小，凹陷很浅，放上要运的材料，例如砖瓦土石，二人四手抬起来走，我的经验是抬的物件很少超20公斤的，费力比肩挑小得多。

阿吾提此前结过一次婚，后来"另干了"（这是维吾尔人吸收的汉语口语对离婚的说法，生动精确），我来时他刚刚再婚，他的新婚妻子是确确实实的美女。这个时机让这位哥们儿去洋达克村陪我"采风"，确实太扫兴而我未免缺德。所以他与我一道，对我来说即使有一千般好处，却有一条坏处：与我一起活动上三四天，就要找借口离开农村回县城找媳妇去。而他说的"明天回来"也是极其靠不住的，他的明天多半是明天的明天或者是明天的明天的明天……他的善良、友谊与好脾气里包含着一种稀松、拖拉、没有准头、跟你穷对付。真是好人啊，真是没有办法呀！

而后林花谢了春红，太匆匆！20世纪90年代初，经过了一番大历史的风云变幻，已在北京定居的我再一次到喀什讲演，这位老友米吉提专程从麦盖提赶了来，经过四分之一个世纪，在全新的情况下再次见面，很是感动。只是见面握手，分别握手，人头簇拥之中，一切的一切何其仓促！

此后进入新世纪，老友阿不都米吉提·阿吾提逝去，归于永恒。是担任多年喀什地区妇联主席的茹仙古丽与我取得了联系,她是米吉提的女儿。我们多次在北京见面,包括她的两个女儿都请到了家里吃大盘鸡与抓饭。她特别告诉我,她的父亲坚持孩子们必须上汉语学校,以扩展孩子们的发展空间。今年春节前还收到她寄来的喀什噶尔馕饼。我对喀什寄来的馕充满期待,然而,毕竟不是当年的味道了,这些事,后面分解。

三 巴彦岱

1965年,我干脆去到了伊犁哈萨克自治州伊宁县巴彦岱镇红旗人民公社二大队劳动锻炼。我与维吾尔、哈萨克、汉、回、满、蒙古、乌孜别克、俄罗斯、柯尔克孜各族社员同吃同住同劳动了年复一年。我住到了阿不都热合曼·努尔与赫里其罕·乌斯曼老夫妇家里。应该是土改以后,没有结过婚的热合曼与丧偶的赫里其罕结为夫妇。热合曼那时一无所有,赫里其罕则有一套房子。他们在1960年困难时期收养了来自兰州孤儿院的孩子郜周安,将其更名为阿不都克里穆。他们有一个小院子,三株大苹果树,一个葡萄架,靠近木门——应该叫"柴扉"——是玫瑰花。我住进克里穆原来住过的一间厢房,只有四五平方米,一个土炕,内墙上挂着一张未经鞣制的生牛皮,散发着腥味,还有一面细箩,与牛皮综合成一张现代派画面。小房间的木门有意留开了门楣上的一个三角形空隙,提供了鸟儿飞进飞出的通道。而我住进去没几天,一对黑色的燕子飞来了,在门楣上方门梁上安家落户,开始了勤劳的筑巢安居工程。

热合曼首先发表了感想,传出去了:老王是个善人,好几年没有燕子来了,他一到,燕子就在他眼前筑起窝来了。用燕子筑窝考察人品是不是可行,我不清楚,也无意向组织人事部门推荐这样的识别人品方法。但是至少说明我与飞鸟相亲。一只燕子、两只燕子,然后孵化出四只小燕子。我的小屋每天凌晨四时开始燕子的家庭联欢,小合唱与二重唱、三重唱、四重唱,也有对话、研讨会、辩论小品、语言类节目。它们的声音好听,它扰乱睡觉,它叽叽喳喳,它哓哓喋喋,它亲亲密密、黏黏糊糊,足以填补我来到村里头五个月只有孤家寡人时难免的一点点孤独。

天色渐亮,我也渐渐醒转,我干脆从矮矮的土炕上站立起来,走到燕巢旁边,与燕子室友与家族成员互问早安。阴影里我看到了那么多双小小的黑中透亮的眼睛,然后是小脑袋,然后是翅膀上的羽毛。巨大的与不无茫然的我,与它们这个亲密的多话家庭结为一体。我不胜这种生命的差别与奇异,相通与相亲。此前,无论如何也想不到这样的脉脉含情与一片嘈杂的新的生活体验。

羡慕小燕子的热络,知道了燕子除了觅食、哺喂小仔、打盹,它们的生活内容便是交谈沟通,如陕北绥德民歌《三十里铺》中所唱的"说不完的话",民歌说的是见到了"情哥哥",燕子则是见到自身夫妻儿女一家子,至于它们怎样在门楣上分析切磋,就是我所不知道的了。我决心也要在新的环境交谈,也要说话,也要了解维吾尔人、哈萨克人等新疆各族同胞。我要和人民交流如燕子呢喃的频密与多情,不论有多少莫名与难解,我相信人民,我相信生活,我相信辽阔的新疆,相信燕子飞入寻常百姓家,不介意你的民族归属与是否具有王谢大户背景,我更相信我们已经并且终将生活在永远的春天。我也相信这燕语的调性,相当靠近维吾尔语。头一年春天在南疆莎车，自治区党委书记林渤民同志特别鼓励我深入生活，学习维吾尔语。他说生活就是恋爱，通过翻译"搞"恋爱不是好办法。好挑毛病的人儿们，也许会质疑生活怎么还需要特别嘱咐去深入，但是我完全明白，如果一切是自我自由，我不会深入到那么深入的地方去。

而一家燕子，除了亲昵，除了温馨，除了涉嫌小资与琼瑶、邓丽君情调外，它们还告诉了我生命的威严与胜汰无情的铁律，以及小资的不中用。一只雏燕涉嫌疾病，它被抛到地上，温情"燕道主义"使我拾起落地的半死不活的雏燕放回燕窝，没有等我来得及转身，病燕立即再次被衔抛于地。我似乎看到了燕子父母的怒目而视，它们正在准备必要时把王蒙也叼起来，抛到我们常说的"历史的""社会的"垃圾堆中，而燕子们也许会说是"生命的垃圾"堆里去。

不成功，就成仁；不垃圾，您就努力深入生活、深入边疆、深入亲爱的各族人民吧。

四　好汉子

20 世纪 60 年代，八届十中全会以后，政治形势一天紧似一天，我难以再在自治区文联上班，下乡参加"四清"社教，也因政审不合格被退回。区党委与文联的领导想出了一个极好的方法，下放我到一个条件较好的伊犁州伊宁县巴彦岱镇红旗人民公社锻炼，兼任二大队副大队长。从此我开始了村干部生涯。"文革"开始后不再提副大队长了，但我的大队干部身份已经树立起来了。

二大队大队长马穆提·乌守尔刚刚去大寨取经回来。他是大队干部中年纪最大的一个。他穿着一身黑条绒衣服，口里常含几粒用烟草制就的"那斯"，品味苦涩火辣，专治稀松懒散。他的雍容微笑，他的身高力大，他的端庄诚笃，他的腹腔共鸣男中音……我越琢磨越佩服，他本来足足地像一位族长、议长、军政委、副总统，至少也是董事长，但是他，真的，是文盲。

直到六月初，他还穿着这一身黑条绒。我才知道，他欠着生产队的账，在参观大寨支用了生产队的钱以后，他不可能再有购买替换冬装的衣衫的普鲁，普鲁就是现钱，在新疆，最最不懂民族兄弟的语言的汉族，也知道这个词儿。

怎么回事呢？他的"阿衣郎子"即妻子据说是花钱太快，或者说是收入的普鲁太少。我也见过这位大队长夫人，有点娇滴滴，白白软软细细，哼着哟着喂着呷着走路，有病呻吟与无病呻吟相结合。维吾尔语的主要感叹词是"喂呷"，相当于"唉哟"。更重要的是公社整天开会动员女性社员出工，但是此姐绝对不出工，据说自古他们的妇女是不下地的，她不能接受"男女都一样"的观念。就如自古打麦场上大牲畜是不戴笼嘴的，他们认为夏收季节是老天对万牲包括人类的恩惠。麦收期间人与马都可以放开肚皮。我见过多少次，上级领导前来检查麦场，他们临时给牛马戴上笼嘴，领导一走，立即解放牛马的嘴巴，搞得牛马消化不良，整吃整拉整粒整团。习惯的力量令人恐怖。

而上过学的维吾尔人也喜欢找我讨论，毛主席所讲"时代不同了，男女都一样"究竟是什么意思。译成维吾尔文以后，文本无论如何会令人解释为："时代更替变化很大很明显完全不同啦,但男人女人分类则变化很小很少,时代已非原来的时代,男女则还是照样的男女。"我给他们解释这是指时代变化引起了社会观念的变化,过去认为男尊女卑,男强女弱,现在认为男男女女平等,同工同酬等等。他们死活接受不了我的诠解,他们在语法上如此呆板较劲,令我觉得绝望。我怀疑他们不接受男女平等观念,他们有意无意地跟你抬杠,将意识形态的命题歪曲为语言学(非意识形态)死结。

还是年轻人可爱,他们动辄走在一起唱"打格打格哟路哒蒙唉米孜"(我们走在大路上)与"丁艾孜哒帕拉霍特塔衣内普蒙啊"(大海航行靠舵手),传达的是昂扬与清新。

马穆提大哥传出来的一个故事使我感动——有一位当地的老新疆汉族社员告诉我,有一次大队长一边在大渠边走路,一边自言自语,被这位汉族农民听到了,大队长一路与自己谈队里的工作事宜:这块地的深耕,那块地的轮作,还有优秀麦种陕西134与乌克兰86……

大队支部书记叫阿西穆·优素普,绰号是黄胡子。"黄胡子"一词在这里本来代表的是东北抗日联军旧部。一部分抗日联军人员在形势不利的情况下进入苏联,辗转来到新疆伊犁地区,他们作风彪悍,与当地居民开始时有些隔阂。而阿西穆的黄胡子,纯粹是生理细节特点,他的胡子不仅黄,而且稀疏,不如大队长的派头。

他也是文盲,他说话办事极有章法分寸,他讲的话无懈可击,他处理各种事务公正合理。有一次赶上了伊犁地区数十年不遇的大雨,新疆地区那时的特点是农家屋平平的泥顶子,靠厚厚的麦草泥吸收与散发雨水,冬天则是爬上房顶把积雪扫下,在这个冬多雪而夏少雨的地方，无须考虑房顶雨水的引流。一旦下了大雨，房泥吸水饱和，不但会滴答水，还会叭叭地从房顶往室内掉泥片泥块。夜间大雨，阿西穆把大队干部全叫了起来，我不忘大雨中阿西穆带着我到一些穷困、屋顶泥薄的农家检查漏雨落泥情况，接引老弱病残人民公社社员到大队部避雨的情景。农村干部是经常在火线上拼搏的。大雨中农村干部救援弱势农民的经验，我写到获奖长篇小说《这边风景》里，这就叫作"生活是创作的源泉"。

听过一次书记同志的长篇大论，是教训大队的会计与出纳，那是两个帅气的小伙子，两个人工作有了差错，书记结合忆苦思甜给两人上了一个多小时的阶级教育课，诚恳雄辩，高屋建瓴。

阿西穆翻修自己的房屋，我参与帮助他上过顶子，站在高处脚手架上搭手运送摆正梁、檩、椽、苇席……农村都是这样，盖房靠自家，上顶子时候乡亲邻友一拥而上。一直到数十年后，每逢回到巴彦岱，见到阿西穆兄，我都会问他房顶子的情况，以示对他的屋顶施工质量终身负责。

他90多岁了，有点罗锅，还算健康，不久前我在巴彦岱见到了他。我表达了对他老的一点心意。

大队还有一位与我"级别"相当的副大队长塔里甫，"塔里甫"一词是伊斯兰神学研究生的意思，是阿富汗的"塔里班"一词的词根。我们的这位塔里甫显得带几分儒雅乃至文弱。他常常要黑夜骑马去各田地检查浇水情况。他有一个10岁左右的男孩，长得眉清目秀，却有佝偻病，背腰腿脚发育不良，站不起来也坐不起来。我去看望他们，给他讲了一大堆补钙呀补维生素D呀之类的话，他表示他全懂，也都做了，但是不管用。

然后他说了一些我听不懂的名词与理论，表达的是无望。后来，这个病孩子去世了，令人难过。

本村有一对近亲结婚的极友善文明的夫妇，男方是中央民族学院的毕业生，不愿在喀什任教，回来当农民。他是乌孜别克族，而乌孜别克语与维吾尔语的差别小于北京话与天津话的差别。他有一个聪明伶俐的儿子，却渐渐显示出来了发育不良的疾病，也早早地夭折了。他的父母非常悲伤，为儿子举行了正式的乃兹尔葬礼祈祷。以至于村里有人提出质疑，认为做法有些夸大了。

大队有一个出纳，聪明麻利，善于言谈交际，他与一位地主的女儿恋爱，当时正是抓社会主义教育运动的高潮，对于地富后代的阶级斗争是很敏感的。我大队对他的这个可能被认为是中了阶级敌人糖衣炮弹的婚姻居然没有什么反应，"社教"工作队来了四五个月，然后走了，也对此没有什么说法。在某些条件下，马虎与厚道彼此不能分离。他与所谓地主的闺女正常地结了婚，他们的生活很幸福。我听到过那位女孩子"哥哥"长"哥哥"短地叫他，那个女孩老实巴交而且甘甜，她的大眼睛流露出太多的请求与期待。

....

十　温柔

写到这里我才越来越意识到我对新疆、对维吾尔人的记忆里的时间元素。不可思议，不可接受，不过如此。半个世纪以前的事了，人生能有几回五十年？孩子，不哭！回忆中的事件与人物都变得分外温柔。我已经告别了20世纪,告别了巴彦岱,告别了那么多亲人、朋友,往事似烟非烟其实都没有什么大不了的。那时的友人,一个又一个地离我而去。连前面提到的在维吾尔父母照顾下成长的汉族孤儿郜周安——阿不都克里穆也于2017年春季离世。叫作天人相隔,叫作一去不复返,叫作仍然活鲜。那时去一趟新疆,先从北京坐火车到西安,下车住店,第二天午后上另一趟车走四天三夜才到乌鲁木齐。那时的旅行为什么反而富有凄楚与壮阔的情怀?记忆至少是刻下了那么深。而现在的四小时飞行,也许只剩下了时间带来的焦躁与期待,却失去了对于空间与道路距离的感受。那时候新疆没有啤酒,极偶然来一点啤酒,卖一块多钱一瓶,而在北京原价是三毛六。那时候烤全羊是一个神话中的概念。那时候人们将喀什说成"哈什",现在,人们都读如喀秋莎的kā了。那时候伊宁市最高只有三层楼房,现在伊宁市最高的是沿伊犁河建筑的恒大雅苑与恒大绿洲公寓,33层楼,不加屋顶设备间是98.18米。那时候乌鲁木齐最繁华的地点是南门、大十字、小十字、百花村,而最雄伟的高层建筑是昆仑宾馆,俗称八楼。现在八层大楼算是什么呢?八楼的附加建筑其实已经是九层楼了。八楼生活在更高耸得多的楼群里。只有在刀郎的歌里八楼还略显神气。而我在的那时,二道桥建个小小的百货公司也要大肆报道。现在地名依旧,风物全新,车水马龙,宾客如云。但是我已经找不到当年的馕的味道,那时发面靠的是酵面,发酵到欲酸未酸之时,掌握好火候赶紧打馕,馕有一股西北地区叫作酵头子的朴厚生鲜的味儿。现在多用发酵(其实是膨化)粉,那股子微微的鲜酸头儿没有了。加上也可能是陶土馕坑变成了金属馕坑,甚至于是馕坑变成了电烤箱,你上哪里找真正的老馕去?所谓祖母的厨房,只活在、仍活在记忆里。包括最最受欢迎的摩登的阿不拉馕,也与记忆错了位。工具与材料进化无罪,老王的记忆正在过时,呜呼却未尽哀哉。

还有南疆到处栽种的白桦树,过去的新疆人根本没有见过。茅盾写过的名篇是《白杨礼赞》,现在已经被确实更美好更成材的白桦替代了。援疆的专家从自己的家乡找到了最适合新疆水土的内地树种。而过去的沙枣,又如何能与若羌的灰枣与和田的骏枣相比,后二者树苗来自内地,带来的是无与伦比的营养与美味、滋补与效益。若羌连续8年是西部12省中农牧民人均收入最高的县份。骏枣大如梨,枣肉嚼起来如半干牛肉。新疆不但是灯火耀高楼,通明不用愁,而且有例如库尔勒的孔雀河上的游船,让人想起巴黎的塞纳河。

毕竟还有胡杨林,还有雪山,还有塔克拉玛干的沙漠,还有电影歌曲《花儿为什么这样红》的背景艾提尕清真大寺与巩乃斯草原,弃我去者昨日之日不可留,迷我眼者今日繁花迷行舟!你相信这里写的是新疆吗?

而且,人事早非当年。国家领导人已经改变了若干届。新疆的老领导,一个个离开了我们。在"文革"当中有过戏剧化经历,而且更早担任过我所向往的中共中央华北局城工部副部长的、1911年出生的武光同志,活了104岁,于2015年去世,之前我到北京医院看望了已经昏睡的老人家。分管过文教工作的书记、"一二·九"运动中参加革命运动的林渤民同志,后在京任中国科协党组书记,我在医院与他碰过面。他在2014年去世,享年99岁。是他从一开始就谆谆嘱咐我一定要学维吾尔语,并且策划了"文革"前夕对我的赴伊犁"锻炼"的最佳安排。他仪表堂堂,永远透露着几分高贵与文雅。

赛福鼎同志一家都与我友好亲近,我至今感到赛老的音容笑貌。赛老最怕、最想避免的就是维吾尔民族落在发展与潮流的后面。赛老最期盼的就是以《十二木卡姆》为素材,做成大交响乐,举世演奏,响彻寰宇。而健在的司马义·艾买提、阿不来提·阿不都热西提等同志,与他们的交流,仍然时时唤起我的新疆乡愁与对维吾尔等各族同胞亲切的与特别的情思。

时间哪里去了?不,哪里也没有去,时间在我心里,你们在我心里,友情在我们心里,微笑与眼泪在我心里。我也在你们心里。

时间在天地间也在天地外,时间就是天命、天心、天意。我在梦里滔滔不绝地卖弄维吾尔语,我与你们一起扬麦场、掰玉米、浇夜水、说笑话(也许是语带双关),余音绕梁。我还被邀参加你们的许愿聚餐,叫作乃孜尔,你们颂祷,我安静地坐在一边祝福。

一切都是瞬息,一切都会过去,一切仍然刻骨铭心,一切仍然生动栩栩,形神俱全,欢声笑语。神龟虽寿,犹有尽时,感恩之心,永无止期。天长地久有时尽,此爱绵绵无绝期。也许本来应该与你们一道活得更好?也许并没有遗憾,只有满意,只有得意。试试为我做一个其他的设计,能不能在那样的岁月中活得这样有收获而且居然不乏欢愉!人可以老,友情不老;人事可以无常,人心有常;政治社会情势会有这样那样的变化沧桑,人民、国家、乡土的眷顾万古长青,百年如一日。对于永恒来说,千年如一瞬;对于虚无来说,瞬间永远,心动即是永恒,泪花即是永恒,一笑一颦皆是永恒,一诗一文更是永恒。我有过各种愚蠢与昏乱,所幸是从没有虚无,充满生命与趣味的新疆与维吾尔,填充丰富了我本来最可能最痛心的空虚。唉,阿不都热合曼哥,唉,赫里其罕姐,唉,铁依甫江哥与霍加也夫哥,王蒙想念着你们,念叨着你们。道可道,非常道,乃大道,善良依旧,爱心依旧,俏皮依旧,记忆与怀念温柔了天山与塔里木河、枞树林与茫茫大漠、和田玉与胡杨林、《福乐智慧》与《木卡姆》、龙卷风与雪峰……塔玛霞的快乐精神永远护佑着中国维吾尔人,中国山山水水,民族56个!

1967年,伊宁市发生了两派小将间武斗。后来,一位维吾尔教师问我,年轻人怎么这样激烈啊?我们这边,我们是一批手软的人,我们怎么能在政治辩论之中下狠手呢?

当时他说的是事实。请看人们描绘当时一些城市两派形成以后的情况:维吾尔干部见面后,有时互相问候"你是什么观点?"一位回答说,"我是造叛(反)",另一个人则说,"曼(我)保杭(皇)",然后笑嘻嘻再见。应该说他们是怀着塔玛霞的游戏精神来参加"文革"的。汉族干部就紧张多啦。瑞芳妻的教书同事祖尔东·萨比尔,后来是著名作家,当时在伊犁二中闹了一回"革命",过了个把月发现"革"得无趣,学校又停了课,干脆回了大湟渠——人民渠龙口附近团结公社老家,过了大半年,说是要复课闹革命了,他回来了,同时带上了一个俊俊的媳妇。

1967年我从北京接来了我的姨母董效帮助料理家务,姨母到后没有几天发作了脑出血，不幸去世。那一天午夜，我发觉了姨母的病情严重，临时带去诊病，援我以手的就是这位认定维吾尔人出手绵软的老师。他半夜赶起了马车，送我们到了医院急诊。

许多年过去了，情况自然有各样的变化，但是我仍然乐观，维吾尔兄弟姊妹是笑眯眯的，是绵软的，是活泼与快乐的。他们说："可以听阿訇的话，不能学阿訇的样儿。"他们喜欢商品交易，他们说："如果一天没有做成生意，那就把左口袋里的商品码到右口袋里去吧。"伊犁的哈萨克人称维吾尔人是"萨尔特"，萨尔特一语是小商人的意思。他们是具有中国新疆特色的人民，他们营造的是世俗生活，不是极端的神权狂热。他们永远不可能接受三种势力的疯狂与仇视。

他们有什么缺点吗？当然。我前边已经提到他们借自行车十分钟，闹不好是三天后才还给你。他们有的人会向你借钱，让你十分为难。我就多次碰到这种情况，包括一个很有分量的人物写一个小纸条来借钱的事儿。多数情况下他们会拖延还钱的时间。但是你一旦调动工作，要离开那边了，会有许多你忘记的"债户"来找你"还账"。债户实在凑不齐现款，也会提着奶油或者手工纺织的土布或者挑补花的窗帘来与你告别。他们有他们的底线。

在我最最不快乐的处境下面，我与维吾尔弟兄一起享受了生活的别开生面的和蔼与童趣，在一个不快乐的年代，我天真地度过了当时看来可以说是也算够快乐了的、更是大有获得的16年。说起1963年到1979年，我越来越庆幸。有道是人生如球场，关键在后半场，即使前半场开局精彩，进了球却误判越位,然后一不做二不休连续被误判罚进了五个点球,以零比五败得惨不忍睹,架不住下半场天时地利人和技高志猛而且绝对不犯规、不呷兴奋剂,您与各族队友进了六个球!悲莫悲兮生别离,乐莫乐兮新相知,何所遇兮维吾尔,念伊犁兮长相思。至今,回忆你们的故事仍然使我充满了快乐与温暖,甚至是得意扬扬。我想念你们,我感恩你们,我祝福你们,我也惦记你们。今天还有事儿,明天好得多。今天还有莫名其妙的外来病毒妖风的影响,明天会雨过天晴,阳光灿烂,新疆是一个日照最充足的地方。老王与你们一起,内心充满阳光。

■武 歆

作者简介

天津人。1983年开始发表文学作品。著有长篇小说《树雨》《黄昏碎影》《天堂弥撒》等，中短篇小说自选集《诺言》，散文集《习惯尘嚣》等。另在《当代》《人民文学》《中国作家》《青年文学》《北京文学》《山花》等发表中短篇小说多篇。作品多次被《小说选刊》《小说月报》《中篇小说选刊》《中华文学选刊》《新华文摘》《作家文摘》等转摘，并有作品多次入选年度选本，译成外文，并获奖。部分作品被改编为影视剧。现为天津作家协会副主席、文学院院长。

作 家 印 象

　　武歆首先是一位优秀的小说家,他从青年时代开始写作,他的写作伴随他的成长、他的成熟、他的成功。写作是他的生命,文学的神性与魔性带领他穿越生活的天堂与地狱,穿越古往今来的每时每刻。他的每一篇小说的写作都是一次艰难的跳跃,姿态、分寸、力度、平衡,动作的专业化和连贯性都会受到考验。

　　武歆又是一位不可忽视的散文家和评论家。与他的小说相比,他的散文更像是他的空中体操,不仅需要艰难的跳跃,还需要伴随着艰难的跳跃的更加艰难的翻转。这是优美的,也是危险的;这是连贯的,也是分解的。无数个可以分解的、具有高危系数的动作,一气呵成了最后的优美和连贯。而这,正是武歆散文写作的诱人魅力所在。

——李　舫

瓦尔帕莱索的阳光

■ 武 歆

一

我们知晓那么多南美小说家,那么熟悉他们的名字和作品,对于大部分中国作家来说,即使遮住那些南美作家的姓名,只看他们作品的某个段落,好像也能猜出大致一二。不是吗?墨西哥的胡安·鲁尔福,哥伦比亚的加西亚·马尔克斯,甚至还有危地马拉的奥古斯托·蒙特罗索。

似乎,对待诗人还不能如此熟稔。当然,这源于我以写作小说为主。要是诗人的话,可能会是另外一种情形。

在墨西哥诗人奥克塔维奥·帕斯和秘鲁诗人塞萨尔·巴略霍之外,说起智利的诗人,应该说聂鲁达最为熟悉、最为驰名了。他远离我们那么多年,其强劲浪漫的诗歌风暴至今还是远远掠过同为智利的小说家罗贝托·波拉尼奥。

至今我依然难忘,在前往智利——世界上地形最为狭长的国家——遥远、枯燥的行程中，我却始终被聂鲁达"折磨"，眺望机舱外的白云，总是下意识期盼、遥想到达聂鲁达故乡瓦尔帕莱索后能否拥有新的思考，不仅仅是诗歌，还有人生、生命。

中国最为忧郁、伤感的华北冬季，却是智利一年中最好的季节。没有杂质的清风、干爽的阳光，还有一望无际的开阔视野，在所有的路上好像安第斯山脉永远在你的前方，不管走到哪里，只要视野足够宽阔，肯定就能一眼看到它，或是安第斯山脉永远笼罩着你。是的，山的那边就是阿根廷，那位晚年只能看见黄颜色还有明暗亮度的博尔赫斯，似乎正在隔山猜测所有到达聂鲁达故乡之人的心中遐想。博尔赫斯是书写"空间"的大师，他一定能够穿越无限宽度的安第斯山脉，洞悉聂鲁达诗歌缝隙间的人情冷暖还有人生况味。

瓦尔帕莱索，一个绕嘴但却能一下子记住的地方。无论多少年以后想起来，肯定是因为聂鲁达的缘故。

二

就像日本作家东野圭吾小说《流星之绊》的讲述，"我们就像流星，毫无目标地飞逝，不知将在何处燃烧殆尽。但不论何时，都会有一根纽带将我们紧密相连。"

前往瓦尔帕莱索的行程，像是阅读《流星之绊》那样，关于"纽带"的寻找始终悬疑重重。瓦尔帕莱索给聂鲁达带来了什么；聂鲁达又让瓦尔帕莱索拥有了什么；他们之间的纽带又是什么？

解谜的过程就是曲折。

没有想到的是,眼看就要到达瓦尔帕莱索,因突然有事,暂时到了另一个小城市——比尼亚德尔玛。

比尼亚德尔玛,说是一个城市,也就是类似于中国的小镇,从很远地方坐车远望这座小城,犹如挂在山上的一件小佩饰,房屋散落在山腰中间,极像一幅中国传统山水画,也确是具备了中国传统山水画的四个特点——可望、可入、可游、可居。

进入小城,心情一下子舒缓下来。那么干净整洁,尤其是街道两旁,都是迷你型的小餐馆。街上很少有汽车通过,闲散的行人也不多。空气中没有任何异味,只有太阳下的阳光气味。因为阳光充足、气候舒适,坐在街边的凉棚下吃饭、聊天,一种闲适、悠然的味道,充溢着所有的思绪。

既然已经耽搁,与其着急,不如干脆前往比尼亚德尔玛的迷人之地——大海之边。在前往海边的路上,又有一处景致吸引了我。一片乱哄哄的人群拥挤在一起,好像发生了什么事。走下汽车,去探究竟。

这是一片窄小的带有坡度的区域,地方不大,却集聚了不少人,中间向上的缓坡上,是一个巨大的花坛。在花坛下面,原来是一些青年男女还有少年在做着一种技巧性很强的游戏,类似我们熟知的杂技。小巧玲珑、眼睛大大的女孩子,面对眼前弯下腰、伸出手掌的青年男子,微微一笑,燕子一样轻轻地向前一跃,一下子就站在了男子的手掌上,随后又从男子的手掌上轻巧地翻转,随后开始在男子的肩膀上、头顶上做着颇有难度的技巧动作。他们不像是卖艺的人,因为他们不收费,你可以站在远处或是近前清楚地看着他们,也可以与他们拍照。因为无法交流,事后想来,他们大概是剧团演员或是喜爱技巧的青年。

离开拥有开心笑容的青年,终于来到海边。

"比尼亚德尔玛"在西语中的表达,就是"海上葡萄园"的意思,只有身临其境才能觉出非常形象。站在海边上,感觉吹来的风都是甜丝丝的,就像嘴里含着葡萄的汁。海边的沙滩不长,也不宽,似乎有些短促。沙滩上有打沙滩排球的青年,还有悠闲自在、四处奔跑的小狗。还有一处伸展到海里的栈桥,栈桥上面铺着木板,踩上去咯吱咯吱地响。完全能够看出来,这里早先是码头,如今已经荒废,但是过去固定在桥墩上的吊车依旧威武。桥上人不多,太阳异常刺眼,不戴墨镜几乎睁不开眼睛。据说比尼亚德尔玛常驻居民不多,来的几乎全是旅游者,尤其是每年的1月和2月的旅游旺季,据说海滩上人满为患。

岸边上,一个面容黧黑的老者,摆着一个小小的摊位,上面摆满了黑色铁丝编织的花朵,花朵的枝杈伸出很长,充满异国的想象。

看着海风下那些极具想象力的"铁丝花",心里已经在遥想瓦尔帕莱索——那个西语中代表"天堂谷"的地方。

三

瓦尔帕莱索是智利行程中的高潮之处,看聂鲁达故居,看他在怎样的生活状态下、在数十年前写出了"我喜欢你是寂静的,仿佛你消失了一样。你从远处聆听我,我的声音却无法触及你……我喜欢你是寂静的,好像你已远去……"的轻盈情诗。

"寂静……远处……无法触及……远去……"这些敏感的词

句是怎样从聂鲁达心中吟出？是否与他的故乡有关？是否与他的居所有关？诗人的窗外不仅代表着生活的心境，更代表着思考的角度，就像陀思妥耶夫斯基的窗外永远都能看到"洋葱头"（东正教教堂圆顶）那样，所以伟大的《罪与罚》《卡拉马佐夫兄弟》才能拥有人类救赎的阔大远境。

走在瓦尔帕莱索。不，是攀爬瓦尔帕莱索。

这是我迄今为止见到的最为陡峭的城市。几乎所有路面都呈40度角，站在某个街角的高处看下面驶来的汽车，好像一颗又一颗炮弹从山谷里面飞上来。它们必须拥有极高的速度，否则无法行驶。那种轰鸣般的引擎声，吓得你不自觉地躲到边上。这里的街道，不仅坡度陡，拐角处也是局促、窄小，没有宽敞、舒缓的拐弯之处，无论坐在车里还是车外，心情都犹如大难来临。

这座数百年老城的另一个特点就是涂鸦。所有街道、所有墙壁都是巨大的画板，有的能够看出来画的内容，比如巨大的凡·高画像；有的则完全看不出来是什么，纯粹超现实主义绘画，梦幻与现实的完美融合。这里没有大商场也没太大的餐馆，都是很小的店铺，或是小小的咖啡馆或是画店，逼仄的面积，进到里面就会一览无余。偶然遇到稍微纵深一些的院落，都是大门紧锁，院子里落满了枯败的树叶，看不出有人居住的样子。街上也看不到行人，都是带着风声的汽车。也是因为街道过于陡峭，只能以车代步。据讲这里七八十岁的老人也是把汽车开得风驰电掣。

在"爬上爬下"的艰难行途中，终于来到了聂鲁达的故居。

聂鲁达在智利有四处故居，瓦尔帕莱索一处，圣地亚哥两处,还有一处在距离圣地亚哥一小时车程的黑岛,那里也是聂鲁达长眠之地。据讲"黑岛"还是聂鲁达起的名字,原来的地名叫卡维塔。我后来还去了圣地亚哥的一处故居,但是仅凭去过的两处故居来看,我还是喜欢瓦尔帕莱索老城的这处故居,因为它面临着浩瀚的太平洋。

故居建在一处稍微舒缓的平地上。有一个不大的院落,房屋共有五层。外表看上去这个五层小楼像是一座微缩宝塔,越往上面面积越小。走进去,全是木质楼梯,很窄,只能上下一个人,楼板的声音与脚步的声音同时响起,声音很大,感觉特别异样。聂鲁达的故居,无论是写作的房屋,抑或是客厅、卧室,都有一个共同的特点,全都面向大海。假如夜晚的话,肯定能够看见遥远之处繁忙港口的灯光。

站在聂鲁达故居每一个房间里,只能剩下一个动作——远眺。

只能向外眺望,只能在眺望中诞生无尽的思索。什么都会在瞬间联想起来,无论多么遥远的往事都会没有阻挡地浮现。那一刻我明白了聂鲁达为什么能够写出《船长的诗》。

"你怎么了,我注视你,看到的只是两只平凡无奇的眼睛,一张和我吻过的更美的千唇……"

在这样一个路面陡峭的老城、在这样一个面朝大海的老城,所有的思想都是阔大的、所有的思想都会是飞扬的。所以聂鲁达书写大海、船长、船帆、海浪,书写远隔大海的思念,书写无限阔远的情感。

"听凭你的要求,我的灵魂在水中荡漾。请用你的希望之弓,为我指明路程,我会在狂热中射出一束束飞快的箭……无言的你催促着我那被追捕的时光。"

　　站在聂鲁达故居最高处,在极目远眺之时,不仅那些"飞扬跋扈"的诗句让你激动,那些朴素的诗句同样能让心中所有幻觉飞翔——"倚身在暮色里,我朝你海洋般的双眼,投掷我哀伤的网"——这些诗句,是经过海浪拍打的,是经过海风吹拂的,是浸透了湛蓝海水的。

　　站在幽静的庭院里,看着不同肤色的人走进故居。我不知道是瓦尔帕莱索"陡峭的大海激情"成全了聂鲁达,还是聂鲁达激情的诗句丰饶了瓦尔帕莱索的内涵,不仅智利人热爱聂鲁达,聂鲁达也成了智利国家的象征。如今聂鲁达这几处故居也是聂鲁达基金会的所在地,每年迎接着全世界喜爱诗歌、喜爱和平、喜爱自由的人们来此。聂鲁达曾经来过中国,与中国诗人艾青是好友,因为他们有着一个共同之处,那就是挚爱自己的祖国、挚爱脚下的这片故土。没有这些挚爱,怎么可能拥有火热的激昂诗句?南美国家似乎格外钟情、敬重诗人,1990年帕斯获得"诺奖"消息传到南美大陆时,正在加拉加斯举行拉丁美洲八国会议的政府首脑,当即决定中断会议,联合向帕斯发出贺电,称他为"伟大的拉丁美洲人,我们大陆的骄傲"。这片阳光下的大陆,把诗歌当作他们的精神图腾。我无法了解聂鲁达1971年获得"诺奖"时智利乃至拉美大陆的反应,但从帕斯获奖后的反应来看,还有现今聂鲁达故居的完美保护以及基金会的发展状况,完全能够想象出来聂鲁达获奖后的智利、拉美大陆的盛况。

　　已经落日了,已经黄昏了。

　　眼前的大海一派朦胧,一派悄然之美。瓦尔帕莱索的黄昏,浸透着伤感的美。但是那种伤感携带着白日阳光下的温暖。

"俯视着黄昏,我把悲伤的网,撒向你海洋般的眼睛。那里,在最高的篝火上燃烧、蔓延。我的孤独,它向溺水者那样挥动着臂膀。我朝你那出神的眼睛送去红色的信号……从你的目光里时时显出惊惶的海岸。"

是的,"悲伤的网"之上,是"篝火的燃烧"。

四

离开瓦尔帕莱索,要去首都圣地亚哥,感觉怅然、依恋、感慨的心境还遗留在瓦尔帕莱索。我知道,这是聂鲁达的伴随,这是诗歌的余韵。我要把这种美妙的余韵尽可能拉长、回味。

圣地亚哥是南美大陆一座繁华的城市,尤其是市中心地段,车水马龙,要想过马路,要等上好长时间。我站在路边上,看着身边匆忙而过的人,这里面有没有西班牙人后裔?

从16世纪30年代开始到19世纪初期,那些骑着高头大马的西班牙白人殖民智利将近300年。那时候,这个南美大陆的"裙边国家"有着明媚灿烂的阳光、有着湛蓝的大海、有着一望无际的葡萄园,但是没有马匹,淳朴的智利人从来没有见过这样飞驰如电的神灵。那些骑在马上、挥舞着战刀和火枪的白人,在气势上取得了绝对优势。也由此养成了他们从马上俯瞰土地的骄傲心理。

聂鲁达又是怎样看待智利国家曾经的屈辱历史,又有着怎样的悲伤心情,从他一些爱情诗中,似乎也能看见些微的端倪。

"在每个晨曦,带着泪滴醒来……总在梦醒时消失,只留下破碎的身影,我知道我又一次轮回沉沦于你的记忆里。游走于街头,看着人潮汹涌,想念你,一切成了你的影子。"

漫步也被称作"武器广场"的市政中心广场,白人、黑人还有世界各地肤色各异的人们匆匆走过,或是驻足凝神带有鲜明西班牙风格的建筑。但无论怎样,你只要昂起头,就可以看见不远的高处。那是一座山,总督府公园。那座不高的山被当地人称作"情人山"。

踩着细碎的砖石地,走上不高的山。聂鲁达的爱情诗句在前方倏忽闪过,带着迷人的芬芳。

"在我荒瘠的土地上,你是最后的玫瑰。"聂鲁达是忧伤的,虽然他有过数段感情,但依旧不能埋葬诗人伤感的气质。就像安静的"情人山",在安静的外表下面却是酝酿着奔放的热情。

山上非常安静。半山腰的空地上,可以看见当年带轮子的古炮,印第安人的木雕,还有到处可见的长势茂盛的芦荟。再往高处看,能够看到高高巨石上的印第安人雕塑,雕塑那么小,好像是挥舞铁镐的姿态,要是不仔细看,绝对看不出来。继续往上走,还能看到砖红色的城门;地势险峻的红砖已经发白的城堡;拐过一个弯儿,还有西班牙人修建的小教堂以及西班牙战胜者的塑像,当然还有西班牙风格的总督府。

站在山顶向下俯瞰,可以看见一座很有气势的灰色建筑,本以为会是政府首脑机关之类的地方,原来却是智利最有名的大学——智利天主教大学。智利人极为注重教育,他们把最昂贵、最风光的地段给了大学校园,给了求学的大学生。

情人山异常安静,似乎只有热辣辣的阳光。就像聂鲁达的诗句,永远有着智利火热的激情。

"光以其将尽的火焰包裹你。出神而苍白的哀痛者,如是站着,背对黄昏那绕着你旋转的古老的螺旋桨。一言不发,我的女友,独自在这死亡时辰的孤寂里,而又充满火的活力……"

想起在智利的那段日子,无论走到哪里,眼前都会浮现瓦尔帕莱索陡峭的魅力街道,都会浮现瓦尔帕莱索的阳光,都会在心中不由自主地吟诵聂鲁达的诗句。

"当华美的叶片落尽,生命的脉络才历历可见。"

瓦尔帕莱索给聂鲁达带来了什么,聂鲁达又让瓦尔帕莱索拥有了什么,他们之间的纽带又是什么?你要想知道其中的关联,那就立刻前往瓦尔帕莱索吧,只要站在故居上面向大海尽情地眺望,所有的答案立刻就会明晰。最主要的是,你在瞬间就会成为诗人。因为你会在瓦尔帕莱索的阳光下,看见空气中浮动着许多闪亮的诗句。

■ 徐小斌

作 者 简 介

当代作家、国家一级编剧。自1981年始发表文学作品。主要作品有《羽蛇》《敦煌遗梦》《德龄公主》《双鱼星座》等。曾获全国首届鲁迅文学奖，全国首届、第三届女性文学奖，第八届全国图书奖，第二届加拿大全球华语文学奖小说奖首奖。新长篇《水晶婚》获2016年英国笔会翻译文学奖。部分作品译成英、意、日、西班牙、葡萄牙、挪威、希腊、阿拉伯等十余种文字，在海外发行。

作　家　印　象

　　徐小斌的文章，不论是小说还是散文，都如同浸润了塞壬歌声的毒汁，妩媚、诱惑、迷醉。甚至在画作中，她也在努力打造一个神秘的世界。这个世界不是现实的逃避，而是现实的折射。

　　这与其说是徐小斌式的对抗，不如说是徐小斌式的策略。她不逃逸，不躲闪，嬉笑着用自己的方式，化解了迎面而来的世俗苦难，并将它们升华到一个俗人几乎无法仰视的高度。

　　这与其说是徐小斌式的对抗，不如说是徐小斌式的智慧。这是一种见招拆招，却也是一种有为之为。她把芜杂的、喧嚣的、繁荣的事物按照自己的条理重新梳理了一遍，就像暴雨前横扫一切的飓风，留给读者的是咀嚼、反刍。当然，她的读者必须有着牛一样坚强的神经和消化系统，他们必须与她有通感，在通感中等候着她的神秘召唤，等候她用这样的召唤完成天与地、人与人的对话，等候灵魂的苦难跋涉，等候巫者的秘密游荡，等候万物的隐秘漂泊。

——李　舫

被遮蔽的影子美丽绝伦

■徐小斌

在西方绘画的历史长河中,有一些非常伟大的画家,一直被同时代的优秀画家所遮蔽,他们如同美丽的影子,伴随着世界美术史的正史一直走到今天——譬如鲍斯、莫罗、雷尼罗纳、弗鲁贝尔、狄妃奥……这一串对中国人来讲依然陌生的名字,在当代西方美术评论界得到极高的重新评价——他们终于冲出漫长岁月的巨浪,浮出海面。

一 莫罗:伟大的画界隐者

法国画家居斯塔夫·莫罗(Gustave Moreau),是 19 世纪西方绘画史上无法绕开的人物,却也是长期被遮蔽的画家。

多年以前我在朋友那里看到一些当时被禁锢着的西方画册。有幅画一下子吸引了我,那就是莫罗的《幽灵出现》。那幅画取材于宗教故事,画的是正在希律王宫廷中狂舞的莎乐美见到施洗者约翰人头忽然大放灵光,受到强烈刺激的一瞬。传说莎乐美是公元前1世纪大希律王的孙女，以美丽妖冶著称。母亲希罗底也是当时著名美女。希罗底初为其叔希律腓力之妻，后又为另一叔父希律安提帕霸占。施洗者约翰于是指责她乱伦，她怀恨在心。一日，正值希律王生日，希罗底令其女在筵前为王舞蹈，王大悦，遂愿满足莎乐美的一切要求。在希罗底唆使下，莎乐美便要施洗者约翰的人头，王从其愿，将约翰杀死。这个故事带有一点残忍的神秘意味，画面上的莎乐美洁白的肉体上装饰着缀有浓郁东方色彩的丝绸和硕大的金绿色阿拉伯宝石。这幅画以一种金碧辉煌、绝顶美艳而又绝对阴毒的形式走入我的梦境。

莫罗是一位画界的隐士，但是说起德拉克洛瓦和马蒂斯，大家全都知道。而莫罗，正是前者的学生，后者的老师。大名鼎鼎的马蒂斯，正是从他的老师莫罗那里学到了绚丽灿烂的色彩运用，从而创立了野兽派绘画。

莫罗的《俄狄浦斯与斯芬克斯》，画中俄狄浦斯是一持杖裸体美少年，而这个斯芬克斯绝对是属于莫罗的：在绝美的容貌后面有一种残忍、神秘、冷僻和罪恶的力量。她那丑恶的兽身、张开的雄健的翅膀都野性勃发，越发衬托出那张少女的美丽而冷酷的脸，和成熟妇人的乳房。果然是幅奇特的画，画面背景扑朔迷离的色彩似乎包含着某种暗示或隐喻。斯芬克斯紧紧缠绕着俄狄浦斯，用诱惑的胸脯抵住美男子健壮的胸膛，扬起眸子似乎在念着神秘的咒语。而俄狄浦斯带着一种戒备与男人的悲悯，以及男性对美丽异性那种无可奈何的眷恋俯视着她。这一对厮缠一处的人儿既像是一对情侣又像是两个仇敌。斯芬克斯美丽、冷酷的蛇一般的身躯，眼睛像迷蒙的一团黑雾，在蛇形的舞姿中喷吐毒焰。

莫罗的莎乐美系列绘画于 1876 年在巴黎的沙龙、1878 年在巴黎世界博览会上展出，使无数观者叹为观止：莎乐美冷艳邪恶，脖颈上缠绕着神奇的宝石。在王尔德的戏剧《莎乐美》中，希律王是这样描绘那些宝石的："我有乳色烧制的玉石，犹如冷冽的火光，如同悲伤男子的心，害怕独处在黑暗之中而不见天日。……我有大如鸡蛋的蓝宝石，如同花朵一般青蓝。海洋徜徉其中，月色从不会从里头的浪潮中消失。"莫罗的色彩，正是这样一种花朵、玉石与月亮的色彩，互相映照，令人无法模仿。

莎乐美的故事被反复改写，最著名的自然是大作家王尔德的作品，圣经故事被改为这样的情节：巴比伦公主莎乐美爱上施洗者约翰，因为无法得到后者的爱，她为觊觎其美色的继父希律王跳"七重纱舞"，作为交换，她要求希律杀死约翰。如愿以偿后莎乐美拾起约翰的头颅抱在怀里，亲吻他的嘴唇，这时希律王才发现了莎乐美的变态，后悔杀了圣徒，于是下令将公主杀死……

这样一个美丽而残忍的故事当时轰动了整个欧洲。而更为令人震惊的是著名的"七重纱舞"，它几乎还原了莫罗的画，那些阿拉伯宝石，确实堪与花朵和月亮的色彩媲美。

莫罗的画跨界影响到了 19 世纪的戏剧、歌剧与舞蹈。有一位勇敢的女高音，在演唱歌剧《莎乐美》里，脱去了全部七层纱，她说，应该还历史以本来面目。七层纱成了世界历史上最有名的舞蹈。很多舞蹈艺术家都跳过七层纱舞，甚至连蒙塞拉·卡巴耶这样伟大的女高音也不例外。

据说，上帝有七层面纱，掀开最后一层面纱，真理便现身了。

然而真理并非是人人都敢于直面的，因此，舞台上的七层纱总会留着最后一层，按照中国人的古训似乎就是：最好别捅破那层窗户纸。因为，不是所有人都有直面真理的勇气，更不是所有人都能看到人类处境的终极意义。

二　鲍斯：平民的稻草车

被上帝抛弃或抛弃上帝之后，人类只能在梦境中寻觅属于自己童年的伊甸园。

无数画家用画笔描绘这失去的乐园。其中有一幅非常早又非常古怪、非常醒目的画，便是鲍斯（Terome Bosch，尼德兰画家）的《娱乐之园》。

作为尼德兰时代的画家，鲍斯一直被笼罩在同代的鲁本斯、凡代克等绘画巨匠的阴影之下。然而他却实在是一个非常伟大的画家，愈到现代愈见其伟大。鲍斯的梦境既不同于雷妮·罗纳的绚丽神秘，又不像达利那般怪诞恐怖，鲍斯的梦像民间的古老寓言一般拙朴，充满着象征寓意。他竟敢把教皇和庶民放在一起共同赶起"稻草车"（《稻草车》），随心所欲地借助想象之光来指挥一场人神之战（《圣安东尼的诱惑》）。在《娱乐之园》中，他的奇思异想化作飞鸟的翅膀、化作恶兽、化作丑恶可怖的裸者出现在画布上，像黎明的红晕一般驱赶着中世纪的黑暗，如果有人证明他是外星球派来的使者我一点儿也不会惊奇。非常引人注目的是画面的右侧有一片树林，树林里结着像红宝石一般鲜艳的果实（或许这便是鲍斯梦境中的伊甸园？），而每只鸟每条鱼每个人嘴里几乎都含着一颗。难道这是鲍斯对于上帝的一种嘲弄（想当初人类的老祖宗仅仅因为偷尝了一颗禁果而被逐出乐园）？在鲍斯的笔下，上帝与庶民同在，伊甸园并不比他生活着的快乐美丽的农庄更美妙。而鲍斯本人大约就像《浪子》中那个狡黠质朴的农人,揣着一袋黑面包干便可上路,旅途中尝尽人间美味。

鲍斯的奇思异想是令人惊叹的。如果说达利的梦境是偏执幻想的再现,那么鲍斯的梦境则体现着人类的共性。对于鲍斯,达利应当把对于保罗·艾吕雅的那句评价转赠给他:"他有整个的奥林匹斯山,我从他那儿偷来了一个缪斯。"

三 雷尼·罗纳:非人间的冥想

因为有了那远古的受了蛇的诱惑的女人,也就有了后来的雷尼·罗纳(Reny Lohner,奥地利女画家)。

雷尼·罗纳这个名字,在今天我们可能只有"翻墙"才能找到了。

雷尼的幻想违反她祖先那缠绵的情愫而有着一种自恋式的贵族气。她的梦幻世界总是那般浓丽得近于恐怖。她的用色大概连马蒂斯也自叹弗如。那大红大绿大蓝大紫到了她的笔下便成为非人间的色彩。看到她的色彩我便常常想起我儿时的梦境,也是那么一个神秘的、荒芜的花园,那些奇彩四溢的花因无人看顾而疯长成林,几乎每朵花上都栖留着一只玲珑剔透的鸟。那样的奇花异鸟只属于梦境,如今却在雷尼的世界里找到了。

那些挟带着躁动的古怪曲线化作血红的茅草一般的鸟羽,使人想到自幼熟谙音乐的雷尼固有的节奏和韵律。这些节奏和韵律无时不在,当它们与那些奇异的冥间色彩汇合之时便陷入了一种对人类官能的占有。令人惊异的是雷尼的笔下只有色彩没有阳光，那些得有神助般的色彩韵律轻吻了印象主义与象征主义一下便笔直地向自己的世界涌去。《提拉·安古尼塔》展示了画家本人的内心隐秘：画面正中的裸女倚着一株朽木（仿佛被雷击后的树的残骸）木然站立，另一裸女则背对画面坐在树根旁，两个人都毫无表情，构成了一种冷冷的神秘，这仿佛是一个人的两种形态。遥远地，立着一座小小的房子，仿佛是原始人的骨簇搭成。而画面前景则是那一片梦幻般的色彩。血红浓艳像是凝固的血液，湛蓝碧绿又像是浸透了海水，乍看是花朵，再看却又变成为鸟兽，怪就怪在它们既是花朵又是鸟兽。

  在雷尼的笔下，自然的造物总是可以互相转换的：当你从那瑰丽的花朵中辨出一只鸟头的时候，你同时发现它其实又是一只鱼头，于是彩色的鸟羽在你眼中又转化为鱼鳍。有无数的眼睛藏匿在这片彩色之中，撕开美艳便会发现原来那是一只只魔鬼般的怪兽——你会惊叹邪恶竟这么容易地潜藏在美丽之后，甚至不是潜藏，竟是中了魔咒似的可以随意变化腾挪。

  著名的《终结》和《伊甸园》更证实了这种色彩语言。《终结》中那些花朵变成树枝或鸟羽伸向天空之后又成为火红的珊瑚树，一只金苹果失落在一片蓝色的羽毛中，你会由这只金苹果想到世上最美的女人海伦然后想到特洛伊战争想到伊利亚特奥德赛，然而这绝非那只远古的金苹果，因为它身边站立着一个状貌古怪的黑女人与那静卧着的银白色女人遥遥相对，在画面的右下角有一张青铜色的魔鬼的面具。而《伊甸园》则在无数绚丽花朵中藏着一只彩色蜘蛛似的大毒虫，天上飞着彩色霰雾般的鸟，轻灵得仿佛可以随时碎裂在空气之中，乍看美得无法言传，再看却忽然感到那一片彩色的空气中充满了毒液——远古的伊甸园被毒化了，这大概就是雷尼·罗纳的一切梦境的母题。

四　弗鲁贝尔的双重视力

与邵大箴先生谈起俄罗斯画家弗鲁贝尔，竟有十分切近的感受：我们都曾被他的画带入一种充满恐怖的梦境，在那些梦中，有无数奇特的眼睛。那些眼睛神秘、凄惨、惊恐不安，仿佛栽种在人的全部感官中，拔也拔不掉。看得久了，竟能与之发生一种令人恐惧的感应，那好像是一种飘忽的死亡阴影。按照俄国著名思想家列夫·舍斯托夫的说法，只有具有"双重视力"的人才能创造出这样的眼睛——意即"天然视力"和"非天然视力"。舍斯托夫又说，对于具有双重视力的人来讲，生与死的角色是可以互相转换的。他引用了欧里庇得斯的一句令人费解的话：生就是死，而死就是生。

弗鲁贝尔是19世纪末俄罗斯巡回展览画派的叛逆者。弗氏一生的内心始终无法与周围环境协调：动荡不安，孤寂、痛苦而迷狂，最终陷入深刻的内心混乱之中而无法解脱。他的画笼罩着极强的末日感悲剧氛围，特别是那个折磨了他一生的"天魔"形象，更是有一种超自然的神秘色彩。天魔即莱蒙托夫长诗《天魔》（另译"恶魔"）中的主人公。一个天使因为反抗上帝，被上帝贬黜为魔鬼。他渴望自由、爱情而不可得，他号召人们怀疑、反抗上帝，因而成为天国的死敌。弗氏选择了这样一个文学典型作为他一生追求的画面形象，本身便有一种"在劫难逃"的悲剧意味。画家亚历山大·别努阿对此有这样一段精彩的注脚:"在这些令人惊心动魄、使人激动到流泪的优美作品中,有一种非常真实的东西。他的恶魔不改自己的本性。它爱上了弗鲁贝尔,但毕竟又欺骗了他。弗鲁贝尔有时看到自己神灵的这个特点,有时看见了那个特点,而就在对这种难以捉摸的东西的追求中,他很快走向了深渊。把他推向这个深渊的就是对该诅咒的东西的热衷。他的精神错乱是他的天魔主义的必然结果。"

弗鲁贝尔的天魔早已挣脱莱蒙托夫的缪斯而飞翔在"紫蓝色"(同代画家称"紫蓝色"为弗氏的象征色彩)的天空上。尽管他很早便创造了《诗神》《波斯地毯前的小姑娘》《哈姆雷特与俄菲利亚》等一系列杰作,但冥冥中始终有个声音在搅扰着他,他想创造一个具有"纪念碑意义"的形象。他如痴如狂,最后大约是走火入魔,和那个反抗上帝的家伙合为一体而受到上帝的惩罚。他画了无数个天魔,却始终没有画出那个梦寐以求的神灵。他的"天魔情结"至死未泯。

自1885年始他便在内心构造天魔,直至四年之后才展出了第一幅天魔作品。在《坐着的天魔》中,他创造了一个超凡的形象:天魔孤独地坐在黄昏的岩石上,而他本身也像一块岩石。疲惫的肉体和孤寂的精神幻化成一种无言的仇恨,而背景上的色块使人想起罗可可式教堂的彩色镶嵌玻璃。整幅画面充满先知般的预感。

《塔马尔与天魔》则是我在多梦年龄时常常梦见的。我曾想象那是个充满恐怖色彩的悲剧故事。那个少女美到极点,那一双童话般的眼睛与天魔静静对视着,蓝灰色的冷调子紧紧环抱着这一对恋人。天魔那鬈曲的富有雕塑感的长发闪着青铜的光泽，塔马尔和他紧紧相拥却摒弃了一切肉欲的意念而笼罩在宗教式的圣洁光辉中，两个人的灵魂通过他们的眼睛冷峻地闪烁。天魔粗犷狞厉的男性美与塔马尔的女性温柔像蛇一样缠绕着，窗外点点繁星好像变成象征物，变成一种神秘的符号。塔马尔使我想起俄罗斯童话中美丽的华西丽莎，她跪在天魔面前，脸上是无限的爱与崇敬。而天魔温柔地托起她的手臂，仿佛在说："我是背离与梦想的化身。我爱我之所爱，但我的爱永远只是一个隐喻。我相信的是死亡之梦，它与生命之火同等重要。"这是一幅超越时空生死的永恒画面。

著名的《天鹅公主》似乎也应归于天魔系列。她的面容与天魔实在是太相像了，同样的清癯面容和同样神秘忧郁的大眼睛。画面上笼罩着一种暗淡的银灰色的雾气，水晶般透明的天鹅公主漂浮在闪烁的烛光和紫色的涟漪中，连她戴着的珠宝和巨大的羽翼也如同一团玫瑰色的空气在慢慢消融。无疑这是天魔幻化成女人在黄昏中出现。当她向藏匿着死神的幽暗湖水走去的时候，曾带着无限的依恋回眸。那一双冰冷凄惶的眸子使人感到她正在由世纪末的黄昏走向死亡之梦，末日的太阳正在她的羽翼上发出玫瑰色的反光。

《飞翔的天魔》又向死亡之梦迈进了一步。画家的妻子在给友人的信中忧心忡忡地写道："……他的天魔是不一般的，不是莱蒙托夫的，而像是当代尼采学说的信徒。"由于画家内心的深度混乱，《飞翔的天魔》实际上没有完成。弗鲁贝尔的魔鬼把他引向创造的巅峰。然而，"对于弃绝自己的人来说，不可能有任何快乐——在已有快乐和喜悦的地方，当你投入某种不存在的东西的怀抱时，就像做了催眠术的小鸟被抛进眼镜蛇嘴里一样。"

（列夫·舍斯托夫语）终于，在天魔组画中最后一幅《被翻倒的天魔》问世后不久，画家精神分裂，四年之后双目失明，又过了四年，这位天才的艺术家悲惨地死去了。

《被翻倒的天魔》表现了天魔之死。天魔从高处跌落，跌得支离破碎。被折断的翅膀深深插入泥土，他的眼睛仍然闪着愤怒不屈的光。画面用色十分阴暗，画家仿佛预感到，天魔的死亡阴影即将与自己重叠。

画家的生命结束了，而天魔的故事却并没有完结。

天魔的巨大阴影是属于弗鲁贝尔的，同样也属于陀思妥耶夫斯基，属于凡·高、卡夫卡……属于一切具有双重视力的、被世俗所弃绝而执迷于探索死亡之梦的艺术家和伟人们。阴影变成灵感使他们的生命放出辉煌之光，阴影变成达摩克利斯之剑高悬头顶使他们毕生无法安宁，阴影变成死亡之梦诱惑着他们，使他们误入梦境。

终于，他们和他们的阴影重叠了。我想，缪斯应当在他们的纪念碑上刻下这样一行碑文：对他们来讲，生就是死，而死就是生。

五 狄妃奥：我执与无执

最令我深深感动的是美国女画家简·狄妃奥（Jay Defeo）的故事。

出生于1930年的她，曾经集美丽、富有、才华于一身，却在29岁那年，自我封闭，画一幅《死亡玫瑰》。这幅画画了整整11年，画得爱人离异，朋友分手。其间曾获顶级策展人之邀参加万人期待的重要画展，却被她以作品尚未完成而拒绝。11年后作品完成，上面的颜料堆积重达3000多磅，合1吨多重，由8个装卸工破窗而入，把这幅与其叫绘画不如叫雕塑的巨幅作品搬出（后此举被一些画评家譬喻为阴道切开术）。而这时，巴洛克时代已经变成了POP时代，此画成为摆在旧金山艺术教室中长期被泼洒咖啡、按熄烟头的废品，而那些由艺术家堆积的过于厚重的颜料，也随着时日一块块崩塌。对此，狄妃奥只是淡淡地说：人类会消亡，艺术也会消亡。

解释"我执"与"无执"这两个概念，恐怕不会有比狄妃奥的故事更有说服力了。在创作时，她全心投入，自我折磨、充满疼痛、深度迷恋、极为严苛，甚至完全忘记身处的世界，可谓"我执"。然而作品完成后，她精心建构的世界却被忽略，被遗忘，被淹没，不是她的错，而是时代的变幻——但她并不关心大众的接受度与评价，更无意于去争风邀宠，哭爹喊娘，歇斯底里，或者变成喋喋不休的祥林嫂、拦路告状的秦香莲，或者像我们伟大的凡·高那样伤筋动骨（毫无贬低凡·高之意，凡·高同样是我深爱的艺术家）——而是平静、沉默地接受现实。因了这平静与沉默，她的接受显得格外高贵——可谓"无执"。

佛说：娑婆无执。

20世纪90年代，当《死亡玫瑰》已经囤积20年之久，画家亦早已故去，纽约的一家著名美术馆终于以高价购买了这幅画——重量、规模、低彩度、向心形式，这一切成为画界独一无二的概念，只有站立在画作面前，当阳光掠过，才能深感此画的神秘动人之美。艺术比生命更长久。最奇异的是狄妃奥生前做过一个异梦：她梦见自己死后转世投胎成为另一个人，她漫步在一座美术馆，看到那里正在展出她的《死亡玫瑰》，一个人，正站在那里久久凝视着她的画作，她走过去，轻轻地对那人说："你知道吗？这是我的画。"

■ 萧 歌

作者简介

　　艺术评论人、编辑。1982年出生于北京，毕业于清华大学艺术史论系、哲学系。就职于北京上河卓远文化公司，从事文化艺术类图书的出版工作。在不同媒体上发表过一些小文章，也曾为《光明日报》撰写艺术评论专栏《当代艺影》。为中国评论家协会会员。

作家印象

　　萧歌的文字跟她一样优雅，如同出水的莲花，中通外直，不蔓不枝，香远益清，亭亭净植。出身于艺术专业的萧歌，对于西方艺术颇有心得。在她的《向死而生的飨宴》里，她勇敢地以一种强有力的气质拨动了整个人类的精神历史。在这篇文章里，她以精美隽秀的笔触将西方艺术的精神精细平易地展现开来：作为宫廷画师的彼得·保罗·鲁本斯、作为肖像画大师的安东尼·凡·戴克、活跃于文艺复兴晚期与巴洛克早期的过渡阶段的勃鲁盖尔父……萧歌细腻地描摹了这样一个大时代之后的大时代，这是一个蓬勃鲜活的艺术世界，中世纪教会的阴霾渐渐淡去，光明灿烂的世俗生活正如雨后春笋一样拔节生长。

　　是的，谢谢你告诉我，你说的曙光究竟是什么意思。

——李　舫

向死而生的飨宴

观"鲁本斯、凡·戴克与佛兰德斯画派
——列支敦士登王室收藏展"

■ 萧　歌

你说的曙光究竟是什么意思？

——海子

这是大时代之后的大时代。这一边，文艺复兴才过去百余年，启蒙的种子在尘世生根发芽。达·芬奇们拖着身后长长的影子，被人们仰望，奉若神明；人文主义撬开了人类认识自身的缝隙，大航海与科学的发展为人们智识的增长拓开了空间。那一边，反宗教改革仍在继续，教会势力仍旧把持着旧世界绝对的支配权。宏伟壮丽的巴洛克教堂营建不休，人们祈望以华丽万象在尘世构筑天堂。抬头望向苍穹的人群中，有人在赞美上帝与天使的存在，有人在赞叹无边的宇宙与浩瀚的星辰。冲突、动荡、歧义、暧昧，力量与虚弱并存，浮华与禁欲主义同在，神圣世界与世俗世界不再泾渭分明。同时，在这些背后，潜藏

着一股强力的暗流：从 14 世纪开始的人类历史上最大规模的瘟疫，吞噬了欧洲 1/3 人口。在此之后，这种肆虐的疾病每隔 10 年就会暴发一次，此后 300 余年，欧洲大陆上的疫情此起彼伏，始终笼罩在死亡的恐怖气氛中。而如果我们以为 17 世纪——这个看似活色生香的时代——仅仅是大瘟疫时代温和的尾韵，那绝对是大错特错。让我们试着从下面一组数据中稍探端倪：1629 年的米兰大瘟疫，仅仅数月之间，米兰、威尼斯等城池全部沦陷，28 万人死于鼠疫；1665 年，英格兰大瘟疫暴发，约 10 万人丧生，超过当时伦敦人口 1/5，伦敦城一时间尸骨成山；16 世纪中期，西班牙殖民者把天花带入南美洲的印加帝国，死伤数千万人，被公认为"人类历史上最大的一场种族屠杀"。

生活在 16、17 世纪的人们与死神是如此切近：无论天灾人祸，死神都可以无故降临，它随时随地带走你的至爱亲朋。一场瘟疫席卷过后，所有剩下的人都是劫后余生。生者必须重新接受自己幸存者的角色，以及这个角色背后的生命格局。因他们已见识过白骨堆山，运尸车昼夜不停地将累累尸身运往城郊的埋尸坑，匆匆掩上薄土；他们已见识过大火屠城，华丽万象皆覆灭，芳草萋萋又一春；他们已见识过命运无常，它恩宠你、毁灭你，毫无因由，翻手为云覆手为雨。何为虚妄，何为恒长？

在命运与死亡面前，艺术大师也不过是普通人，逃不过怨憎会、爱别离。让我们随手列举几个和这次展览相关的人物：画家鲁本斯的第一任妻子伊莎贝拉·布兰特，也就是《劫持鲁西波斯的女儿》等画作中女主角原型，死于 35 岁韶华之龄。鲁本斯的幼女，克拉拉·赛琳娜·鲁本斯，也即本次展览中最受瞩目的那幅肖像画中的小女孩，夭折于 12 岁。继鲁本斯之后，佛兰德斯画派最杰出的画家安东尼·凡·戴克，也只活到 42 岁，终结于艺术生命的鼎盛期。这个时代最闪耀的艺术大师们，似乎都曾经历过爱妻早亡、子嗣夭折的命运，鲁本斯、伦勃朗、委拉斯开兹等人皆是如此。

因而，我们总能在不经意间从这一时期的艺术作品中读到某种关于人类命运的感伤：人生如寄客，今日所见为实之盛景，也仅仅是虚幻之即景。无论多少富丽恢宏的教堂被建造，无论自然科学经历着怎样的飞跃发展，无论大航海时代探险家的足迹如何广布四洲，也无论欧洲人从东方搜罗来多少文玩珍奇，请牢牢记得，这是一个以箴言"铭记死亡"为普世价值的时代。

人生训诫如此沉重，如若铁锤，好像一下子奠定了人类生存方式的某种基础。正视死亡，向死而生，也就等于肯定了每个生命的偶在性和有限性。在这个前提下，一方面，人类拥有了更为丰沛的感官，欲望表达也更加显白，及时行乐的观念有了某种程度上的合法性；另一方面，虚无感与命运的无常让人们深入内在世界，因而也就有了更多对自身存在状态的观醒体察。可以看到，这个时代的艺术家第一次开始如此细腻地处理过人类与其自身生命感相处这一问题：在人类漫长的历史上，从没有一个时代的人们能如此长久地直视死亡、接纳死神的频繁光顾，因而，没有一个时代比这个时代的人们更懂得服膺于肉身，饱饮尘世欲望。或者可以这样来表达：没有另一个时代能如这个时代的人们一样，参透了欲之虚妄，死之恒常。

彼得·保罗·鲁本斯

文艺复兴以来的画师们，有手艺傍身，常常出入于王公贵胄之间，若是将身份类比起来，俨然就是今时今日的 IT 界高富帅。大概无论在什么时代，人们都乐于供养制造幻觉之境的大师，从前是用画笔，如今是用二进制码。全部是以虚空为鹄，以精湛技艺构筑起新世界的致幻把戏。所不同的只是，他们所造之境，一世比一世更如现实。

　　鲁本斯即是其中翘楚。颇受尊崇的社会地位、备受肯定的艺术成就、优渥的生活，鲁本斯几乎拥有了一位艺术家在尘世中可享有的一切荣光。

　　由于宫廷画师的身份，虽然鲁本斯传世之作不少，但其作品多集中在王室收藏与私人藏家手中，一般的国外博物馆中都难得一见。因而，本次鲁本斯的 22 件作品同时在中国国家博物馆展出，是颇为难得的。特别是本次展览中，还复调式地展出了 3 幅同一主题、不同媒质的鲁本斯名作《战神马尔斯与瑞亚·西尔维亚》——分别为一幅草图、一幅油画、一幅挂毯，这三种媒材不同、样式相差无几的画作毗邻呈现，交相辉映，让观众可以看到从草图阶段到挂毯的工艺完成阶段，一幅名画是如何变迁的，这样的形式更是从未有过。

　　鲁本斯曾说，"我的天性使然，较合适创作大型作品胜于小件珍品"，因为"不论作品的尺寸多大以及画面有多么复杂，在进行设计时，都从未失去勇气"。《战神马尔斯与瑞亚·西尔维亚》就是这样一幅大型创作。首先由鲁本斯在小尺幅的画布上画出草图，再将草图放大成较大尺幅的油画作品，最终再由工匠参考草图和油画作品，编织成更大尺幅的挂毯。与我们今日的理解不同，留有大师手迹的油画并不是最终目的，在当时，最昂贵的是挂毯，价格大约是布面油画的十倍。而如今看来价值连城的油画作品，其创作初衷居然只是为了让挂毯编织过程更顺利、图像更准确、颜色表现更丰满而已。

据考证，这三幅《战神马尔斯与瑞亚·西尔维亚》皆创作于 1616 年到 1620 年之间。可以看到，这一时期，鲁本斯作品中巴洛克风格表现已经完全成熟。图画取材于一则古代神话，画面中描绘的两个人物就是罗马城的缔造者罗慕路斯和瑞莫斯两兄弟的生身父母，因而也算是罗马城的前传。故事讲的是战神马尔斯爱上了壁炉女神维斯塔的女祭司瑞亚·西尔维亚，并在这位女祭司熟睡之时强行占有了她。画面中健硕无匹的战神已经脱下了头盔，他眼神直接、情欲贲张地奔向女祭司，而他身上火红的披风高高扬起更暗示着动作的刚猛迅疾与迫不及待。与火热的、暖色调的战神相反，女祭司满脸惊恐后退连连。作为一名女祭司，她曾起誓要永葆贞操。然而作为女人，生在鲁本斯的笔下，又怎么容得你清简冷艳？她必然拥有白皙肥嫩的肌肤，浑圆肉感的身段，而丝绸的衣饰的质感给她披上了一层更为华美的外观。鲁本斯选择了这戏剧化的一幕，毫无遮蔽之意，用罗马式恢宏华丽的笔调描绘了这一个伟大文明被孕育的前戏。

现代人恐怕已经很难理解 17 世纪的人们对鲁本斯的狂热的喜爱。的确，他笔端的人物特别是女性，是完全与现代审美相抵牾的。女人们肥硕、健壮，她们扭动的躯干中盛满了情欲，带着蛮荒的血肉的气味，地母一般。汉子是精壮而粗野的，他们眼里是漫无边际的欲望，仿佛能听到他们口里喘着粗气，带着一身蛮劲儿和满身荷尔蒙的味道。的确，痛苦、死亡、色情、欲望一直都是鲁本斯偏爱的母题。尽管他多受托于教会以及宗教上极为保守的贵族们，为其创作一些宗教神话题材的作品，但在骨子里，他却彻头彻尾是异教的、人本主义的、肉身化的艺术家。鲁本斯懂得如何营造古典题材与肉身表现之间的张力，甚至可以说，他对把控欲望游戏的精髓十分在行：欲望的本质正是来源于对戒律的反抗。在鲁本斯的画作里，盛满情欲的肉体，像是辽阔大地上最粗野、最有生命力的植物拔地而起。不表现圣洁之美，相反，他的画面中常常出现被痛苦与欲望折磨着的个体的人。那种用身体表达出的人性之爱十分感人，它让欲望亦有尊严。

鲁本斯的作品里洋溢着激情——一种狂暴的、经常索求无度的渴望。但同时他又十分懂得法度，将法度玩弄于股掌之上，他懂得保全之法，左右逢源，因而不会像他的前辈卡拉瓦乔一样，被暴烈极端的激情所吞噬。鲁本斯的生命里似乎一直执掌着一种火焰，是的，执掌。它毕生熊熊燃烧，自身却从不至被烧毁。

佛兰德斯肖像画与安东尼·凡·戴克

尽管反宗教改革的声音一浪高过一浪，无可否认，艺术已经从天上降落到地上，几乎不用神明而用人作为对象了。除了绘制少量亲人们的肖像之外，贵族和新兴上层资产阶级成为画家们最主要的创作对象。在还没有摄影术的时代里，为人绘制肖像绝对可以算画家的主业之一。绘制肖像，不仅是为了表现主人公的身份地位，更是为他们的人生留下一幅影像。哪怕是富庶之家，绘制肖像的机会也不会很多，因它耗时费力且昂贵。然而，人们还是乐于呆坐数日、几经修改来完成一幅满意的肖像。这就好像从流逝的生命长河中捞取一幕断片，抑或是从时光的熊熊烈火中抢出生命的形状。在充满了生之忧惧的年代里，绘画，是保有生命的一种方式。就像上文中提到的那幅鲁本斯为长女所作的《克拉拉·赛琳娜·鲁本斯的肖像》，画中的孩子在7年后便与世长辞，但她的额角眉梢、灵动眼目却永远被父亲留在了画布上，也留在了心里。

细读肖像画之时，人最易生出感伤。纵是栩栩如生，颜若温热，但他们如今都已不在。肖像的主人公被画下时，也或多或少会带着一种告别的心情吧？从展厅一路走过，几乎肖像画中的每一个人，都带着传诸后世的肃穆神情。凡是入画的，都必然经过了主人公的细心拣选：领子袖口的花边形状，戴哪一件首饰，摆哪一种身姿，要耍出哪一种威仪……这该是理想中的自己与现实中自己相遇、对话的奇妙时刻吧？若这情形轮到我们，此生我们又将选择哪一时刻、哪一种面貌，用以抽象出整个人生？这问题足够庄严，足以拷问人性。而作为画师，在这种有严格规定性的有限的创作空间里，他又要做出怎样的坚持，怎样的逢迎？冲突，是一定发生的。法国艺术史家丹纳曾有这样一段话，无比精准地描述佛兰德斯人的审美观念：

佛兰德斯人生长在寒冷而潮湿的地方，光着身体会发抖。那儿的人体没有古典艺术所要求的完美的比例，潇洒的姿态；往往身材臃肿，营养过度，软绵绵的白肉容易发红，需要穿上衣服。画家从罗马回来，想继续走意大利艺术的路，但周围的环境同他所受的教育发生抵触。没有生动的现实刷新他的思想感情，只能靠一些回忆。再加之他是日耳曼民族出身，换句话说，骨子里有种淳朴的道德观，甚至还有羞耻心，不容易体会异教主义对裸体生活的观念。

此时的画师们至少面临着意大利佛罗伦萨风格与佛兰德斯

式审美相适应的问题。平心而论，最完美地解决了这个问题的，不是激情澎湃的鲁本斯，而是他的弟子，性情敏感细腻的安东尼·凡·戴克。

安东尼·凡·戴克是鲁本斯工坊里的学徒，他继承了老师鲁本斯对人物情态与心灵的敏锐把握，但他俩的画呈现的是冰火式的两极。如果说，鲁本斯的作画方式是小说家式的，构织情节，渲染气氛；那么凡·戴克的工作方式就是心理学家式的，没有情节、没有大幅度的动态，只有略显拘谨的姿势和几个简单的手势。然而你还是会被他所折服，他善于洞观体察人们的心理，落笔准确，丝丝入扣。在他笔下，衣纹也有生命，手势亦有表情。他对画面的精致的处理赢得了贵族们的追捧，特别是在英格兰，他成了宫廷的宠儿，甚至成了查理一世国王的挚交。凡·戴克纤细、节制、精确的画风也影响了整个英格兰画坛，庚斯博罗、雷诺兹、佐夫尼、拉姆尼等大画家都曾有所借鉴。

勃鲁盖尔的《伯利恒的户口调查》

勃鲁盖尔父子活跃于文艺复兴晚期与巴洛克早期的过渡阶段，老勃鲁盖尔开创了自己的风格，而小勃鲁盖尔则更多临摹父亲的作品，并将其素描、版画等转绘为油画。我们在展览中所见的《伯利恒的户口调查》就是这样一件最初由老勃鲁盖尔绘制，后由小勃鲁盖尔临摹的作品。

这幅画表现的是《圣经》中记载于《路加福音》的故事，讲的是奥古斯都大帝下令进行户口调查，玛利亚与约瑟重返约瑟的出生地伯利恒，之后在伯利恒的马厩中，玛利亚生下了耶稣。若不加留意，很容易把它看成一幅普通的、表现佛兰德斯冬日乡间生活的画作。玛利亚和约瑟隐没于一片热闹的乡间生活场景里，在画面下方前景偏右的位置上，约瑟背向观众，扛着手把锯走在前面，甚至没有面容；玛利亚身藏于深蓝色长袍，偏坐在驴子上，形色与常人无差。

如常——若我们愿探究，恐怕这正是深意之所在。虽然勃鲁盖尔的绘画总不免带有稚拙的孩子气，但他绝对是个思想深邃的画家。要知道，勃鲁盖尔笔下的，是圣子来临前的时辰。在基督教语境下，这是一个怎样的时刻？耶稣未来时，宇宙洪荒；他来以后，天地清朗，人世从此两样。然而，这本该是天地为之变色的奇迹时刻，在这幅画里却并未得到充分渲染。这幅画作完全颠覆了历来将《圣经》中的人物作为画面主体来处理的原则。我们看到的只是民俗画般的全景式构图，没有焦点，在所有事物的刻画上几乎不加分别，看不到作者的偏重。若非细心寻找，观众甚至会错过主角们的出场。玛利亚、约瑟以及尚在玛利亚腹中的圣子，他们的到来是如此静默，无惊无扰，从熙来攘往的日常世界穿行而过，仿佛带着一身秘密，仿佛来得不值一提。身边的人们仍活在常人的世界里，耕作、买卖、宰牲、游戏……按部就班一如往常。常人自有着他们的活法、他们的关切、他们的计较、他们的烦恼，而圣子将默默地来临，他来，为赎清世人的罪。尽管身边这些只专注于一己之事的人们，对他的来临漠然以对，然而，他将爱他们，以命、以血。

勃鲁盖尔最高明之处，也许就在于北欧人那种清明冷峻、隔岸观火般的洞识能力，他精准地揭示了那些伟大的行迹在尘世之中真正的位置。对于摆放他们的位置，古代大师们从不曾出错：真正伟大的苦难多是沉默的、无告的。在此意义上，肩负世界历史之职责的人永远无法向尘世之人开口，肩负彼岸之责任的人们亦永远无法真正与此岸之人相勾兑，你尽可以召唤，但你无法阻止世人默默地转过身去，背向而对。无论是神迹还是苦难，就这样悄无声息地发生，也好像从未发生过一样。从这幅画作里，我们仿佛能读到所有那些身负苦难的无告之人在尘世的处境。与鲁本斯那种大张旗鼓创作宗教题材，却向其中填充尘世欲望的做法截然不同，勃鲁盖尔用尘世的图景给相信神迹的人们留下了一个温暖的希望，尘世的生命是值得肯定的，神明也还在众人中间。它不声不响地汇入了生活之流，模糊了神圣与世俗的界限。

当然，在此次展览中，除了以上提及的这些作品，我们还可以见到百余幅画作，完整地勾勒出16、17世纪尼德兰南部地区艺术发展的历程。我们可以见到昆丁·马西斯《税吏》中人物那不可言说的狡黠神情；可以见到佛兰德斯风景画里，佛兰德斯人对日常事物的重新审视，田野、河流、光线，甚至节气的温寒都构成了独立的绘画主题，不再单单作为文艺复兴时期人物画背后山长水远的背景；还可以细细品读巴洛克的"静物画"，那些暗喻着生命转瞬即逝的花朵与昆虫、那些器皿与珠宝上闪过的流光溢彩、被虫噬过的叶片，它们昭示着在华丽盛大的外表下，万物的腐坏、易逝与虚无。这是大时代之后，用酒神精神打过底的大时代，它底色虚无，但并不妨碍人们尽情经过。这是一个开始懂得尊重人性、尊重欲望，肯于还给肉身一个尊严的时代。若我们一时还领受不了那种恣意汪洋的丰沛之美，那不如就先从尝试着理解这种美开始吧。

■叶廷芳

作 者 简 介

中国社会科学院研究员。1936年出生于浙江省衢州市，1961年毕业于北京大学西语系德语专业，留任助教后于1964年进中国（社科）科学院外国文学所至今，主要从事德语文学研究。先后任文艺理论研究室副主任、中北欧文学研究室主任；中国外国文学学会理事、德语文学研究会会长（现名誉会长）；中国作协、剧协会员；第九、十届全国政协委员。获苏黎世大学荣誉博士、国际歌德学会荣誉会员。著有《现代艺术的探险者》《卡夫卡及其他》《美学操练》等十余部；编有《论卡夫卡》《卡夫卡全集》《世界随笔金库》等五十余部以及译著《迪伦马特戏剧选》《卡夫卡文学书简》等数部。

作 家 印 象

　　作为德文翻译家、德语文学专家,叶廷芳关注的领域比文学翻译和文化交流广阔得多。他用歌德的浪漫拥抱世界,用卡夫卡的荒谬理解世界,用萨特的严谨度量世界。他关注中国历史文化,关注世界文化遗产,为遗址保护呼喊,为废墟之美布道。

　　在他的生命里,真、善、美相融相通,互为因果。他捍卫废墟的价值,捍卫历史,捍卫未来,捍卫了通往真、善、美的通衢大道。

——李　舫

再谈废墟之美

■ 叶廷芳

石构建筑与废墟文化

从历史上看，世界上的建筑——这里指的主要是大型的、有纪念价值的建筑——大致有两类：一类主要是用石头建造的，叫石构建筑；一类主要是用木头建造的，叫木构建筑。前者遍及世界各大洲，包括我国周边的东南亚和西亚诸国；后者则主要存在于中国以及朝鲜和日本。石构建筑由于材质的原因，不易腐朽或毁坏；即使因客观原因如雷击或战争等毁坏了，也能留下残垣断壁或曰废墟，几千年而不灭。木构建筑则不同，即使没有天灾人祸，也容易朽蚀，故千年以上的木构建筑遗存极少。

由于这样的原因，国内外的建筑遗存就形成两种结果：石构建筑毁坏后留下的废墟，多少年后仍历历在目，好像真的成了"凝固的音乐"。它们辉煌的过去越来越勾起人们的怀念，而它们的悲剧性遭遇也越来越唤起人们的叹息。随着时间的推移，那些残垣断壁在人们的心目中不仅不是垃圾，而且是宝贵的精神遗产,受到普遍的尊重和珍惜。这就形成一种文化,即"废墟文化"。废墟因受到尊重并受到保护,从而成为审美对象,继而产生"废墟美学"的概念。

在欧洲,废墟文化在15世纪前后的文艺复兴时期获得一个契机:经历了上千年禁欲主义压抑的欧洲人,从新发掘的古希腊罗马时期建筑、雕塑、壁画、马赛克图案等艺术品的废墟中感受到了人性美的光辉和人体美的魅力,从而对废墟产生欣赏和爱惜之情。因此,不难想象,欧洲历史上许多重要的建筑毁坏后,极少有原地重建的现象,而都将它们作为一个珍贵的时代标志予以尊重和保护,乃至一块妨碍走路的"乱石"都不许随意挪动。而一座古老的城市若不见一处或几处废墟遗址,仿佛是它的缺陷或遗憾。

与此相反,我们中国的宫殿或庙宇毁掉了,就得赶紧在原址修复或重建,否则即使留下残垣断壁,也会很快被民间搬抢一空(这里指的是需要宫殿的时代)。无怪乎,在明代以前的几千年间,我们有那么多辉煌的宫殿建筑都没有留下一处像样的废墟遗址!因此我们的建筑文化中缺乏"废墟文化",从而也缺乏对废墟美的认知和欣赏能力,就不足为怪了。

珍惜我们的废墟资源

然而,说我们中国不见废墟文化,并不意味着我国没有废墟或缺乏废墟资源。须知,我们是个有着悠久的"墙文化"的国家。不仅有万里长城,我们古代的几乎每个城池都有城墙,它们可都是石构建筑,有五百年到三千年的历史,大部分已沦为废墟。作为单体建筑,长城的原始工程量不仅超过国外任何古代的大型单体建筑,甚至超过任何一个国家的大型建筑的总和!再说,我国历代的皇家建筑和贵胄府邸并不全是木构建筑,像天坛祈年殿、故宫太和殿的须弥座以及天安门前的金水桥等是多么壮观的石构建筑。相信我国历代的宫廷建筑都有此类石基或石质构件。这从某些"复建圆明园"的热心人近年来先后对圆明园含经堂和九州清晏的开挖(不是发掘)也得到证实。至于历代的帝王和贵族的陵寝更不用说也都是石构建筑,甚至他们的墓前都有可观的"石人石马"一类的阵式。只是由于我们的国民缺乏废墟文化的观念,不把这些以点、圈、线的形式遍布全国的建筑废墟看作价值无比的文化遗产;加上以往缺乏有效管理,导致大量砖石被盗挖流散。特别是在某些特定年代例如"文革"时期,更以"反四旧"的名义予以大规模摧毁。包括笔者的家乡衢州城那完整的城墙和城门即在这样的劫难中毁于一旦。

20世纪人类经历了两次世界大战,深为痛惜文物遗产破坏之严重,先后召开了多次国际会议,讨论并明确了一系列相关的保护理念和方法,签订了一系列相关的国际协定和条规。由于众所周知的原因,许多重要场合中国都缺席了。

1980年以宋庆龄为首的1500多名社会贤达发出《保护、整修及利用圆明园遗址倡议书》和1982年《中华人民共和国文物保护法》的公布,标志着我国人民文物保护意识开始觉醒。然而觉醒却必然有一个"睡眼惺忪"的过程,在这一过程中出现吊诡现象,即"知道"要保护,却不知道"如何"去保护;"保护"的结果反而造成破坏!常见的现象是:很好的建筑遗存,本来只要按照"修旧如旧"的原则予以加固即可,但却被修葺一新。

更有甚者，动辄铲除重建，仿佛古董也可以"涅槃"。甚至有的教授说出这样的高论："现在是假古董，一百年以后不就成了真古董了！"这位教授天真得可爱，他以为古董是靠时间熬出来的！难怪有人说："我们没有废墟文化，却有假古董文化！"这当然是风凉话。我倒更愿意以"文物保护幼稚病"来概括这一令人感慨的现象。

殊不知，废墟的文物价值就在于其残破过程的历史真实性。正是这种真实性具有震撼人心的力量。因为它包含着丰富的历史文化讯息，是活的历史化石或活的历史教科书。它能令人"发思古之幽情"，以至"怆然而涕下"。比如我每次从飞机上看到那蜿蜒于崇山峻岭中的长城废墟，脑子里就立刻浮现出许多画面：一个个朝代的一支支劳动大军从遥远的四面八方奔向茫茫大漠和高山险坡去挥洒血汗，多少个"孟姜女"拖儿带女哭奔寻夫，更有多少中华男儿的金戈铁马凭恃长城的屏障与入侵的敌人拼命厮杀……

长城是中华民族保卫家园的伟大意志的体现，也是这个民族以"防御"为主、爱好和平的有力见证。它象征着中华民族的魂魄。那绵延21000余公里的巍巍屏障饱含着中华民族的血液，它的每处残垣断壁上的荒草杂树都是它身上鲜活生命的表征。然而现在有许多热爱长城的好心人，恨不得让整个长城"返老还童"，重建了一程又一程。殊不知，时间不会倒流，历史不可能重复。正像宇宙间的任何事物包括星球有生必有灭一样，长城的遗迹最后也会消失的，我们的责任是尽可能地延缓这一过程：出现裂缝的，立即予以弥合；发现有垮塌险情的，设法予以加固，并尽量保持它的年龄的刻痕，即沧桑感；已经荡然无存的，不要紧，铺上碎石，保持它的历史轨迹即可。至于大量已经垮塌了的，那就由着它吧，因为这无损其存在的价值，正像卢浮宫里那有名的断臂维纳斯和无头的胜利女神并不影响它们与完美的《蒙娜丽莎》一起成为卢浮宫的"镇馆三宝"。而如果给她们分别安上头、接上臂，她们还有这个地位吗？

从建筑科学讲，任何建筑都是服从功能的需要而存在，不与功能相联系的建筑只是废土一堆。长城只有在冷兵器时代才有一定的防御价值。这些新建的长城不是出于国防的需要，没有了古长城防御功能的DNA，千年以后也成不了文物，相反，它只会成为历史的笑柄，即"文物保护幼稚病"。至于那些为"开发旅游"而狂热地修建新长城，不啻是在犯罪了。

尽管不少有品位的专业或业余摄影师不辞千辛万苦，千里跋涉，拍摄下很多隘口、险峰的"野长城"的珍贵照片，但却有更多的摄影师对新长城兴致勃勃，精心选好角度，拍摄下那翻山越岭蜿蜒浩荡蔚为壮观的新长城，发表在各类媒体上。殊不知，它们是伪长城啊。殊不知这是对世界上最伟大的"人类遗产"的严重歪曲，更是对国人文物认知的严重误导。而且，在珍贵的长城遗址上建筑新长城是违法的——《中华人民共和国文物保护法》第22条明确规定："不可移动文物已经全部毁坏的，应当实施遗址保护，不得在原址重建。"

诚然，为了让今人领略一下当时长城的形制，如烽火台、城堞等，修复一两段未尝不可。然而现在复建的数量和规模完全超过需要，引起许多国内外有识之士甚至一般游客的皱眉或摇头叹息。作为炎黄子孙，看到某些同胞用这样不惜工本的幼稚方式来破坏真古迹、建造假古董，从而引起国内外的负面反响，脸红之余，我深感痛惜。我不想责难有关的当事者胡作非为，我相信他们多数人主观上是善意的，但他们由于头脑里废墟文化的缺位而陷入了行动的误区，则是无疑的。

由于废墟文化和废墟美学意识的缺乏而造成遗址维修加固工程的纰漏更是层出不穷。2016年秋发生在辽宁绥中县锥子山"野长城"维修中的问题最令人啼笑皆非：它将一段珍贵的长城废墟简单地用混凝土去浇灌，使之变成一段"豆腐渣"式的"水泥马路"，引起全国哗然。检查各涉案单位，都有合格的资质，而且也经层层报批，手续完备。那么问题的症结在哪里呢？除了有关单位的业务水平及其工程技术人员的专业技术水平不到位以外，最根本的问题还是在于废墟文化和废墟美学的阙如，因而对那段"野长城"的"野"所展现的美无动于衷。这一点应该引起整个文物界乃至各级有关领导层的反思：为什么贸然批准那么多的"野长城"让人修成"新长城"即"伪长城"呢？为什么不严格按照国际通行的理念和技术规则行事呢？为什么不建立一所高等院校或高级培训机构以加强对有关人员的文物认知能力、技术水平乃至人文素质的培养呢？

发展废墟美学，培育废墟文化

一种文化的形成需要较长时间。其核心问题是对废墟美的认知和感受。这需要一定的文化基础和人文素质，有时还需要一定的机遇。这里我可以谈点自己的经历。

我年轻时对废墟美也毫无感觉。在北大念书时，与圆明园遗址仅一墙之隔，常去那里转悠。面对西洋楼的残梁断柱，总觉得是祖国的耻辱，一旦国力强盛，将呼吁复建圆明园。1981年初次出国访问，游览海德堡那座昔日德法战争期间毁于战火的宫殿废墟，见一座长满青苔的筒式碉堡斜倚在一堵同样长满青苔的厚墙边，就说："这座碉堡让它这么倾斜着多难受啊，为什么不用吊机把它扶直呢？"陪同我的那位青年教师笑着说："这是文物，文物就应该保持它毁坏时的历史原初性。"我像受到惊雷一击，久久脸红着。10年后，我和一群德国人游览罗马大市场废墟，在一条沙粒铺成的便道上遇见一块约拳头大的石头，我觉得它碍事，便顺脚把它踢到了一旁。后边的一个同行的德国人马上上前把它拾回原处，并说："这是文物呀，不能随便挪动它的位置。"我的脸又唰地一下红了，因为我是这个队伍里唯一的教授，也是唯一的中国人，我觉得我把整个中国人的脸都丢了：人家对文物的感情那么神圣，而我却那么无知！尔后我发现这些德国普通的老百姓参观废墟遗址，特别是像罗马斗技场、戴克里先浴场、庞培废墟等名胜时，都带着朝圣般的神情，不时向导游问这问那，或者陷入沉思默想。我如同扎扎实实地接受了两周的文物培训。

下面让我们看看人类中感受能力最敏锐的作家们是如何看待和描写这些残垣断壁的吧。刚才提及的罗马斗技场，许多诗人、作家都写过、慨叹过。但写得最动情的当推19世纪英国伟大小说家狄更斯："这是人们可以想象的最具震撼力的、最庄严的、最隆重的、最恢宏的、最崇高的形象，又是最令人悲痛的形象。在它血腥的年代，这个大角斗场巨大的、充满了强劲生命力的形象没有感动过任何人，现在成了废墟，它却能感动每一个看到它的人。感谢上帝，它成了废墟。"

德国的莱茵河是德国人的"父亲河"(海涅),从审美角度看,其"华彩河段"是位于考普棱茨市至平根镇的那60多千米的航程,其两岸崇山峻岭,时见急流险滩。两岸崖壁上耸立着几十座中世纪的骑士古堡、贵胄别墅或防御工事,但绝大部分都已沦为废墟。起初每次乘火车经过,心中总是不无遗憾地想:有这么好的"骨架子",为什么不把它们修起来加以利用呢?有一次终于向邻座提出了疑问,不想他的回答却出乎我的意料:"留着它们多好!让人们想起中世纪的骑士们如何在这里习武或行盗;日耳曼人如何击退罗马人渡河进攻……"后来知道,欧洲人对此的态度普遍与我们不一样,尤其是19世纪初的浪漫主义诗人和画家们无不醉心于两岸废墟。故人们将莱茵河的这一国宝荟萃之地干脆"赠予"浪漫主义艺术家们,称其为"浪漫主义走廊"。不久我读到德国浪漫派首领F. 施莱格尔的散文《莱茵行》,其中对两岸废墟果真赞美有加,如:"这里是莱茵河最美的地带,处处都因两岸的忙碌景象而显得生气勃勃,更因那一座座险峻地突兀于陡坡上的古堡的残垣断壁而装点得壮丽非凡。"另一处他又赞颂说:"那一系列德意志古堡废墟,它们将莱茵河上上下下打扮得如此富丽堂皇!"你看,在我看来是歪歪斜斜、破破烂烂,在他看来却是富丽堂皇、壮丽非凡!

赞美废墟的不只是浪漫主义诗人,一般的作家乃至老百姓又何尝不是如此。你看法国现代作家纪德在《春天》一文里就有这样的描写:"我在回巴黎去领略那料峭北风和愁眉不展的天空之前,先让奥林匹斯山那美丽的废墟半掩在花丛里了。"这是作家一种深层诗性或领悟性的表达。

这真是中西方文化的差异。但我相信,有了一定的文化修养，一个东方人也可以感受废墟之美。我的老朋友、清华大学教授陈志华曾跟我谈及他的希腊之行。他说在只有半平方公里的雅典卫城他就足足待了三天。我问他都干什么？他说："什么也不干！就在那些残缺不全的神庙前面呆呆地坐着，凝望着，胡思乱想……"后来我在日本作家三岛由纪夫的《希腊》一文中找到了这一情状的奥秘：三岛由纪夫第二次莅临雅典时，也在这里那里久久坐着、凝望着不肯走。面对眼前残缺的废墟，他想象着建筑师当时还考虑过什么。"那种想象的喜悦，不是所谓的空想的诗，而是悟性的陶醉。"因此他认为在废墟面前所受到的感动，超过了其真实的整体所给予的感动。所言极是。

笔者第一次参观卢浮宫雕塑馆的时候，从一座楼梯下来在转梯处向左转过身的时候，突然被眼前的一尊约两米高的雕像震住了。只见一个身材匀称秀美无比的女性身躯站在疾驶的船头，她轻柔的衣衫被风刮得紧贴在身躯和肢体的肌肤上；取代双臂的一对羽毛丰沃的双翅正雄健地高高振起。再一看，不禁心一沉：怎么看不见脸面——啊，根本就没有脑袋！但这一瞬间惊异一点没有冲淡刚才的视觉冲击，她依然那么美，那么气象万千！周围的人们互相推拥着，设法从各个角度观赏她的美。假如她身首是完整的，那么她的面容该是怎样的呢？于是我做了各种猜想：如果胜败未卜，她正在奋不顾身去夺取胜利，那么她的面容应是刚毅而严峻的；如果胜利在望，那么她的面容应该是紧张而兴奋的；如果是刚刚取得胜利，正在奔走相告，那么她的面容就会像刚刚踢进一个球的球员那么狂喜……这尊残缺的雕塑在我的欣赏过程中至少多了这么三重想象空间，给了我更多的感动。这就是废墟美的魅力之所在吧。

废墟的特征是残缺，因此欣赏废墟美的前提是欣赏残缺美。在一般情况下这有违于人们的视觉感受。故而就有必要对美的概念加以外延，即美的对象不仅属于视觉、听觉或味觉，它还属于心灵的感觉和领悟。这是触及人的深层智性的一种反应。这样，美就不仅跟你的视觉、听觉的欣赏习惯有关系，还跟你的哲学思维有关系。日本有位现代作家叫厨川白村，鲁迅译过他的一部很有名的著作叫《出了象牙之塔》，其中有一篇文章，题为《缺陷之美》。厨川白村认为缺陷乃是人的与生俱来的宿命，因为"人类所做的事，无瑕的事是没有的"；他甚至认为，"人类是满是缺陷的永久的未成品"，而"这才好"。为什么呢？"正因为有暗的影，明的光这才更加显著。"厨川白村还用自然水与蒸馏水做比喻，说："水之所以有甘露似的可贵味道者，岂不是正因为含有细菌和杂质的缘故吗？不懂得缺陷和罪恶之美的人们，甚至用了牵强的计策，单将蒸馏水一般淡而无味的饮料，要到我们这里来硬卖，而且想从人生抢了'味道'去，可恶哉他们，可诅咒哉他们！"这几句话用在那些竭力用假古董来"硬卖"，抢了人们欣赏真古董的"审美眼光"去的人们的身上不是再恰当不过吗？

须知缺陷美的观点并不是厨川白村的空谷足音，从2000年前的古罗马诗人奥维德到当代的钱锺书，都是他的先声或知音。前者认为"脸蛋生痣则更加俏丽"；后者在读到奥维德的这一观点时，引起共鸣，随即旁征博引，指出中外文学和文献中许多人对此英雄所见略同，其中19世纪英国著名散文家威廉·哈兹利特的一句名言颇可玩味:"任何事物若不带点儿瑕疵,很快就会显得无趣,要么就像是'蠢善'。"这使我想起画家吴冠中先生的一句石破天惊的话:"美是一种邪气。"不是吗?比萨斜塔的美不正是在于它的"斜"吗?

残缺美是废墟美的哲学前提。而废墟美是废墟文化的核心。一旦废墟文化在我们周围蔚然成风,我们无数的废墟遗址就有了牢固的保护墙。所幸我们处在一个急速发展的时代,随着文物保护意识的不断加强,国人的废墟审美意识也在日益觉醒。就以对待长城废墟为例:如果说以"修旧如旧"的名义修复的司马台长城对于修旧如新的八达岭长城或慕田峪长城来说是一个进步,那么目前正在以"修旧如旧,随旧随残"的理念修缮的京郊箭扣长城则又超越司马台长城而向前迈了一步。但我们必须清醒地看到,目前我们的文物保护意识的觉醒依然处于"睡眼惺忪"阶段,离完全觉醒显然尚需时日。就以刚才提及的箭扣长城为例,《新京报》2017年5月3日有两版报道。首先从报道和照片看,确实有个别工人在用旧砖头砌墙,但每天有"数十名工人"和"三十余头骡子"来回背负着新砖头上山。如果坚持"随旧随残"的承诺,遵循"历史真实性"的原则,用得了那么多的新砖头吗?其次,从照片看,那一垛垛整齐的城堞矮墙分明是刚刚用新砖头砌成的;其"旧"的颜色也是就地取材,用附近的泥土和成泥巴抹上去的。这样的做法和工艺显然离"随旧随残"的理念相去甚远,而且也不符合国家文物法"最少干预"的规定。从美学角度讲,看来事主还是不愿看到遗址的"残"和"破",或者说不以其为美,而尽量让新修的遗址"像"长城。

残缺美意识的养成不仅是个理念的问题，它跟经常的耳濡目染和人文素养的提高密切相关。这不仅需要个人的努力，还必须等待环境的成熟，即这种审美意识的普遍觉醒。这就需要耐心。有鉴于此，奉劝那些关心长城遗址命运的长官、专家和同胞们，暂时克制一下你们急切的"维修冲动"，让"修长城热"冷一冷，放一放，到一定时候，你们也许会感到，对中华民族这一不可再生的历史见证，保留它残破的历史真实性或曰遗址的原生状态也许更有价值；那时你会觉得，那蜿蜒于崇山峻岭、隐现于荒草杂树中的"野长城"是多么美；那时你甚至愿意用毕生的精力来保护这种美！

■ 叶　舟

作者简介

　　诗人、小说家。1966年生，毕业于西北师大中文系，发表过大量小说、诗歌及散文作品，作品多次入选各种年鉴、年度选本和中国小说排行榜，并被译为英、法、日、韩等国文字，有部分小说被改编为影视剧。著有诗文集《大敦煌》《边疆诗》《练习曲》《叶舟诗选》《敦煌诗经》《引舟如叶》《世纪背影》《花儿》；散文集《漫山遍野的今天》《漫唱》；小说集《叶舟小说》(上下卷)、《叶舟的小说》《第八个是铜像》《我的帐篷里有平安》《伊帕尔汗》以及长篇电视连续剧《我们光荣的日子》等。作品曾获得第六届鲁迅文学奖、《人民文学》小说奖、《人民文学》年度诗人奖、《十月》诗歌奖等。现为甘肃省作家协会副主席。

作家印象

　　叶舟由诗而入散文，他的散文仍难得地保有高蹈轻扬的诗性和从容不迫的诗心。古老的甘肃，堆积着西北中国的民间故事和壮阔历史，叶舟以诗人般敏锐的观察、鲜活的灵感、独特的想象和拳拳的赤子之心，将这些故事和历史收纳进他的如椽巨笔之下。叶舟擅长叙事，他的散文如诗行般跳跃，却雍容华贵、气韵悠长。他对于丝绸之路历史的描述有着独特的理解和体认，他的《何谓丝绸之路——以河西走廊为例》《蓝色的敦煌》都是难得的佳作。在这些文章中，他生动地向我们展示了一个被人遗忘的文明世界，每一段岁月的纹路，每一次幽远的回溯，都无比精彩，深邃高远，令人难忘。

——李　舫

追梦的征程

——一个诗人眼中的丝绸之路

■ 叶 舟

丝绸是柔软的。它的幽雅与奇幻、色泽与纹理,代表了精致、富庶、高贵、江南、水以及摇曳斑斓的理想生活。它是古代中国的一个世俗符号,让先人渴望,渴望衣锦而行,吐气如兰。丝绸也是坚硬的。当它从中国南方的蚕桑之地一跃而起,掉头北向时,一种神秘的意志与情怀便贯注其中,于是它就成了拓荒、西进、光荣、牺牲、开放和胸襟的代名词。它腋下生翼,高挂于北斗之上,由此成为我们这个民族一根生动的血管,一条脊椎般的天路,纵横西东。

谁也未曾料想,一只卑微的蚕所吐露的内心,却在此后风沙漫天的西域、在苍茫无尽的岁月深处,结成了一条天网般的大道。在这条路上,走来了乳香、琥珀、玳瑁、玉石、天马、植物和菜蔬,也走去了丝绸、铜镜、凤凰、纸张、印刷、儒典和灿烂诗篇。这条路不仅输送了贸易、技术,同时也交流了思想、伦理、道德和人生观。无疑,它是人类历史上最具想象力和变革精神的一条通道，它用一匹浪漫的丝绸将东方和西方紧密地簇拥在了一起。它犹如一道灵光，让古代中国获得神示，找见了一块"上马石"，也找见了一片能够凭倚的广袤后方、一个新的方向。

1877年，当地理学家费迪南·冯·李希霍芬男爵在他的《中国》一书中第一次造出"丝绸之路"这个词时，横亘于亚洲腹地深处的这一条天路便逐渐掸落灰尘，露出它清晰的五官和婀娜的身姿。是的，丝绸是物质的，不仅可以穿衣蔽体，展示身份与地位，同时亦是能够量化的，去充当货币和军饷。但在我们民族的心灵史和成长史中，丝绸更是精神性的，它是独立、自信、富裕、和平和创造力的象征。丝绸之路仿佛一组庞大而顽强的神经系统，延展于长安以远的广大西域，让那里的生民和万物谨守四序，春种秋收，迁延至今。

太庞大，也太深邃，所以我姑且只选取河西走廊这一段，来探究丝绸之路的奥义。

甘肃走廊，因其位于黄河上游以西，又称河西走廊。它东起天堑乌鞘岭，西达古玉门关，绵延1000余公里。它南倚一脉千里的祁连山和阿尔金山，北靠罡风浩荡的马鬃山、龙首山与合黎山，形成一条绿洲连绵的狭长通道。河西走廊所辖的武威（凉州）、张掖（甘州）、酒泉（肃州）、嘉峪关、敦煌（沙州），自古以来就是水草丰美、物产丰富的西北粮仓，同时又是重要的战略要地和边防要塞。在中国境内的丝绸之路上，尤以河西走廊底蕴深厚，波澜壮阔，一次次地承载了我们民族最初的梦想和积极的作为。

在历史的肌理深处，在流沙坠简似的过往岁月中，丝绸之路究竟为我们民族带来了什么样的启蒙、怎样的开篇？

开通河西走廊——
天马高蹈，长歌不绝

是的，大地说明了他们。

考察世界上任一民族的历史与发展，必须返身回向，深入她的源头，探究她何以成为现在的全部理由。这些理由包括骨骼、血脉、经络、基因，也包括她童蒙的开启与稚嫩的涂鸦。古埃及人在成长初期，便贡献了灿烂的金字塔、法老和尼罗河的无数传说；古希腊和古罗马人在他们的发声阶段，捧出了神话、传奇、庙宇和恢宏的哲学，泽被后世的文学与艺术；在耶路撒冷和阿拉伯半岛上，悠久的民族创立了各自的宗教，由此绵延千年，始终测度着人们心灵的深度和信仰的方向；在两河流域及波斯高原，一串阿拉伯数字、一部《天方夜谭》、一座空中花园，至今犹如天籁，令我们扪心倾听，获取不竭的营养与灵感。

在我们民族的早期，也有一个抽枝发芽、表情焕然的天真童年。那时的先人们驻守晨昏，沐浴天地，身体是干净的，精神是清洁的，一派无邪的欢乐。那是《诗经》的时代。她一点儿也不逊色，她奉献出了瑰丽的诗篇、节气和对这个星球上自然万物的神奇想象。她背靠西天，在东方的土地上一个人顾影自盼，渴望淬火，求取一份庄重的成人礼。

于是，试探来了。匈奴大军仿佛一堵垮下来的高墙，催逼着她快速成长。

如今的河西走廊，呈现出地球上除海洋之外所有的地形地貌。沙漠、雪山、戈壁、草原、绿洲、冰川，以及无垠的良田，这里是成年后的风景。如果你不了解她的前世今生，如果你不曾听见过风中传来的远古的呼啸,你就不会爱上她。那时的匈奴人骑在马上,显然预见了这一片壮烈风景,他们若一阵烟尘似的席卷南下,却冷不丁地碰见了一位少年。不,是整整一群,一群长身玉立的白衣少年。

领头的少年叫刘彻。后世尊其为汉武大帝。

自秦至汉,我们民族的少年时代便拉开了帷幕。幸运的是,登上这个少年舞台的恰是一群天纵之才。他们好奇,奔跑,血勇,渴望征服,每一块肌肉上都充满了力量与雄性荷尔蒙。他们一心想看遍世上的所有风景,想去追逐落日,去触摸地平线的尽头。那是一个行动的时代,没有陈词也没有羁绊。她碰巧遇上了南下的敌手,不免怒发冲冠,引刀一试。

那一刻,江山和社稷就寄托在这一群少年的身上。他们的名字可以列出一个长长的单子:刘彻、卫青、霍去病、李广……匈奴未灭,何以家为。他们相信自己就是一块耐火的城砖,要去奠基;他们明白自己必须做一把刀,不能躲在鞘中,自毁锋芒。对了,还有一个姗姗来迟的使臣张骞。他第一次用双脚丈量了这一条河西走廊,他踏勘、他摸排、他受难。像一枚尖锐的针刺破了未知的天幕,他不辱使命,几乎用一己之力找到了方向和地平线,完成了这一"凿空"之旅。那一刻,这个帝国在开疆斥土、在金戈铁马,上演着一幕幕浪漫主义和英雄主义大戏。无疑,这是一出恳切而艰难的成人礼,让我们民族终于技成出徒,初次飞翔。

的确,唯有大地、唯有河西走廊,才能说明这一群奔跑而壮美的少年。也恰在这里,我们民族才正式获得了自己的姓氏、血缘、谱系和底色,才真正拥有了自己的西部疆域、后方屏障以及梦想的粮仓。这一条千里走廊,带着她无尽的石窟、烽燧、城墙、崖壁和山脊,让一个新生的帝国不仅有了广阔的战略纵深,也有了精神上的高度,可谓敦煌日落,大漠苍黄,饮马冰河处,西认天狼。

这一时期,我们民族的属相是马。天马高蹈,长歌不绝。

精神高蹈在途中——
盘踞高空,心寄苍生

一个人仅仅有了成人礼是不够的,他还需要青春的确立。对我们民族而言,青春的挥洒和宣喻、醉酒与狂欢、追逐和认知,则是由一群从大唐盛世里逃逸而出的诗人和释子们完成的。文章千古事,社稷一戎衣。于是,在少年刘彻之后、在西进的硝烟渐渐消失后,这个国家先后有了法显、玄奘、鸠摩罗什等人去问道、去求索,用远方的养料填充饥渴的求知欲望。至今,矗立在凉州城内的罗什寺,仿佛仍在用一枚枚珍贵的舌舍利诉说着当年的脚印、美和青春。

在求法僧的另一侧,于河西走廊的晨昏中还有一群诗人衔命出走,一路上题诗作赋,歌吟不断。他们用平仄和声律给大地贴标签、命名、记录,寻求一种新的可能。他们给这个国家带来了新的视角、新的叙事和新的道路,带来了别样的方言与风俗,也带来了一个又一个新鲜的地名。他们的诗歌和漫游、想象与书写,是那个燃情岁月里的畅销书和焦点。他们内心的律令就是西进、西进、西进,每一个诗人就是一支军团、一个猎猎远去的轻骑兵。那一刻,他们一定没有被贬谪、被抛弃的孤儿感。因为他们是我们民族最优秀的一批先遣军,他们相信自己的拳头上能站人、胳膊上可跑马,相信唯有旷野中才有光荣与盛名,但必须靠一腔血勇和青铜之骨骼才能去争取、去拥戴、去捍卫。

说到底,那时的他们,心中还有一个伟大的信条:天下!

天下的秘诀其实就两个字:兴,亡!兴亡之际有一支笔,一卷空白的汗青就在你的面前逼视你,让你抉择。那一刹,天下也等于一册史书。菩萨心,霹雳手,你要么流芳要么遗臭,它会一丝不苟地书写你,毫无绥靖和模糊。

天下还有一个词:天良!他们笃信三尺头上有神明,有一根尺子在测度,有一杆秤在掂量,有一盏心灯永远不会被无辜地吹灭,像永恒的太阳。

天下另有一个同义语:苍生!

因为,那时候的江山远阔,是用来眺望和珍爱的;那时候的月亮朴素,是用来怀想和寄托的;那时候的飞鸟有翅膀,野兽带牙齿,大地上四季分明,是和苍生一起合唱的;那时候一封家书蓬头垢面,足够跑垮一匹马,跑烂十几双鞋子;那时候的钱叫银子,是月亮白的,揣在怀里是沉甸甸的;那时候还有一种普天下的香草,名叫君子;那时候天上有凤凰和鲲鹏,地上有剑客与死士,身上背着忠义和然诺;那时候的心也是亮的,一睁开眼睛就知道天良犹存——所谓的天下其实是每一位苍生的。

明月出天山,苍茫云海间,长风几万里,吹度玉门关。于是,像李白、王昌龄、岑参、王翰等诸多诗人的瀚漫诗篇,有着她命运般的来路,也宣喻了她不可遏止的方向。向西突进,经略西域,这是当年的国家叙事,也是我们民族在那一个青春年代的叙事主轴。此可谓剑影处,飞沙走石,梦功名,投笔也昂藏。英雄路,正堪回首,标汉追唐。

无疑，经历了这一场焰火喷涌的青春期，我们民族的属相是龙。盘踞天空，佛雨洒布。

远眺曾经的长路干涸——
生命停滞，血脉委顿

尔后，我们民族成为泱泱帝国，坐在沉重的龙椅上——她有了刻板的秩序与等级，有了严格的礼仪和规制。她的富裕和胃口让身形渐渐肥胖起来，蜷作一团，忘了眺望和警醒。她的刀枪入库，马放南山，放弃了追逐与梦想。她推行严格的海防和塞防，鸵鸟一样，令自己的版图慢慢枯干，逐渐板结，以至于内心坍塌而成深渊般的黑洞，吸食着一切向外扩展的冲动、一切积极的作为。

她不再血勇，更不凌厉，相反却开始咳嗽，开始养生。她炼丹。她富态。她圆滑。她开始灰头土脸地从河西走廊大规模地收缩，埋头于宫殿与朝堂，自锢于内讧和权术，分心于茶艺及歌舞。即便蒙元和努尔哈赤们像一堵堵高墙倾轧而下，她也只能衰弱无力，精神上挥刀自宫，顾影自怜。

至此，河西走廊荒芜了，萧条了，干涸了。在罡风和尘暴掩埋不住的大路两岸，迄今仍留有往昔英雄的辙印和箭矢，仍有哀歌以及狼烟遍地的灰烬。"北斗七星高，哥舒夜带刀。至今窥牧马，不敢过临洮。"如此凛冽剽悍的谣唱，在后世岁月几近传说。

致命的是，尘封的河西走廊让我们民族失却了一次建立真正的国家性格的机遇。国家性格不仅仅是一个民族的表情或感性的表达，更是骨骼、血脉、经络和基因，静水深流，金沙深埋，一再契入民族的心理与肌理的最深处，凝成思想和价值观，须臾不可更替，唯有不断充盈和丰富，才能勃兴而阔大，犹如参天之树。究其里，国家性格就仿佛一根带电的脊椎骨，能让一个民族挺立，持续地拥戴和保有她的民众、传统、文化、历史与锦绣山川。在它的庇护下，家庭、社会、文明和繁荣都将成为一种常态。一根带电的脊椎骨，往往会在历史的重大关口霹雳而下，烁烨光辉，一刹那照亮脚下的道路和方向。但是，在河西走廊以至整个丝绸之路尘封之前，我们民族却来不及去整理、锻造和熔铸，从而失却凤凰涅槃的宝贵时刻。

然而，在地球的另一壁，美利坚民族却辗转西进，抓住了一次重大机遇。如同地中海之于希腊人，大规模的航海之于葡萄牙人、英国人，丝绸之路之于我们民族一样，每一个边疆都提供了新的机会、新的领域、新的精神契机。新的边疆等同于新的经验、新的活力，等同于一个民族脱胎换骨的坛场或高炉。与我们民族的青春期一样，抛别老欧洲的美国西部的拓荒者们，在此后两个多世纪的密集讴歌中将最华丽的辞藻献给了西部。她的辽远和赤裸、蛮荒和富庶、杀戮与生机、艰辛与成就，横亘在每一个意欲拨马西去者的面前。它是致命的诱惑，亦是深刻的挑衅。西部是动态的，边疆之外另有新的边疆和新的地平线，喝令人们去发现、去开拓；西部是试金石，在她面前，所有的虚妄、自满和虚假都会被剥去伪装。于是，一切都发生了。美国人开始了对自己国家性格的奠基与塑造。他们信赖自己的一双手胜于一切，他们讲究实际而富于创造力，他们有充沛的精力和活力……所有这些乃是广阔西部的美丽赐予，也是远方以远的边疆所赋予的显著特质。可以说，美国历史很大程度上就是向伟大的西部进军的历史。

他山之石，可以攻玉。

重启丝绸之路——
"中国史诗",真正开篇

狮子,毕竟是狮子。它醒来了!

事实上,尘封千年的丝绸之路并不是远避一隅,也没有离开过我们民族的文明进程一时一刻。相反,在消失的滚滚岁月里,她用自己枯干的脊梁独自支撑起一片浩瀚西天,静候着罡风尽逝、重拾山河的那一天。她用不曾凉却下去的壮烈风景,保存下对英雄挽歌的记忆、追怀和景仰;她用流沙坠简似的诉说,闪现出昔日的爝火、杀伐与呼啸;她也用纵贯千里的脉脉深情,结交四邻,吁请和平降临,合作共赢,来为我们民族的昨天、今天和未来恳切祈祷。她沉浸。她不语。她内敛。她在静待拨云见日的时刻。

如河西走廊这般优美的仓库,她不仅参与到世界上唯一将五千年文明完整带入今天的国家行动中,还以自身的存在保存下对早期文明的书写与珍爱。她遗址遍地,有关丝绸之路的吉光片羽俯拾皆是。比如敦煌。在我这个诗人的眼中,敦煌不光是一座莫高窟,实际上她是几种文化的总枢,是古代西部中国甚至中亚以远的文化首都。无论从历史、地理、军事、贸易、宗教、民族和风俗,还是从我们民族的缘起与精神气象上讲,她都有一种奠基或启示的意义。敦煌也不是因为藏经洞的发现才广为人知——她始终占据着大陆腹地深处文明的制高点。她是地标,她亦是领头羊。

一定的,只有在这个方向,我们民族的龙马精神才有了根据和源头,我们民族也才能重新找回曾经的强劲脉搏。

是时候了。"一带一路"的提出,不单是国家层面的审慎思考和战略选择,还是我们民族复兴、和平崛起的主动作为,更是这一条辉煌大路的再生之旅。朱云汉先生在《高思在云:一个知识分子对 21 世纪的思考》一书中说:21 世纪最重要的挑战就是去理解、应对中国崛起及其带来的世界秩序的重组;在过去的 300 年里,只有 4 个历史事件可以跟中国的崛起相提并论。第一是 18 世纪英国的工业革命,第二是 1789 年的法国大革命,第三是 1917 年的俄国十月革命,第四是 19 世纪末到 20 世纪初美国的崛起。

洵不虚言。重开河西走廊以及丝绸之路,就是要找回我们民族不曾消逝的少年时代和青春岁月。

血没有变凉,梦依旧滚烫。

2014 年 7 月,在一次讲话的结尾,习近平主席引用了一生钟爱中国文化的美国诗人玛丽安娜·摩尔的诗作《然而》:

胜利不会向我走来,
我必须自己走向胜利。

同样的情怀和热忱,也曾经出现在康乾盛世诗人黄仲则的《将之京师杂别》:

自嫌诗少幽燕气,故作冰天跃马行。

而今,重新敞亮一新、开阔包容的河西走廊乃至整个丝绸之路,将会是我们民族复兴大业、实现梦想的"冰天跃马"之旅,更是"中国史诗"的真正开篇。

■ 郑欣淼

作 者 简 介

　　1947年出生，陕西省澄城县人。曾任陕西省委研究室主任、陕西省委副秘书长、中央政策研究室文化组组长、青海省副省长、国家文物局副局长、文化部副部长、故宫博物院院长，政协第十一届全国委员会委员、文史和学习委员会副主任，中国鲁迅研究学会会长、名誉会长等。现为中国作家协会会员、中华诗词学会会长。多年来从事政策科学研究、文化理论研究、鲁迅思想研究，21世纪以来着力于文物、博物馆研究，2003年首倡"故宫学"。出版有诗词集《雪泥集》《陟高集》《郑欣淼诗词百首》《郑欣淼诗词稿》等，散文集《山阴道上》《游艺者言》《周赏集》等。

作家印象

  曾任文化部副部长、故宫博物院院长的郑欣淼，首先是一位才华横溢的学者，其次才是故宫的掌门人。

  1925年10月10日，紫禁城第一次向公众敞开大门，北京城万人空巷。将皇权定格为记忆，迎普通百姓进门，故宫博物院的诞生是历史的慷慨馈赠。此后的90余年，是故宫的公共生涯，每一任故宫博物院院长，都会被浓墨重彩地书写在中国历史上。

  郑欣淼是历任掌门中不可被忽视的一位。他国学根底深厚，深谙旧体诗词格律，对故宫的保护更是功莫大焉。在他的院长任上，故宫不仅被贴上斑斓的文化色彩，更被印上时代的印记。他首开"故宫学"，主持故宫大修，纪念故宫南迁80周年，提出故宫是重要的世界文化遗产，有着丰富的历史文化内涵，必须将故宫作为一个历史文化整体进行完整保护，唯有如此才有利于其在现代社会中凸显其见证历史和展示历史的价值，这也是我们的前辈——民主革命时期先行者的意愿。

  郑欣淼与故宫是心心相印的。这篇文章记叙了北京故宫同台北"故宫"隔绝半个世纪之后的文化交往，以及他与台北"故宫博物院"院长秦孝仪的诗书唱和，拳拳之情溢于言表。

——李 舫

短简小诗忆旧游

■ 郑欣淼

一

20世纪40年代末,在中国大陆政权鼎革之际,故宫博物院南迁文物中的四分之一被运到了台湾。于是,在台湾也有了一个故宫博物院——台北"故宫博物院"。

海峡两岸两个故宫博物院的同时存在,颇为当今国际社会所关注。这因为,两个博物院的藏品都主要来自清宫旧藏,原本是一个整体,都是一脉相承的中国传统文化艺术的精华。从这个角度上看,故宫已成为源远流长的中华文明的象征。两岸故宫的交流与合作,就有着更为深刻的意义,也格外引人注目。但长期以来,由于人们都知道的原因,两岸故宫博物院的在任院长却无缘访问对方。

2002年岁末的最后一天,我作为在职的北京故宫博物院院长,来到了台北"故宫博物院"。在地下库房,我考察了文物保管状况。那着意保留的当年文物南迁时用过的包装箱,伤痕斑斑,把我的思绪引入到几十年前的艰难岁月。在展览大厅,我看了许多文物珍品,有毛公鼎,有翠玉白菜,等等。翌日,也就是2003年元旦,《中国时报》头版刊登了我在台北"故宫"观看毛公鼎的照片,并以《当故宫遇见故宫两岸历史性一刻》为题,对我的访问做了报道。舆论普遍认为,这次访问是两岸故宫之间交流的良好开端,在两岸文化交流中也具有标志性意义。

到了台湾,来了台北"故宫",有一个人是要拜访的,这就是前任台北"故宫博物院"院长秦孝仪先生。

2003年的第一天,台北是冬季常见的那种多云天气,颇觉宜人。在凯丽饭店,我与秦孝仪先生见了面,作陪的还有原台北"故宫博物院"副院长张临生女士。这一年先生82岁,刚遇丧偶之痛,所幸心情渐已平复。他面慈目祥,说着我不能完全听懂的湖南话。我送先生两册北京故宫的文物图录,先生则送了我几种礼品。一套《故宫跨世纪大事录要》,书名为他所题,分上下两卷,上卷从1924年11月驱逐溥仪出宫、清室善后委员会清点清宫物品开始至1982年;下卷从1983年起至1999年。秦孝仪先生从1983年1月出任台北"故宫"院长至2000年4月离职,任职长达18年,为1965年台北"故宫博物院"成立后的第二任院长。这本书的下卷即记录了先生署理故宫时的业绩,概括起来有三个方面:一是"以第一流科技,护惜七千年华夏文化";二是"结合国人集藏,开启大陆联展";三是"把故宫推向世界,将世界引进故宫"。以他书法作品制作的2003年挂历,则十分精巧。令我感动的是,初次见面,先生带来他书写的六体"千字文",还有他在大陆访问期间写的诗歌,让我欣赏。秀美的书法，隽永的诗意，我读之再三，不忍释手。先生长我26岁，我想之所以对我如此厚爱，就是因为我们都从事着保护中华文化遗产这一特殊的机缘。他虽离开了工作岗位，但还是心系文物，心系故宫。

　　我向秦孝仪先生介绍北京故宫的情况，他听得很认真。2001年，先生回大陆，去了西安、南京、北京等地，参观名胜，凭吊遗迹，感慨处多化作缕缕诗情。在南京朝天宫，他看了当年故宫南迁文物存放的库房。在北京，"入故宫周视"，发出"十八年间柱下史，客来仿佛是黄初"的感叹。他重视两岸故宫的交往，在先生任上，两岸故宫合作也有了突破。1992年两岸故宫各选具有代表性的艺术珍品76件，合152件，汇编成《国宝荟萃》一书，在香港梓印，长河一脉，璧合珠联，比较全面反映了五千年中华民族历史文化的成就与贡献。他人在台湾，却时刻关注着北京故宫。2002年，澳门举办北京故宫的"怀抱古今——乾隆皇帝文化生活艺术展"，展出的大多为故宫一、二级文物，弥足珍贵，秦孝仪先生专程赶赴澳门观赏。有意思的是，台北"故宫"此时也举办了"乾隆皇帝的文化大业展"。2002年11月，北京故宫与上海博物馆、辽宁省博物馆联合，在上海博物馆举办"千年遗珍国宝展"，故宫拿出了晋王珣《伯远帖》、隋展子虔《游春图》、唐韩滉《五牛图》、唐阎立本《步辇图》、五代顾闳中《韩熙载夜宴图》、北宋张择端《清明上河图》、元黄公望《天池石壁图》等22件书画巨品，海内外为之轰动，先生亦专程到上海观看，并作诗纪念。故宫的渊源，故宫的事业，故宫人的责任与担当，使我与秦孝仪先生虽是初交，却一见如故，话颇投机。

离开台湾的前一天，细雨蒙蒙，我应邀去林百里的广达计算机股份有限公司参观。林先生是台湾知名企业家，也喜好文物收藏，特别是珍藏的一批张大千黄山绘画很有特色，也藏有清宫流失出去的文物。当我到广达计算机公司珍藏室时，惊喜地看到秦孝仪先生也在这里。原来先生退休以后，任广达文教基金会荣誉董事长，做些社会文化公益事业。珍藏室在高楼上，面积也不大，但布置得很雅，我们在这里不知不觉又谈了两个多小时。

当我与秦孝仪先生第一次见面，我看到他带来自己的书法及诗作时，十分喜爱，曾不揣冒昧，请先生复印一份寄我，以便慢慢地品赏。我回大陆不久，即收到了他用快件寄来的信及一叠诗稿影印本，这令我深为感动。来信如下：

前日良觌，谭䜩甚欢。紫芝眉宇，长萦梦寐。小诗原不当大雅一笑，仍如命驰陈数页，跂望指疵。高咏正切思慕，尚乞因风寄声为感。此候欣森先生院长道萚。

孝仪再拜　元·九

北京故宫博物院紫禁城出版社编印了一册2003年周历，选用清宫玺印，名曰《历史印迹》，缎面精装，典雅大方，我随即寄了一册给秦孝仪先生，他也来信致意：

远贶历史印迹，既佩护惜之殷，尤感注存之盛。拙作附请清诲，并博莞尔。

秦孝仪拜　元·十一

二

　　2003年中国大陆发生的一场"非典"疫情,其来也忽、去也速,但一时曾弄得人心惶惶,草木皆兵。现在看来一些荒唐的做法,当时却似乎合情合理。4月下旬,当我从国外出访回京时,因随行人员体温偏高,我虽一切正常,但仍被迫在家"休息"了半个月。蛰伏小室,无所事事,忽然想到了在台湾所写的一些诗词草稿,现在不是有了推敲的时间吗?于是,我对这些诗词做了修改,并把其中四首词寄给了秦孝仪先生。

心波先生:

　　年初台湾之行,怅触甚多,爰有诗词若干,现寄上四首词,两首是赠先生的,请哂正。近来两岸"非典"肆虐,望先生珍摄。
　　专此,敬颂
　　时祺

郑欣淼
二〇〇三年五月二十七日

所寄四首词如下:

贺新郎
在台北怀故宫文物南迁

往事堪回顾。叹陆沈、国之瑰宝,烽烟南渡。万里间关箱过万,黔洞川途秦树。说不尽、几多风雨。辗转西行欣无恙，故宫人、辛苦凭谁诉。十七载、无双谱。　　从来中土遗存富。更明清、琳琅内府，萃珍瑶圃。蓦地离分无限憾，默默思牵情愫。永保用、文明步武。热血殷殷浓于水，中华心、一海焉能阻。统一业、本根固。

百字令
参观台北故宫博物院

青山碧水，有高楼云笋、奇珍堆就。禁苑精华惊并世，今且匆匆消受。翡翠雕工，毛公鼎古，偿愿看琼玖。恁多书画，氤氲华夏灵秀。　　遥想抗房当年，风云变色，国宝睽离久。但有故宫名两岸，一脉相传深厚。贝库村边，外双溪畔，文教称渊薮。潇潇冬雨，却如畅饮清酎。

苏幕遮
赠秦孝仪先生（二首）
谢先生宴请

不群才，良匠手。六体皆工，满纸龙蛇走。更有诗心如锦绣。新赋三都，个里乡情透。　　杖头鸠，张绪柳。善目庞眉，且喜犹抖擞。绮席清欢元旦又。似故初逢，婪尾倾樽酒。

在广达计算机公司珍藏室遇先生

小庭幽，冬雨悄。偶入琅环，偶见公辛劳。题跋行行求曲奥。百面黄山，件件连城宝。　　展长才，呈雅好。效力民间，承教说玄妙。呵护珍藏忘渐老。应葆童心,缘在山阴道。

秦孝仪先生收到我的信及词后,于6月8日、6月16日先后两次复信,并寄来他的诗和词。

6月8日的信及诗如下(原信无标点,标点为笔者所加):

欣淼先生院长道右:

"非典"肆虐,正蛰居无聊,忽奉赐眎高韵,且以新词见贶,虽褒嘉过当,而安翔骀荡,自是才大如海。不图绳绝书焚之后,天尚留先生大笔支拄中兴,佩幸,佩幸!仪以眼疾,作字每如雁阵,看书则如笼纱。故医嘱少安自靖,未及结撰和韵,惭悚,惭悚!附奉小诗二绝,聊以见鄙怀耳!入夏加爱,即候着茀。

秦孝仪拜　六月八日

行行字字尽斜斜,篆隶支吾不一家。
花笑江淹真梦笔,先生袖手看笼纱。
斗大砚红记学书,寸光老去目模糊。
平生海岳都寻遍,莫笑孤儿不出湖。

(乡人讥蠖屈无用者谓之不出湖,盖湖南北限洞庭也。)

病目卧磁核共震榻中三十分钟成二绝句

时年八十三。

我的诗词创作,亦为"遣兴"而已,偶一为之,缺少根基,先生的话,足见奖掖之意。

6月16日的信及词如下:

欣淼先生院长道右:前札计先此入察。北京台北皆陷于"非典"肆虐之中，莫往莫来，念念蕴结。久不填词，奉读百字令、苏幕遮、贺新郎诸阕，弥羡清才丽句，不惭君家板桥。以眼疾习静，遂亦填鹊桥仙四韵，自嫌荒落，聊寄左右，一博莞尔。即候着萚。

秦孝仪拜　六月十六日

故都如梦，流光似水，张绪当年风柳。撼山填海亦何尝，犹自记倚楼搔首。　结绳中绝，余燔渐熄，谁是补天高手？几时日月复光华，须先是河山重绣。

欣淼先生见贶新词，爰报以鹊桥仙一阕，且冀贤者为补天手也。秦孝仪心波呈稿。

但不知什么原因，6月16日的信，我是6月26日收到，而第一封信却迟至6月30日才收悉。

三

人不可以无癖。秦孝仪先生喜好收藏，尤用心于文房清玩，诸如牙、骨、竹、木雕等各类文房用具，颇多精品，驰誉台湾收藏界。2000年，他在卸任"故宫"院长之际，将这些毕生的收藏以及明清善本旧籍等，悉数捐献给台北"故宫博物院"。这是一种通达的收藏态度，一种令人起敬的情怀。2004年，他在台北举办了个人诗文书法文房展览，尔后打算到大陆展出，并先后联系过几个地方，也有人找到我，询问在北京故宫举办展览的可能性，我即一口答应，但先生最后还是选择了在自己家乡——湖南省博物馆举办,这是凝结先生心头的一份深沉的故园之情,我是充分理解的。

2005年10月10日,故宫博物院建院80周年。一系列令人紧张难忘的纪念活动后,我赶赴长沙,应邀出席"笔力诗心——秦孝仪诗文书法文房展"。10月20日,我们在湖南省博物馆典雅的会客厅见了面,握手寒暄,互道契阔,都很高兴。时间如过驹,三年不见,先生步履蹒跚,又衰老了不少,但思维清晰,情致不减。当时,我送他宋人赵昌《写生蛱蝶图》的复制品,还有几本故宫的文物展览图册。

"'未老莫还乡,还乡须断肠',这就是孝仪迟迟未思还乡的隐痛。"先生在展览会开幕式上的这个开场白,让到会的宾客为之动容。他满怀深情地说,"虽然个人读书、为学、任事,都行役于三湘之外,以至于行役于海峡对岸,但个人的区区根器,还是或多或少得之于'岳峻湘清'的灵淑之气。"

长沙国际会展中心的午宴,自然又成为我们欢谈的好机会。两岸故宫是总会触及的话题,但先生这一天最感兴趣的似乎还是湖南,这个令他日思夜想而又实实在在回到了的家乡。这个家乡,是和潇湘的灵秀、衡岳的高峻、巴陵的胜状以及屈子的行吟、范仲淹的忧乐等联系在一起。这次回乡,不也是文化寻根吗?有所触发,我曾作了一首小诗:

游子忽焉老,故园秋亦深。
湘兮岳麓气,楚些汨罗魂。
文笔惊殊域,收藏富宝珍。
忘年情谊重,相见语谆谆。

四

2005年暮春,我收到秦孝仪先生托人转送的他的两部作品集——《玉丁宁馆诗存》《玉丁宁馆腾墨》。先生旧学根底深厚，才华横溢，喜好吟咏，所作多为七绝，佳句迭出，无论记游还是感事，喜用典而又贴切，诗情盎然且深意寄焉。先生的书法，笔有刀趣，字有篆意，他虽不作画而字有构图，墨色丰富，独具风貌。在他身上，笔力诗心，互为表里；儒情雅致，相得益彰。读先生两本书，收获很多，出席先生的展览回京后，我写了一首诗，抒发了自己的读后感：

万样心波两怅凝，洋洋盈耳玉丁宁。
文房清玩个中趣，书道雅怀底事名。
若有萦思梦九县，颇多逸兴赋三京。
此生何者堪铭记？文物彬彬故国情。

这首诗我没有寄去，而是准备去台湾时亲自送给他，但天不愍遗，先生遽然仙去，留给我的是痛惜和遗憾。

前不久，广达文教基金会向同秦孝仪先生"相交笃厚"的人士征稿，拟在2008年1月，亦即先生辞世一周年之际结集印行，以为对先生的怀念。笔者有幸也在约请之列。我与先生不能说交情深厚，但那次数虽然不多却如坐春风般的会晤，那彼此间颇堪回味的文字情谊，却怎么也忘不了，即使没有约请，我迟早也会写出来的。

拉拉杂杂写了这些后，我在想，秦孝仪先生留给我的最深的印象是什么？想来想去，觉得还是充溢在他身上的那种中华传统文化的精神，这是一个信念，也是一种力量。正是这种信念与力量，使他重视民族文化的传承，重视故宫文物的保护。而这种信念与力量，无疑也激发我们这些后来者不懈地努力，恪守文化遗产守护者的职责。

■ 张 晴

作 者 简 介

1964年生于苏州。自幼拜章太炎之弟子毛羽满为师,习诗词、书画及鉴赏。求学于中央美术学院美术史、美术史学史专业,获博士学位;同济大学世界建筑历史与理论专业博士后。

20世纪80年代先后创办"火帆诗社""夜航船诗社""第三者诗刊"和"北斗星小组"。1999年起负责上海双年展策划、组织及研究十余年,创造"上海双年展机制与模式",被国际双年展协会(IBA)称为"中国双年展奠基者"。现为中国美术馆副馆长,策划一系列国内外大型展览,从事"国家叙事的视觉美学"研究。

作家印象

现任中国美术馆副馆长的张晴,真实身份应该是美术史论家、策展人。他曾经担任上海国际艺术双年展、"蔡国强艺术展"(上海)、"亚洲城市网络展"(首尔)、"节点-中国当代艺术中的建筑实践"(上海)、"红色中华"(光州)、"中国表情"(新加坡)等一系列重要展览的策展人,都有着不俗的成绩。改革开放40年,中国的美术馆和博物馆如雨后春笋般成长,为张晴这样厚积薄发的人才提供了足够的空间。20世纪90年代,中国可能还没有一个完全独立的策展人;而今天,在策展人拔节生长的春风里,张晴显示了他的佼佼不群。

作为策展人的张晴,他的美术评论、文化随笔都可圈可点,颇有见地。就在美术界面对世界多维度、多边界、多规模等艺术格局集体无语或者失语时,张晴书写的优美而深邃的文字显得格外难能可贵。他有着推动时代美术发展的使命感和责任感,更具有突破性、创造性、先驱的实践精神,他努力用美术方式探索当今文化和历史的复杂交叠,完成具有历史意义和时代价值的美术发展、文化变革,这些值得我们肯定。

——李 舫

苏州的多重时间

◼ 张　晴

苏州，这座有着2500多年历史、鲜明中国文化传统特征的城市，如果换一个时空坐标，放在"多重时间"框架下去理解，又会有怎样的丰富性？

2009年，一幅被称为"塞尔登地图"（17世纪英国海洋法学者塞尔登所捐献的东西洋航海图）的中国古航海图，被遗忘了几个世纪后，在牛津大学图书馆揭开尘封已久的面纱。它凝聚着明代中国制图技法的精华，却因长久地流落他乡而被人忽视和遗忘。

从"大航海"的视角分析，可以发现"塞尔登地图"是当时最精确的东西洋航海图，"无论是过去，还是接下来的400年中，都没有另一幅地图能够望其项背"。而且，这幅图还早于伟大的航海壮举郑和下西洋，呈现了400年前东亚地区民间海上贸易的盛况。

与塞尔登地图同样有着非凡意义，且勾画了同一时代西方不同景象的，则是1507年马丁·瓦尔德泽米勒绘制的地图。两幅图都极为重要，意义却各不相同。瓦尔德泽米勒的地图是在新大陆刚刚为人所知的时候绘制的。新大陆的发现迎合了欧洲的猎奇心理，这迫使他将现有的制图模板利用到极致。同样，塞尔登地图也是中国在地球另一端发现新大陆的激动下应运而生。它描绘了当时中国人所知的那片世界：西抵印度洋，东接香料群岛，南邻爪哇，北望日本。绘图者从历史、地理、文字、法律和科学技术的角度，以中国的绘图方式重新设计了世界的版图。

两幅地图并置，可以清晰地看到中国与世界在帝国时间和海洋时间的交会。在那个时代，数以万计的普通人离开家园去寻找工作，既是谋生也是冒险。数以万计的船只往返于欧亚各大港口之间，一个大洲的商品改变和建构了另一个大洲的经济。

郑和下西洋创造的航海奇迹，是以苏州时间为起点来刻画世界时间的叙事。从太仓刘家港进出的外交使节，开启了这一时刻。刘家港成为全国第一个享受海港待遇的内河港口，将创造和书写出时间碰撞中的交通史。可以说，在1843年上海开埠前，苏州已是"帝国与海洋"的多重时间的时针，是被遮蔽的"另一种世界史"叙事的重要组成部分。

苏州在开启中国现代性的历程中也扮演着极其重要的角色。

元朝时，苏州作为政府实施漕粮北运的第一码头，不仅建立了帝国的海运仓储和海事机构，统摄长江中下游地区、浙江温台等沿海地区，而且成为使日本、高丽、安南等国商船集结的"六国码头"，奠定了外向型发展的海洋文化的基础。

设置于太仓的内承运库（被称为太仓银库、太仓库），从洪武到崇祯朝，存在于明王朝的始终。太仓库的盛衰，反映了明代政治、经济、皇权与内外臣的关系变化,以及内陆边疆与中原的关系变化,其后果是对沿海地区现代性的推动——为了抵御蒙古和女真,大量军队驻扎在北方边境,每年经由苏州太仓银库运到北方的军费,从 16 世纪后半叶的 200 万两增加到 400 万两,几乎相当于每年从东南沿海地区流入的白银数量。北方军费越增加,内地的白银越不足,纳税就越困难。随着国内白银需求的持续增大,沿海的走私活动更加活跃。一条中国现代社会开启的重要线索——"银线"由此形成。

"银线"涉及白银在中国各个区域的大规模流通状况:白银的流通机制、白银与铜钱在经济层次中的复杂关系、白银的使用与经济结构的关系等论题,还有货币供应、价格浮动、使用层次等经济活动。这从一个侧面描绘出 19 世纪中国与世界贸易关系的轮廓,正是由于这样一根"银线"的存在,"北虏"与"南倭"以白银流动为媒介密切地联系起来了,中国和世界上其他地方的利益紧密关联起来了。

与"银线"并置的还有另一条线——"参线"。东北的人参,俗称"辽参",在明中叶之前并不受欢迎,当时山西上党出产的"党参"知名度大大超过"辽参"。但到了明末,随着女真族在北方地区的活动,人参成为东北亚边境贸易中数量最大宗的物品。大量购入人参,是因为以苏州为中心的江南兴起的"温补"习俗。来自南方的白银和来自东北的人参在此进行交换,"银线"和"参线"的重合和循环,也勾勒出明清王朝在何时被卷入整合度较高的世界经济的复杂关联中。

就帝国内部而言,明清中后期,苏州出现了大量手工工场,形成了"机户出资,机工出力"的资本与劳工的关系。这种中国工业和资本主义萌芽撕裂了传统的文明样式，技术的工业化、阶层变动、新兴的意识形态、权力格局的变迁都被强势压缩于江南时空中。

当时，苏州中心城市人口保持在50万以上，长期居住人口和流动人口数量最高时近300万，正是中国现代化进程的核心城市、超地域的中心城市、人口最密集的区域与文化中心。

从明代中期至太平天国，苏州城市中已建立起一套完整的"市民"世俗世界，极具现代性的市民世俗生活图景生动地保存在小说、诗文、评弹及戏曲中。尤其是在苏州桃花坞木版年画和宫廷绘画中，更有直观呈现。清代前期和中期，为了寻求更广阔的艺术市场，许多苏州桃花坞木版年画的画工和刻工纷纷从太仓刘家港出发，到了日本长崎，不但带去了画稿、技术、材料，更重要的是带去了江南世俗文化与市民生活方式。从世界艺术史上看，苏州桃花坞木版年画影响了日本的"浮世绘"，日本"浮世绘"又对法国印象派的产生有所启发。从思想史上看，苏州市民文化的传播撬动了"明治维新"产生的土壤。这是苏州文化与生活对日本影响最突出的一脉，也是被忽视的另一种世界史。

明清贸易，市民世俗生活，文化艺术，以及近世以顾炎武为代表的新政治主张的联通，合力形成了中国近世"一种特殊的现代性"，也可称之为由苏州引发的"明清的现代时间"。

苏州是传统的，也是现代的；是微小的、庙堂之外的，又是宏大的、心怀天下的，兼具市民生活和世界都市史的历史维度。中国的现代进程中，传统和现代两种社会体系的交替难免产生多层面错位、对接与抵抗，苏州这种富于历史文化底蕴、极具代表性的城市呈现出天下时间观与民俗时间观的协调与博弈。

苏州时间的民间活化历史,上可追溯至周代,下可延至今日。苏州可能是目前中国少数坚持按"周历"过年的城市。周代的过年时间是冬至,自辛亥革命以来,中国的过年时间明确为春节,但苏州地区流传至今的一句话是"冬至大如年"。苏州的时间是如此特殊,不仅市民一年中过了"两次大年",而且苏州社会思想与生活习俗的变迁也已适应了多种时间的并存。

在苏州市民看来,另一种时间与生活不仅不违背现代,而且是美好和谐的,是构成城市自我认同非常重要的一部分。

比如,"苏州的北宋时间"在苏州斜塘王墓村延续至今。

北宋末年,北方兵祸,百姓流徙。大量的官员携家眷迁入杭州地区,而杭州本来就有大量人口,无法安置,遂在交通方便而且环境较好的苏嘉杭地区安排官僚与流民。这样,许多北宋流民就落脚在苏州独墅湖斜塘王墓村。当时,归乡无期,乡愁不绝,众多流民就修建土地庙,庙门朝北,一告北方先祖游子不忘故土,二感王墓一方土地庇佑之恩。

历经800余年沧桑,当地北宋流民后裔坚守着北宋的生活习惯、宗教信仰、伦理关系及语言特征。直至今日,流民后裔家中遇事、邻里纠纷不能排解者,仍有按照北宋遗律来土地庙"摆台"求公道。由村中的"香头"以说唱的方式替事主排忧解难,现编现唱的吴方言中夹杂着中原故语,村中所有老人坐镇庙内担负"陪审团"。在王墓村土地庙旁有一方石碑,虽历风雨,依稀还可显露出一些碑文:"北望中原,金戈铁马,秋风残阳怀先祖。南居斜塘,碧水芳草,王墓土地慰流民。"

苏州还混杂着民间时间和庙堂时间。是苏州人的建筑思想铸就了明清皇朝的"天下"视觉美学：以天安门城楼为开端的故宫，由苏州香山帮的蒯祥担任总设计师，几代苏州香山帮建筑设计师和工匠的手艺营造出巍巍壮观的皇家建筑群，成为皇权统治天下的象征物。

而苏州园林这一私家园林文化，又具有非常不同的美学特征。园林，是时间和文化中的"飞地"。一方面，它是私人属性的建筑财产，承载着文人自身的情怀与审美；另一方面，这些园林的主人多历经仕宦，园林也不可避免地成为天下时间的表征。民间与官方、天下与个人、公与私，都在这里重合交会……苏州人不但营造出园林美学，也营造出皇家宫廷美学，不但拥有民间时间，也怀有庙堂时间。

在中国与世界的多重维度中，在各种时间的交错和延伸中，我们将以一种新的视角重返苏州。